Urlaubslesebuch

Achtundzwanzig Geschichten für die schönste Zeit im Jahr. Beliebte und bekannte Autorinnen und Autoren erzählen von lustigen Begegnungen, außergewöhnlichen Menschen und spannenden Orten. Astrid Ruppert liebt die Arktis und Julia Karnick laue Sommerabende, bei Horst Evers zu Hause steigt eine Teenager-Party, Markus Orths geht auf feuchtfröhliche Lesereise, für Conny from the block beginnt eine Arbeitswoche bei der Berliner Behörde und Ulrike Herwig hat leider wochenlang Besuch.

Es erzählen für Sie:
Ewald Arenz, Dietmar Bittrich, Brigitte Bjarnason, T. C. Boyle, Alex Capus, Conny from the block, Madeleine D'Arcy, Horst Evers, Marlies Ferber, Arno Geiger, Axel Hacke, Dora Heldt, Ulrike Herwig, Diana Hillebrand, Wladimir Kaminer, Julia Karnick, Mariana Leky, Markus Orths, Jutta Profijt, Petra Reski, Astrid Ruppert, Florian Schneider, Alena Schröder, Katrin Seddig, Oliver Uschmann & Syliva Witt, Jan Weiler, Felicity Whitmore und Malou Wilke.

Die Herausgeberin:
Karoline Adler ist Verlagslektorin in München und Herausgeberin vieler literarischer Anthologien. Sie freut sich schon auf ihren Sommerurlaub, den sie wieder lesend am Meer verbringen wird.

Urlaubs-Lesebuch

Zusammengestellt von

Karoline Adler

dtv

MIX
Papier aus verantwortungsvollen Quellen
FSC® C019821

Originalausgabe 2024

(siehe Quellenhinweise S. 243 ff.)
Umschlaggestaltung: Lisa Höfner | buxdesign, München
Umschlagmotive: mauritius images / fStop Images / Malte Mueller;
Adobe Stock / vgturbo
Satz: C.H.Beck.Media.Solutions, Nördlingen
Gesetzt aus der Garamond
Druck und Bindung: Druckerei C.H.Beck, Nördlingen
Printed in Germany · ISBN 978-3-423-22054-5

INHALT

DORA HELDT

Kein Grund, sich aufzuregen

Gehören Sie auch zu den Menschen, die sich sofort ärgern, weil mal wieder irgendetwas schiefgeht? Weil die Bahn Verspätung hat, der Stau, in dem man gerade steht, nicht im Radio angesagt wurde, die Kassiererin in dem Moment die Papierrolle wechseln muss, in dem man endlich, nach zehn Minuten Schlangestehen, an der Reihe gewesen wäre, oder in der Postfiliale das Schild »Schalter nicht besetzt« genau vor Ihnen auf den Tisch geknallt wird?

Gehören Sie dazu? Nein? Ich schon. Ich kann es nicht leiden, Zeit zu verplempern oder mir meine Planung durcheinanderwürfeln zu lassen. Ich gehöre zu den Autofahrern, die ungeduldig mit den Fingern aufs Lenkrad trommeln, an der Supermarktkasse für alle sichtbar mit den Augen rollen oder schon mal demonstrativ auf die Uhr tippen. Ich werde sauer, wenn sich alles gegen mich verschwört, nehme jede Störung und Verzögerung persönlich und bekomme schlechte Laune. Seit Jahren versuche ich, mir ein gewisses Maß an Lässigkeit und Toleranz anzueignen. Aber dafür braucht man eine andere Haltung. Nur, ich wusste bislang nicht, welche.

Bis es dann geschah. Ich war auf dem Weg zur Insel Föhr. Wieder einmal mit Zeitdruck, wieder einmal mit Verkehrsstaus, langer Schlange an der Tankstellenkasse, was soll ich sagen, ich war im Stress. Mit hängender Zunge erwischte ich im letzten Moment die Mittagsfähre, sah weder nach links noch nach rechts, ließ mich gehetzt auf einen Sitz fallen und hörte die Durchsage des Kapitäns: »Liebe Gäste, Sie werden es bereits gemerkt haben, wir haben extremes Niedrigwasser. Eine Fähre braucht Wasser, wir müssen also warten, bis es aufläuft. Es nützt nichts, sich aufzuregen, die Flut kommt auch dann erst in einer Stunde. Einen schönen Aufenthalt wünscht Ihr Kapitän.«

Kann man das besser ausdrücken? Es nützt nichts, sich aufzuregen. So kommt die Flut nicht früher, so fährt die Bahn nicht schneller, so wird die Baustelle nicht fertig, und auch eine Kassenrolle wird durch Aufregung nicht länger. Ist das nicht großartig? Wenn man das kapiert hat. Nach einer Stunde legte die Fähre ganz in Ruhe ab. Umgeben von kleinen, schönen Wellen. Und ich musste gar nichts dafür machen. Das Leben kann so einfach sein.

Mit dankbaren Grüßen an den Kapitän
Ihre stressfreie Dora Heldt

EWALD ARENZ

Der Traum vom richtigen Leben

Als ich fünfzehn war, gab es den Begriff der Political Correctness in der Musik noch nicht. Trotzdem wusste jeder von uns, dass im Kampf gegen ein Establishment, das aus Sozialpädagogen und linksliberalen Lehrern bestand, die alle immer auf unserer Seite waren und immer alles verstanden, keine normale Musik eingesetzt werden konnte. Für diesen Kampf brauchte man Musik, die gleichzeitig eine Waffe war. Die falsche Musik zu hören, war gleichbedeutend mit dem Überlaufen zum Feind.

Deshalb überlegte man sehr genau, welche Platten man auflegte, wenn die Freunde kamen. Franz Josef Degenhardt oder Bob Dylan gingen gerade noch, aber leider auch nur so lange, bis einer der Schafwollpädagogen eins seiner Lieder im Englisch- oder Deutschunterricht einsetzte. Ab diesem Augenblick war *Väterchen Franz* ebenso unwiderruflich tot wie *Hurricane*, das einem immerhin schon mal Schauer über den Rücken gejagt hatte, und die Platten verschwanden ganz hinten im Schrank. AC/DCs *Highway to Hell* allerdings oder etwa der wahnwitzige Einstiegsschrei von Motörhead wurden in den beginnenden 80ern doch eher selten zur Erschließung englischer Vokabeln verwendet. So konnten sie also ohne mitleidige oder verachtende Blicke der Kameraden jederzeit, manchmal sogar unter Beifall, gehört werden.

Auch die Straßenjungs, deren Texte zwar deutsch, aber dafür so ausgesprochen obszön waren, dass keiner unserer Lehrer gewagt hätte, sich daran die Finger zu verbrennen, wurden begeistert aufgenommen. Die Platten der Ton Steine Scherben oder Cochise waren dagegen schon an der Grenze, und man spielte sie nur dem besten Freund vor, und das auch erst nach einer Nacht, in der man zum ersten Mal den väterlichen Whiskey probiert und sich dabei gegenseitig feierliche Eide geschworen hatte, den anderen eines Tages aus dem bürgerlichen Sumpf zu retten. (Natürlich war es immer der andere.) Aber am nächsten Tag – ausgenüchtert – fragte ich doch lieber nicht nach der Platte, obwohl mir das Lied vom Gnadental gut gefallen hatte, denn es war einfach nicht hart genug.

Und hart wollten wir sein, um jeden Preis. Auf jeden Fall härter als die Typen vorne am Pult, die alle gegen Atomkraft und Nuklearwaffen und Amerika waren, aber Joan Baez hörten und Woodstock nachjammerten. »Pulloverschweine« nannten wir sie verächtlich. Wir dagegen zogen auch an den heißesten Tagen lange Mäntel aus schwarzem Leder oder Trenchcoats an und trugen manchmal provozierend schwarze Reitstiefel. Wir kamen in bürgerlichen Anzügen aus den 60ern in die Schule, lasen Sartre, Goebbels, Böll und Marx wild durcheinander und bedauerten Andreas Baaders Gefangennahme.

Natürlich hörten wir auch die Beatles. Nicht aus Spaß. Aber sonntagmorgens. Wir waren zu sechst, hatten von Samstag die Nacht durchgemacht und dabei auf einem weiß rauschenden Fernseher *Rockpalast* angesehen. Am frühen Morgen hatten wir Kabel auf den Dachboden verlegt, Boxen nach oben geschafft und waren durch die Luke aufs Dach des Pfarrhauses geklettert.

Den Plattenspieler stellten wir auf den Kamin. Wir dagegen lagen auf dem First und hatten die Lautsprecher meines Bruders in die Schneefanggitter geklemmt. Der Verstärker stand noch auf dem Dachboden. Und dann dröhnte *Maxwell's Silver Hammer* hinüber zur Kirche, fast so laut wie die Glocken, und die Gemeinde auf dem Weg drehte verstört den Kopf. Musik war Kampf, und Waffen mussten nicht schön sein, sondern effektiv. Blumen steckte man allenfalls in den Gewehrlauf, wenn man marschierte. Darüber herrschte Einigkeit unter uns, und der Katalog möglicher Musik war genau geregelt.

Deshalb geschah es, als ich mich zum ersten Mal in ein Lied verliebte, völlig unerwartet. Es war im Sommer, und wie bei jeder echten Verliebtheit redete ich mit niemandem darüber. Mit meinem besten Freund schon gar nicht – der wollte Rockgitarrist werden. Es war ein Nachmittag, an dem die Luft über den Gehsteigen flimmerte, ich lag faul im offenen Fenster, das Radio lief im Hintergrund und dann kamen die ersten Takte von *The Girl from Ipanema.* Diese mühelos gleitenden Töne – so etwas hatte ich vorher noch nie gehört – schnippten ein paarmal im Bossa-Nova-Rhythmus an mein Jungenherz, und plötzlich ging mein Fenster nicht mehr auf einen langweiligen Garten und die Fernstraße, sondern auf einen farnbestandenen Boulevard irgendwo in Südamerika. Und als Astrud Gilberto dann anfing zu singen, mit einer Stimme, klar und frisch und gelassen wie eine Brise vom Meer: »*Olha que coisa mas linda mas cheia de graca e ela menina que vem passa …*«, da war ich schon verloren. In diesem Lied war alles, wovon ich träumte, wenn ich an den Sommerabenden nach Hause ging: Brasilien und Mädchen, deren Haut kühl war, und Städte, in denen richtig gelebt wurde, nicht so wie bei uns … und ich wusste ja nicht, dass es allen so ging. Ich glaubte, ich hätte mich als Einziger verliebt.

Es dauerte eine Zeit lang, bis ich an das Lied kam. Zunächst hatte ich mir ja nur ein paar Bruchstücke Text gemerkt und außerdem hatte ich vorher noch nicht sehr viele Platten gekauft. Ich hatte keine Übung. So stand ich im Plattenladen und summte, mit rotem Kopf und kaum verständlich, die Melodie. Es hätte mich stutzig machen sollen, dass der Verkäufer das Lied trotzdem erkannte und mir die Platte brachte. Aber für mich war das damals noch Fügung. Die Platte kam aus dem berühmten Hause Verve, die Hülle war ringsum silbern, und ebenfalls in Silber, nur in Kontur, konnte man die schlanke, schöne Astrud Gilberto erkennen. Da verliebte ich mich noch einmal. Ich trug die Platte nach Hause wie einen Schatz, schloss mich ein und legte sie auf. Von da an hörte ich sie so oft, dass ich sie irgendwann nachkaufen musste. Jahrelang begann jede Kassette, die ich aufnahm, mit dem Mädchen aus Ipanema, das, hoch aufgerichtet, braun und stolz, hinunter zum Strand geht und niemanden ansieht, vor allem nicht den, der sie liebt.

Gleichzeitig begann ich, meine Freunde zu verraten. Statt Alice Cooper oder Deep Purple kaufte ich andere Platten vom Verve-Label und stolperte so unversehens in die Welt des Jazz. Ich entdeckte, dass ich Heavy Metal gar nicht so besonders mochte, und schämte mich. Aber ich entdeckte auch, dass es langweilig wurde, mit Musik zu provozieren. Weil ich außerdem kein Instrument außer der Geige spielte, die, neben der Blockflöte, wohl das für Kampfzwecke ungeeignetste aller Instrumente ist, begann ich, wütende Gedichte hinzuwerfen und kam mir vor wie Erich Mühsam oder Ernst Toller im München der Revolutionszeit. Nur nachts, wenn ich allein war, versuchte ich ab und zu, mich nach Brasilien zu schreiben. An den Strand von Ipanema. Und so bin ich zum Schriftsteller geworden. Wegen Astrud Gilberto. Ab und zu glaube ich, dass ich vielleicht heute noch ein wenig verliebt bin, auch wenn das Lied heute im Fahrstuhl als Hintergrundmusik läuft. Denn wenn ich alleine mit dem *Girl from Ipanema* im Lift bin, werde ich immer noch ein bisschen rot und fahre manchmal weiter als bis zu meinem Stockwerk.

ASTRID RUPPERT

Arctic Dream

Sie hatten die Reise zusammen geplant. Mit dir geh ich bis ans Ende der Welt, hatte sie gesagt, das schien noch gar nicht lange her zu sein, und doch war es so lange her wie ein anderes Leben. Und in diesem anderen Leben hatte er noch genau gewusst, dass er ihr am nördlichsten Punkt der Reise, wenn sie bei Moffen den 81. Breitengrad überfahren würden, einen Heiratsantrag machen würde. Er hatte den Diamanten längst gekauft. Er soll funkeln wie ein Polarstern, hatte er zur Verkäuferin in Mailand gesagt, die das Ganze wahnsinnig romantisch gefunden hatte und immerfort seufzen musste, während weder sie noch er daran dachten, dass sie keinen einzigen Polarstern sehen würden, auf der ganzen Reise nicht, weil es ja eine einzige Mittsommernacht sein würde, durch die sie fahren würden, in der die Sonne zehn Tage lang nicht unterginge.

Die Stimme des Kapitäns schnarrte durch den Lautsprecher, der in die Kabinenwand eingelassen war. Er wünschte allen stets eine gute Nacht, verhieß ruhige Gewässer oder auch aufgewühlte, meldete einen Wal auf drei Uhr oder Walrosse auf zehn Uhr, und er nannte die Weckzeit für den morgigen Tag. Sechs Uhr. Er hätte nicht gedacht, dass man hier auf dem Schiff immer so früh aufstehen musste. Der Kapitän war ein junger Chilene, mit schwermütigen Lippen und melancholischen Lidern. Er sah gut aus, und wenn er lächelte, was er oft tat, hatte er die Fröhlichkeit eines kleinen Jungen. Sie hätte ihn gut gefunden, da war er ziemlich sicher. Sie hätte ihr halbvergessenes Spanisch ausgepackt und hätte ihn jeden Tag auf der Brücke besucht. Er sollte aufhören, daran zu denken, was sie gemacht hätte, wenn sie hier gewesen wäre, aber er konnte einfach nicht anders. Sie saß ihm in allen Knochen.

Vor dem Einschlafen lag er in der schwankenden Einsamkeit seiner Kabine, die er eigentlich mit ihr geteilt hätte. Er lag warm und satt auf seinem schmalen festgeschraubten Bett und brauchte keine Angst vor der Nacht zu haben. Und doch fühlte er sich ähnlich einsam und ängstlich, wie die alten Nordreisenden sich vor Jahrzehnten gefühlt haben mussten. Abgeschnitten von allem, was sie kannten. Nicht wissend, ob sie jemals wiederfinden würden, was sie zurückgelassen hatten. Er wusste genau, dass er sie nicht mehr wiederfinden würde. Er legte den Ring auf den Nachttisch neben seinem Bett. Die Mitternachtssonne ließ ihn funkeln. Er würde nie an ihrer Hand blitzen, dachte er. Er hatte sich alles so anders vorgestellt.

Wenn sie morgen den nördlichsten Breitengrad der Reise querten, würde er ihn ins dunkle Eiswasser werfen und sein Funkeln würde erlöschen. Dann würde es ihm besser gehen, dessen war er sicher. Dann würde alles besser gehen. Er erwartete den Moment mit Spannung, gleichzeitig graute ihm davor. Die Leere der Landschaft, die ihn umgab, ließ die inneren Bilder mit noch stärkerer Macht auftauchen. Er sah die sanftgewellte Tundra und sah ihren Körper, bevor sie sich umdrehte und sagte, sie müsse mit ihm reden. Er sah die Eiswüste und sah ihr Gesicht, nachdem der Satz heraus gewesen war. Er sah die ewigen Gletscher und fror. Die Welt hier draußen sah genauso aus, wie er sich fühlte.

Neben dem Ring lag die tote kleine Kamera auf dem Nachttisch. Vor drei Tagen hatte er sie bei einem Landgang gefunden, wo sie in einem gerölligen Gelände direkt vor seinen Füßen lag. Beinahe wäre er darauf getreten. Die kleine Digitalkamera sah so aus, als wäre sie jemandem erst vor Minuten aus der Tasche gefallen. Aber vieles sah hier so aus, als läge es erst seit kurzem da, die Knochenberge, die die Walfänger vor zweihundert Jahren zurückgelassen hatten, zum Beispiel. Selbst ihre Boote lagen, konserviert von der Kälte, noch völlig intakt am Strand.

Er hatte die Kamera aufgehoben und sie eingesteckt, er nahm an, dass jemand vom Schiff sie verloren haben musste. Take nothing but memories, leave nothing but footsteps. Es war seltsam, alle Taschen, Jacken oder Gummistiefel einfach irgendwo am Strand abzulegen, wenn sie mit den Schlauchbooten an Land gingen. Aber sie waren abseits der wenigen Siedlungen auf Spitzbergen die einzigen Menschen hier, keiner würde irgendetwas unerlaubt an sich nehmen. Und selbst wenn, würde es ihm sowieso nichts ausmachen, noch irgendetwas zu verlieren.

Als niemand auf die Durchsage des Kapitäns wegen der gefundenen Kamera reagiert hatte, hatte er sie wieder an sich genommen. Seitdem lag sie auf seinem Nachttisch.

Er hatte sofort versucht, die Kamera einzuschalten, als er sie fand, doch der Akku war leer gewesen. Vielleicht hatte sie doch schon länger gelegen. Die Kamera war ein gängiges Modell, und er nahm an, dass der Verlust kein finanzieller war, dass der Besitzer eher den Bildern hinterhertrauerte, die nun unwiederbringlich waren. Vielleicht tat ihm die Kamera deshalb so gut. Es ging so viel verloren. Bilder. Menschen. Erinnerungen.

Und genau die Bilder, die er gerne verloren hätte, wurde er nicht los, wie sehr er sich auch bemühte.

Er wüsste so gerne, welche Bilder sich auf der Kamera befanden. Wenn er wieder zuhause wäre, würde er sich das passende Ladegerät kaufen und nachschauen, er war sich sicher, dass die verlorene Kamera ihm eine Geschichte erzählen würde.

Draußen auf dem Deck war es kalt. Die Sonne war von tiefhängenden Wolken verhüllt und die Temperatur nahe dem Gefrierpunkt. Hoffentlich würde morgen die Sonne scheinen. Funkeln sollte der Ring, aufblitzen, bevor er im Meer verschwand. Er starrte auf das frierende Meer, das kalte Grau, welches das Schiff heute umwaberte, und zog den Schal fester um seinen Hals.

»Kalt heute, nicht wahr?«, sagte eine Stimme neben ihm. Er hatte die Frau gar nicht bemerkt. Sie musste ganz leise gekommen sein, während er aufs Meer gestarrt hatte.

»Ja«, sagt er. »Sehr kalt.«

»Und die Farben sind alle verschwunden.«

»Ja«, sagt er. »Alle.«

Er wusste, wer sie war, sie stand immer hier und starrte aufs Meer, auf dem die Eisschollen trieben, und er hatte sich schon manchmal gefragt, warum sie immer aufs Meer schaute und an was sie wohl dabei dachte.

Als sie ihre Kamera aus der Jackentasche zog, um die Welt ohne Farben zu fotografieren, sah er überrascht, dass sie das gleiche Modell hatte, das auf seinem Nachttisch lag.

Sie war wie elektrisiert, als er ihr von der Kamera erzählte, und ging, ohne zu zögern, in ihre Kabine, um das Ladekabel zu holen. Als sie ihm mit feierlicher Geste das Kabel überreichte, musste er ihr versprechen, dass er die Bilder nur mit ihr zusammen anschauen würde. Er versprach es und widerstand später in der Kabine nur schwer der Versuchung, die Kamera schon anzuschalten, bevor sie fertig aufgeladen war.

Abends begegneten sie sich auf dem Weg zum Speisesaal. Sie ging zusammen mit einer dunkelhaarigen jungen Frau zum Essen, die sie ihm als ihre Zimmernachbarin Ann vorstellte, aus Kanada. Sie steuerten gemeinsam einen Tisch an, aßen, tranken, plauderten über allerlei. Weder sie noch er erwähnten die Kamera. Er war dankbar, dass sie es am Tisch nicht verriet. Aber manchmal schaute sie ihn verschwörerisch an, und er spürte, dass das kleine Geheimnis sie miteinander verband. Ann bemerkte einen dieser Blicke, sah zwischen ihnen hin und her und fragte ihn mit einem Grinsen, ob auch er sich darüber Gedanken machte, warum manche Eisschollen sich verbanden und andere auseinanderdrifteten? Damit erhob sich Ann und trat zum Nachbartisch, wo John, dieser Topmodel-Guide, erfreut aufschaute und sie an die Bar einlud.

»Was meint sie damit?«, fragte er.

Sie wurde ein wenig rot und zuckte die Achseln. »Keine Ahnung«, sagte sie und schaute aus dem Fenster, als würde sie dort etwas plötzlich ablenken, das ihre ganze Aufmerksamkeit erforderte. Stumm löffelten sie ihren Nachtisch. Und erst nachdem sie den letzten Rest des Schokoladenpuddings sorgsam mit dem Löffel herausgekratzt hatte, blickte sie auf ihre Uhr. »Jetzt müsste sie aufgeladen sein.«

Als sic zusammen in seiner Kabine standen, schaute sie sich neugierig um. »Du hattest Glück, eine Zweierkabine für dich allein.«

»Es war anders geplant«, sagte er. »Und mit Glück hat es nicht wirklich zu tun.« Er verstummte, und sie nickte. Mehr brauchte er nicht zu sagen. Dann sah sie den Ring auf dem Nachttisch liegen. »Oh. Und was wird aus ihm hier?«

»Der wird morgen tauchen gehen. Auf dem Grund des Polarmeeres. Wo ihn vielleicht ein Fisch findet und frisst.«

Sie schaute ihn verblüfft an und lachte: »Und irgendein kleiner Fischer in einer norwegischen Fischfabrik nimmt genau diesen Fisch aus und kann sein Glück nicht fassen! Er wäscht ihn und eilt abends zum Haus seiner heimlichen Jugendliebe, der schönen Laila, die sich so einen herrlichen Ring schon immer gewünscht hat, große Überraschung, was für ein Fund! Und die beiden leben glücklich bis an ihr Lebensende.«

Ihr Lächeln, sah er, war wehmütiger geworden, als ihre kleine Geschichte geklungen hatte.

»Ist so eine Sache … bis an ihr Lebensende. Manchmal reicht es noch nicht mal bis zum Heiratsantrag«, seufzte er.

»Und manchmal«, erwiderte sie und nickte zustimmend, »scheitert alles an einem alten Sessel. Und wie traurig ist denn das eigentlich?«

Sie schauten sich wissend an.

»Kamera?«, fragte er.

Sie nickte: »Unbedingt.«

Nebeneinander setzten sie sich auf das leere Bett, und er spürte, wie gespannt sie war. Sie rückte näher an ihn heran, um besser auf das Display der Kamera schauen zu können, und rutschte mit einem entschuldigenden Lächeln wieder ein Stückchen zurück, als sich sein Rücken etwas versteifte. Er drückte auf das Knöpfchen mit dem roten Punkt, und tatsächlich, auf dem Display erschien das erste Bild. Geröll.

»Da habe ich sie gefunden«, rief er. »Genau da. Im Geröll.« Sie klickten sich rasch durch die Bilder. Stumm und gespannt schauten sie auf das kleine Display und hofften darauf, etwas zu entdecken. Irgendetwas. Sie sahen arktische Landschaften, Meer, Gletscher, Tundra, Felsen, Eisschollen, Vögel. Menschen in Outdoorfunktionskleidung, von denen man außer den bunten Farben ihrer Jacken wenig erkennen konnte. Als sie wieder bei dem Bild vom Anfang landeten, waren sie beide enttäuscht. Er hatte eine großartige Geschichte erwartet, ein Rätsel, das er würde lösen können, ein Geheimnis, einen Einblick in ein Leben, das eine Botschaft für ihn gehabt hätte. Aber die Bilder erzählten nichts. Sie erzählten nur, dass jemand, mit nur mäßiger Begabung für Fotografie, auf einem Geröllfeld eine Kamera verloren hatte. Die Enttäuschung füllte die kleine Kabine, und beide wussten plötzlich nicht mehr, warum sie sich so aufgeregt hier eingefunden hatten und was sie hier eigentlich machten. Plötzlich war es peinlich, so nah nebeneinander auf einem schmalen Bett zu sitzen. Die ganze Spannung war entwichen. Wohin entwich Spannung eigentlich, fragte er sich, und dachte, sie müsste doch noch im Raum sein. Die Luft, die aus einem Luftballon entwich, wäre ja auch noch im Raum, irgendwo, und man könnte sie wieder hineinblasen in den Ballon, wenn man wollte. Wenn.

»Ich geh dann mal«, sagte sie und erhob sich.

»Danke«, sagte er.

»Na ja«, antwortete sie, »wofür?«

»Was würde deine Kamera erzählen?«, fragte er, weil er plötzlich nicht wollte, dass sie schon ging.

»Das Gleiche, befürchte ich. Vielleicht«, sagte sie, »könnte ein aufmerksamer Betrachter eine gewisse Vorliebe für driftende Eisschollen entdecken.«

Sie zog die Kamera aus ihrer Tasche und setzte sich wieder neben ihn. Dieses Mal war es ihm nicht unangenehm, als sie sich zu ihm beugte, damit er einen besseren Blick auf ihr Display werfen konnte. Tatsächlich, ungefähr zwei Drittel ihrer Bilder waren Bilder von Eisschollen im Wasser. Risse, Bruchstellen, Spalten, Abgründe. Alle Schattierungen von dunkelstem Blau bis zu dem fast unnatürlich wirkenden leuchtenden Türkis der Bonbons seiner Kindheit, die den Mund kühlten wie süßes Eis. Strahlendes Weiß an Schwarz. Harte Brüche, deren scharfe Kanten fast schmerzten, zarte, verspielte, sich gerade neu bildende Kristalle in hellblauen Spiegelungen des Himmels, wie in einem impressionistischen Gemälde. Fasziniert betrachtete er die Bilder, nahm ihr die Kamera aus der Hand, klickte immer wieder hin und her.

»Deine Kamera erzählt viel mehr«, sagte er schließlich, als er sie wieder in ihre Hände legte.

»Ach Quatsch«, sagte sie verlegen und steckte sie wieder ein. »Ich kann überhaupt nicht gut fotografieren.«

Später lag er auf seinem Bett und schaute sich die Bilder auf seiner eigenen Kamera an, dachte darüber nach, was jemand, der sie fände, über ihn erfahren würde? Er klickte durch die Sammlung seiner Fotografien und stellte fest, dass er Bilder machte wie ein ganz normaler, beliebiger Tourist. Da war das Flugzeug, in das er gestiegen war, Wolken aus dem Flugzeugfenster, die kleinen bunten Holzhäuser in Longyearbyen, die alle fotografiert hatten, bevor sie an Bord des Schiffes gegangen waren. Der Schriftzug auf dem roten Schiffsrumpf, arktische Landschaften. Vielleicht könnte ein aufmerksamer Betrachter eine gewisse Vorliebe für menschenleere Bilder feststellen. Das war aber auch alles.

Er fotografierte den Ring auf seinem Nachttisch, das leere Bett im Hintergrund. Sogar auf den Boden kniete er sich, um eine gute Perspektive zu finden für die beiden Betten in der engen Kabine, zerwühlte sein Bett noch mehr, damit es besonders zerknittert aussah, neben dem anderen, das glatt und unbenutzt geblieben war. Den Ring dazwischen erkannte man kaum. Aber er war zufrieden. Jetzt gab es in seiner Kamera eine kleine Geschichte für den, dachte er, der sie finden wollte. Auch wenn sich diese scheinbar endlosen Gedanken, die er sich in diesen scheinbar endlosen Nächten gemacht hatte, kaum in ein Foto von zwei Betten und einem Ring für einen Heiratsantrag, den es nie geben würde, hineinpressen ließen. So einfach war es nicht, dachte er, es war viel komplizierter, vielschichtiger, es war ... nein. Wenn er ehrlich war, war es genauso einfach. Und genauso banal. Er lag alleine auf seinem Bett und kaute noch eine Weile auf dieser Erkenntnis herum, bis er irgendwann sogar eine kleine Erleichterung spürte, und als er endlich eindöste, drifteten zahllose Eisschollen durch seine Träume.

Als die Durchsage des Kapitäns durch den Lautsprecher schnarrte, dass die *Arctic Dream* in der nächsten halben Stunde den nördlichsten Punkt ihrer Reise erreichen und den 81. Breitengrad überqueren würde, schien die Sonne und er war froh. Denn der Ring würde funkeln, genauso wie er sich das vorgestellt hatte, und er würde ihn endlich los sein. Er zog den Ring an seinen kleinen Finger, wo er vor dem letzten Gelenk stecken blieb, schaute auf den Nachttisch, der jetzt sehr viel leerer aussah, und zog entschlossen die Kabinentür hinter sich zu. Jetzt ist Schluss, dachte er. Endlich. Schlussendlich. Aus die Maus. Eine neue Geschichte würde beginnen. Wann, das wusste er nicht, aber es würde eine neue Geschichte beginnen irgendwann, weil diese hier nun zu Ende ging.

Als er aufs Deck kam, traf er auf den südafrikanischen Vogelforscher mit seinem meterlangen Superobjektiv, der ihm aufgeregt von den Elfenbeinmöven erzählte, die er heute früh schon gesehen hatte. Es gab aller Wahrscheinlichkeit nur noch 50, allerhöchstens 100 Paare auf Spitzbergen, keinesfalls mehr. Und eins davon hatte er gesehen. Und fotografiert natürlich. Er strahlte so glücklich, dass er lächeln musste. Wenn ihn das doch nur auch so glücklich machen würde, eine der Elfenbeinmöven zu entdecken. Aber er wusste noch nicht einmal, wie sie aussahen. Weiß wahrscheinlich. Aber waren nicht alle Möwen mehr oder weniger weiß?

Er trat an die Reling und schaute zum nördlichsten Horizont, den er je gesehen hatte. Die Durchsage des Kapitäns hatte ihn darauf vorbereitet. Im Leben gab es dafür keine Vorwarnung. Da kam der Norden ganz plötzlich.

»Du willst bestimmt lieber alleine sein«, sagte sie, als sie neben ihn trat, »ich wollte nur Hallo sagen.«

»Hallo«, sagte er.

»Ja. Hallo.« Sie lächelte verlegen.

»Aber du musst jetzt nicht gehen«, sagte er. »Oder vielleicht, oder gleich, ich weiß nicht. Ich –«

Er brach ab. Der Ring saß an seinem kleinen Finger, und es war ihm mit einem Mal peinlich, dass sie davon wusste.

»Ich könnte ein Foto davon machen«, schlug sie vor.

»Mit deiner Kamera. Ich könnte aufs obere Deck gehen, das ist bestimmt eine gute Perspektive von da oben. Für deine Geschichte, du weißt schon, falls du deine Kamera mal verlieren solltest …«

Sie grinste und zuckte die Achseln, und er dachte an das Foto, das er gestern Abend noch gemacht hatte. Das Foto für seine Geschichte. Er musste auch grinsen, obwohl ihm gar nicht danach zumute war, und winkte trotzdem ab. Plötzlich schien ihm alles zu theatralisch und zu aufwendig, und was sollte das alles? Doch sie war Feuer und Flamme und schaute ihn so erwartungsvoll an, dass er sie nicht enttäuschen wollte.

»Erzählst du mir dann von dem Sessel?«, fragte er.

»Eigentlich weißt du schon alles«, sagte sie und streckte lächelnd die Hand aus, damit er ihr seine Kamera gab.

Dann stand er wieder alleine an der Reling. Während sie die rote Stahltreppe hinaufstieg zum höheren Deck, schallte die Kapitänsstimme aus dem Lautsprecher, dass sie in diesem Moment den 81. Grad querten. Die Vogelforscher verglichen ihre Bilder von den Elfenbeinmöwen, er spürte, dass sie vom oberen Deck seine Kamera auf ihn richtete, die Sonne blendete und das Eis glitzerte und ihm war diese ganze Aktion jetzt noch peinlicher. Was für ein Kinderspiel. Schluss damit. Es war jetzt höchste Zeit, dass ein für alle Mal Schluss damit war. Er schaute hoch zum oberen Deck, wo sie mit gezückter Kamera stand und ihm zunickte. Er holte weit aus, schwang den Arm kraftvoll für das Foto, das sie von ihm machte, und dann war es vorbei. Ein für alle Mal vorbei.

Kurz darauf stand sie neben ihm und gab ihm seine Kamera zurück.

»Wie geht es dir jetzt?«, fragte sie.

»Besser«, antwortete er und lächelte.

»Du siehst ganz anders aus«, bemerkte sie und musterte neugierig sein Gesicht. »Das muss befreiend gewesen sein.«

»Ja«, sagt er. »Vor allem, dass es jetzt vorbei ist. Das ist das Befreiende.« Er ließ die Kamera in seiner Jackentasche verschwinden. »Es tut mir leid, dass du dir diese peinliche Inszenierung mitansehen musstest. Wirklich. So eine wehleidige Geschichte.«

»Es gibt viele Geschichten«, antwortete sie ernst, ohne ihm zu widersprechen.

»Zeit für eine neue Geschichte«, sagte er, griff nach ihrer Hand und steckte ihr den Ring an den Finger. »Denk dir einfach, dass du den Fisch gekauft hast, der den Ring gefressen hat, große Überraschung, und lebe glücklich bis an dein Lebensende, wie auch immer. Das ist einfach die bessere Geschichte, oder?«

Ungläubig starrte sie ihn an. Dann starrte sie auf den Ring an ihrer Hand. Er passte genau. Als sie wieder aufsah, lächelte er sie an und ging dann beschwingt und befreit ein paarmal ums ganze Schiff, das ab jetzt wieder gen Süden steuerte. Es ging gen Süden.

JAN WEILER

Wasserhahn zu?

Wenn sich mir ein Gerät mit Konversation aufdrängt, werde ich schnell ungehalten. Ich finde schon Menschen meistens zu geschwätzig und würde generell gerne viel weniger Gespräche führen. Und auf keinen Fall würde ich mir einen dieser Quatschkästen kaufen, denen man befiehlt, welche Musik sie spielen sollen, und die man fragt, wie das Wetter in Kassel ist.

Ich bekomme zu viel, wenn mein Auto wissen will, ob ich zur nächsten Tankstelle fahren möchte. Oder Programme im Rechner, die besorgt nachfragen, ob ich sicher bin, wenn ich sie beenden will. Ja, ich bin sicher. Diese pseudobesorgten und letztlich auf Herrschaft getrimmten Allüren der Algorithmen gehen mir gewaltig auf die Murmel. Warum gibt es Armbanduhren, die einem sagen, dass man heute noch 1300 Schritte tun muss, zu wenig getrunken hat und das neue Album von den Kastelruther Spatzen bestellen kann?

Das Blöde am Dialog mit Geräten ist die Einseitigkeit der Kommunikation. Man kann seiner Armbanduhr natürlich ein schwungvolles »Lecko mio« entgegenbellen, aber sie wird nicht darauf reagieren. Im Gegenteil. Sie wird eine Stunde später mitteilen, dass die Milch im Kühlschrank in einer Woche abläuft. Es juckt sie null, dass man sie nicht mag. Man kann künstliche Intelligenz nicht beleidigen, schon weil sie keinen Humor hat. Und keinen Charme. Sie kann sich merken, welche Musik ich gerne höre. Aber das kann ich mir auch merken, dafür brauche ich keine digitalen Besserwisser.

Und nun quatscht mich meine Waschmaschine voll. Wenn sie wenigstens etwas Nettes sagen würde, so etwas wie: »Du siehst heute fabelhaft aus.« Oder: »Ich wünschte, ich wäre eine Geschirrspülmaschine, dann würden wir uns öfter sehen.« Aber für so etwas ist sie zu doof. Jedes Mal, wenn sie wäscht, piept sie 26 Minuten vor dem Ende, und auf dem Display steht »Wasserhahn zu?«. Ja wie? Natürlich nicht. Warum sollte der Wasserhahn zu sein? Ich bin noch nie auf den Gedanken gekommen, den Wasserhahn hinter der Waschmaschine zu schließen. Was soll also die Frage, zumal die Waschmaschine bereits seit einer Stunde läuft, und zwar unter reger Beteiligung vieler Liter guten Leitungswassers aus dem Wasserhahn.

Da ich nicht weiß, was man jetzt tun soll, drücke ich die Starttaste, und es geht weiter. Bei der nächsten Wäsche dasselbe. Die Maschine piept und fragt: »Wasserhahn zu?« Starttaste. Weiter. Jedes Mal. Nach drei Wochen stehe ich wie der innerlich rasende Taxi Driver Travis Bickle vor der Maschine. Sie fragt: »Wasserhahn zu?«, und ich antworte: »Redest du mit mir? Du laberst mich an? Kann das sein, dass du mich meinst? Du redest mit mir? Ich bin der Einzige, der hier ist. Mit wem kannst du Arsch in diesem Ton reden?«

Und die Waschmaschine sagt: »Ich mein ja nur, vielleicht rufst du mal den Kundendienst an. Ich weiß auch nicht, warum das immer auf meinem Display steht.« Darauf setze ich mich an den Rechner und lese zunächst einmal sämtliche Forenbeiträge zum Thema »Wasserhahn zu«. Dabei fällt auf, dass niemand mein Problem hat. Bei den anderen Leuten bleibt die Wäsche trocken, weil nun einmal der Wasserhahn zu ist. Aber bei mir wird die Wäsche nass, und die Maschine stoppt nur, um mir ihre sinistre Frage zu stellen. Schließlich rufe ich beim Kundendienst an, der sich sehr geduldig mein Problem anhört. Dann sagt der Herr: »Vielleicht drehen Sie mal den Wasserhahn auf.«

»Der Wasserhahn ist auf«, rufe ich. »Er hat Druck wie ein russischer U-Boot-Matrose, und die Wäsche wird tadellos eingespült.«

Der Mann sagt, ich könne ja mal die Filter am Wasseranschluss reinigen und schauen, ob ein Schlauch eingeklemmt ist. Habe ich aber alles schon gemacht. Er schlägt vor, entweder den Kundendienst zu bestellen oder die Sache zu ignorieren. Eigentlich hat er null Ahnung von der Psyche meiner Waschmaschine. Ich baue mich vor ihr auf und sage laut: »Wenn du noch einmal fragst, ob der Wasserhahn zu ist, bringe ich dich um.« Dann lege ich Wäsche ein. Nach einer Stunde piepst es. Ich gehe zur Maschine. Und auf dem Display steht nicht »Wasserhahn zu?«. Sondern einfach nur »E:17«. Das Ding macht mich fertig.

T. C. BOYLE

Der Fünf-Pfund-Burrito

Bratfett war sein Leben, und ganz gleich, wie oft er sich wusch, und das tat er täglich und gründlich – er duschte nicht, sondern ließ sich ein Bad ein –, roch er doch immer nach *Carnitas, Machaca,* den gehackten Zwiebeln und dem seifigen Koriandergrün, die er jeden Morgen in sein *Pico de gallo* rührte. Das Fett saß unter seinen Fingernägeln und in den Hautfalten, die jetzt, da er nicht mehr jung war, tiefer und zahlreicher waren. Es bestimmte sein Leben, er verdiente Geld damit, und wenn das seine Nachteile hatte – er war zweiundsechzig und hatte nie geheiratet, denn welche Frau würde einen Mann wollen, der aus allen Poren nach gebratenem Schweinefleisch roch? –, so hatte es doch auch gewisse Vorzüge. Zum einen war er sein eigener Herr. Andere, schickere Cafés waren gekommen und wieder verschwunden, aber das kleine Lokal, das er in den Sechzigern aufgemacht hatte, warf noch immer genug ab. Zum anderen war er zufrieden: Seine Welt bestand aus vertrauten Dingen – Spüle und Spülmaschine, Grill und Grillrost –, und er betrachtete die Leute, die zu ihm kamen, die Stammkunden wie die Laufkunden, als eine Herde, die gefüttert werden musste wie die Hühnerschar seiner Mutter, als er ein Junge gewesen war. Und was tat er, wenn sie gefüttert war? Er schrubbte den Grillrost, brachte Schürzen, Hemden und Unterwäsche in die chinesische Wäscherei, die es beinahe schon ebenso lange gab wie seinen Laden, ging nach Hause, setzte sich vor den Fernseher und legte die Beine hoch.

Seine einzige Angestellte war eine missmutige Frau namens Sepideh, eine iranische (oder, wie sie selbst sagte, persische) Einwanderin, die nach dem Regimewechsel aus ihrem Heimatland geflohen und, je nach Tageszeit, zwischen fünfundvierzig und sechzig war. Morgens war sie unwiderruflich alt, doch je näher der Feierabend rückte, desto verjüngter schien sie, auch wenn sie schlurfte und die Schultern hängen ließ und ihr Make-up immer dramatischer aussah. Sie war dunkelhäutig und dunkeläugig und färbte sich ihr einst schwarzes Haar pechschwarz. Die Leute hielten sie für eine Mexikanerin. Ihm war es vollkommen egal, ob seine Kellnerin aus Chapultepec oder Hokkaido stammte, solange sie ihren Job machte und ihm Arbeit abnahm, wenn es hoch herging. Und das tat sie. Seit ungefähr zwanzig Jahren.

An diesem Tag, einem tristen Tag mitten in der Woche, die Skyline der Innenstadt war in Nebel oder Smog oder wie immer man es nennen wollte verborgen, kam Sepideh zu spät, weil der Bus von dem Viertel, das man Klein-Persien nannte und wo sie mit ihrer Mutter und ihrem gleichermaßen mürrischen Bruder wohnte, mit dem er nur ein-, zweimal gesprochen hatte, liegengeblieben war. Und wie das Schicksal es wollte, stand schon eine Schlange vor dem Lokal, als er um Punkt elf zur Tür ging und das Schild von *Geschlossen* auf *Geöffnet* drehte. Die Kunden strömten herein, die meisten waren vertraute Gesichter, und als sie sich an die Theke setzten und an den sechs Tischen, die entlang der hinteren Wand unter dem gerahmten Schwarzweißfoto eines toten Präsidenten aufgereiht waren, ihre Zeitungen entfalteten, Laptops aufklappten und Tablets aufstellten, nahm er die Bestellungen auf.

Der Erste war Scott, Student an der Uni, der an fünf Tagen die Woche immer dasselbe nahm: schwarzen Kaffee und einen Burrito mit Chorizo und Rührei, den er großzügig mit Jalapeños bestreute – *um wach zu werden*, wie er es an den Morgen ausdrückte, an denen er imstande war zu sprechen. Neben ihm saßen Humberto und Balthasar, zwei alte Männer mit ausgebeulten Hosen, die irgendwo in der Nachbarschaft wohnten und in den nächsten drei Stunden schwer gezuckerten Kaffee schlürfen und versuchen würden, ihm ein Ohr abzuquatschen, während er vom Herd zum Grill, zum Kühlschrank und wieder zurück ging, und da waren noch zwei neue Gesichter, ebenfalls Studenten, aber groß, mit Stiernacken, breiten Schultern und festen Bäuchen, zweifellos Footballspieler, die alles in einem halben Meter Umkreis verschlingen, sich über die kleinen Portionen beklagen, die Burritos als Knastrationen bezeichnen und dabei versuchen würden, die Glasur von den Tellern zu lecken. Er hätte sich natürlich freuen sollen, dass die Studenten ihn wiederentdeckt hatten – aber wie viele Studentengenerationen hatten das schon getan, nur um dann, in den mageren Monaten, wenn er die Einnahmen hätte gebrauchen können, wegzubleiben?

Er teilte die laminierten Speisekarten aus wie der Kartengeber am Blackjacktisch im Caesar's, wo er jeden Februar zwei Wochen verbrachte und im Licht des kleinen Scheinwerfers saß, der den Tisch beleuchtete, neben sich eine Gratiscola mit Rum. Dann beugte er sich über die Theke und verkündete mit einer Stimme, die mit jedem Tag, der ihn dem Alter und der Gebrechlichkeit näher brachte, ein bisschen schwächer wurde: »Heute kein Service. Ihr dahinten – wenn ihr was wollt, müsst ihr an die Theke kommen.« Das war alles. Er brauchte ihnen keine Begründung zu geben – wenn sie Michelinsterne wollten, sollten sie nach Beverly Hills oder Pacific Palisades gehen –, aber dann fügte er doch noch hinzu: »Sepideh ist noch nicht da.«

Und so begann der Tag: Frühstück, dann die hektische Mittagszeit, und er sah bloß sich öffnende und schließende Münder und die großen Mengen Bohnen, Reis und marinierte Schweine-, Hähnchen- und Rindfleischstücke, die durch die Kehlen seiner Kunden rutschten. Erst lange nach Mittag kam er dazu, ein wenig zu verschnaufen – er hatte nicht mal Zeit für eine Zigarette gehabt, und ein absinkender Nikotinspiegel machte ihm schlechte Laune –, und als er auf der Tortilla, aus der er den nächsten Burrito machen würde, das Gesicht sah, ignorierte er es. Es war das Gesicht von niemandem – Augen, Nase, Wangenknochen, Stirn –, und es bedeutete gar nichts, nur dass er jetzt schon müde war, und dabei hatte er noch sechseinhalb Stunden vor sich. Natürlich hatte er auch früher schon Gesichter gesehen: Mohammed, Buddha, einmal auch das eines berühmten Baseballspielers – aber Jesus? Nie. Die Frau am Broadway hatte einen Jesus gehabt, der ganz genauso ausgesehen hatte wie auf dem Turiner Grabtuch, nur dass das Tuch in diesem Fall aus Mehl, Schmalz und Wasser bestanden hatte. Er hätte auch einen Jesus gebrauchen können, denn die Frau war reich geworden, und die Schlange vor ihrem Laden war einen ganzen Block lang. Hätte er einen Jesus gehabt, dann hätte er eine tüchtigere – und verlässlichere – Bedienung als Sepideh einstellen, sich zurücklehnen und es ein bisschen ruhiger angehen können. Das dachte er, als er erst die Bohnen und dann Reis, Fleisch, Guacamole, saure Sahne, Käse, in Streifen geschnittene Salatblätter und *Pico de gallo* auf der Tortilla verteilte – das volle Programm, und warum auch nicht? Die Bestellung kam von zwei weiteren

Footballspielern, die an einem der Tische saßen wie zum Leben erwachte Statuen. Vielleicht war es eine Laune, vielleicht auch eine Art Rache, jedenfalls häufte er immer mehr Zutaten auf, bis der Burrito so groß war wie ein dickes Kopfkissen. Mal sehen, ob sie sich jetzt noch beschwerten.

Und das war der Augenblick der Inspiration, sei sie nun göttlichen oder anderen Ursprungs: Er beschloss, den Burrito zu wiegen. Er würde ihn tatsächlich wiegen, und das würde seine Reklame, aber auch sein Stolz sein: der größte Burrito der Stadt. Wenn er schon keinen Jesus hatte, so hatte er doch wenigstens das.

Wir durchleben unsere Zeit auf Erden in einer Anhäufung von Millisekunden, Sekunden, Minuten, Stunden, Tagen und Jahren, und das Leben ist ein Weg, dem wir alle, ausnahmslos, bis zum Ende folgen müssen. Gibt es Veränderung – oder auch nur eine Hoffnung darauf? Ja, aber Veränderungen sind strapaziös, schlecht für die Nerven und fast immer eine Wendung zum Schlechteren. So war es auch bei Sal, dem in Amerika geborenen Sohn mexikanischer Einwanderer, der sich in seinen Zwanzigern Geld von seinem Onkel James geliehen und Salvador's Café aufgemacht hatte und dessen Umsatz jetzt, beinahe vierzig Jahre später und angetrieben von seinem Fünf-Pfund-Burrito, durch die Decke ging wie eine Rakete. Plötzlich kamen nicht mehr nur Stammkunden und die Ausgehungerten oder Gierigen der Nachbarschaft in seinen unscheinbaren Laden, sondern auch die gebildete Oberschicht von der West Side, Leute, die in blitzenden neuen deutschen Wagen vorfuhren und durch die Tür traten, als erwarteten sie, dass der Boden unter den Sohlen ihrer Turnschuhe nachgab und sie in einen tieferen, dunkleren Raum glitten.

Das war eine Veränderung, eine Veränderung zum Guten, zunächst jedenfalls. Er stellte einen Mann zum Spülen und Aufwischen ein und außerdem, damit alle was zu sehen hatten, eine zweite Bedienung, eine junge Frau, Schwesternschülerin. Und auf der Theke, in Augenhöhe und auf einem mit Stoff bezogenen Sockel, stand die große Metzgerwaage, auf der er feierlich jeden tropfenden Burrito mit Schweine-, Hähnchen- oder Rindfleisch abwog, bevor Sepideh – oder Marta, die Neue – den übergroßen Teller unter sichtlichen Mühen dem Gast brachte, der ihn bestellt hatte. Ein Zeitungsreporter kam. Dann ein zweiter. Die Schlange reichte bis um die Ecke, auch ohne Jesus.

Eines frühen Morgens – Sal stand um fünf Uhr auf und war um sechs in der Küche, um alles vorzubereiten, denn mit zunehmendem Erfolg gab es natürlich auch mehr Arbeit – spürte er eine numinose Veränderung der Atmosphäre, als hätten diese schüchternen Entdecker aus der West Side am Ende doch recht gehabt. Natürlich gab der Boden unter ihm nicht nach, aber als er das Fleisch von den Knochen schnitt und Avocados zu Guacamole verarbeitete, merkte er, dass die Atmosphäre von etwas Neuem durchdrungen war, von etwas, bei dem ein in den Schatten schnüffelnder Hund die Nackenhaare aufgestellt hätte. Für einen Augenblick wurde ihm schwindlig, und er fragte sich, ob er vielleicht eine Art Anfall habe, den unvermeidlichen Herzinfarkt oder Schlaganfall, der ihn ein für alle Mal niederstrecken würde, doch das Schwindelgefühl verschwand, und er stand noch immer in der Küche, das Messer in der Hand, und auf dem Schneidbrett lag feucht das gewürfelte Schweinefleisch. Er schüttelte den Kopf, um die Benommenheit loszuwerden. Etwas war anders, aber er konnte nicht sagen, was.

Unter Hacken, Würfeln und dem Vergießen von Tränen über den Aromen von Habaneros und Jalapeños verging der Morgen, Sal tat der Rücken weh, an seinen Händen war der Saft der hundertmillionsten Tomate seines im Aufwind befindlichen Lebens, und er vergaß die Sache, bis es an der Hintertür klopfte. Das war Stanford Wong, der Lebensmittel an die Restaurants der Gegend lieferte und so pünktlich war wie die große Uhr in Greenwich, England, nach der sich alle Welt richtete. Sal wischte sich die Hände an der Schürze ab und eilte zur Tür, denn verständlicherweise wartete Stanford nicht gern. Möglicherweise gab es vor der Tür ein Geräusch, ein verstohlenes Kratzen wie von einem Tier, das einen Weg hinein suchte, doch es fiel Sal nicht weiter auf. Als er die Tür öffnete, stand nicht Stanford vor ihm, sondern ein eins fünfundsiebzig großes, hoch aufgerichtetes Hähnchen, das Stanford Wongs Khakishorts und Khakihemd mit einem schwarzen Namensschild – *Stanford* – auf der Brust trug.

War Sal verblüfft? Hatte er Visionen? Er hatte doch gefrühstückt, oder? Ja, ja, natürlich: Eier. Hühnerembryos. In Butter gebraten und mit etwas Cotijakäse bestreut, dazu Toast. Er stand da und blinzelte, doch der Vogel, der irgendwie nicht nur Flügel, sondern auch Hände zu haben schien, schob sich ungeduldig an ihm vorbei, stellte eine Steige Salat und ein paar durchsichtige Plastiktüten voll Tomatillos, Paprikaschoten und dergleichen auf die Theke und fuhr, das Quittungsbuch in der Hand, abrupt herum. Jetzt kamen auch Worte, der Vogel, dessen Schnabel auf- und zuklappte, so dass man die feuchte, rosige, spitze Zunge sehen konnte, sagte etwas, doch die Worte ergaben keinen Sinn, es sei denn, man interpretierte sie als das übliche: *Morgen dasselbe*? und *Mach's gut.*

Die Tür wurde geschlossen. Die Steige stand auf der Theke, wie sie vor einem, zwei, drei Tagen dort gestanden hatte. Er hielt kurz inne – vielleicht sollte er noch eine Tasse Kaffee trinken –, bevor er den Karton nahm und die Salatköpfe in den Kühlschrank schob. Dabei dachte er die ganze Zeit, dass es hier zwei Möglichkeiten gab. Die erste und nächstliegende war, dass er Halluzinationen hatte. Die zweite, verstörendere war, dass sich Stanford Wong in ein riesiges Hähnchen verwandelt hatte. Wie auch immer es sich verhielt – beide Möglichkeiten ließen sich kaum als gut bezeichnen, und wer konnte es ihm verdenken, wenn er über dem ganzen Wirbel um den Fünf-Pfund-Burrito den Verstand verlor?

Dann kam Sepideh, in schwarzem Rock und weißer Bluse, doch ihr Kopf war mit Federn bedeckt, anstelle der Nase hatte sie einen braunroten Schnabel, und an den Füßen trug sie keine Schuhe, denn ihre gelben, schuppigen Beine endeten nicht in Zehen und lackierten Nägeln, sondern in den nackten, gespreizten Krallen einer Henne. Sie war nie redselig, aber morgens war sie besonders wortkarg, und was sie jetzt zu sagen hatte, klang wie ein missgelauntes Gackern und Glucksen, und er … er ließ sie einfach stehen. Dann kam Marta und war ebenfalls eine Henne, und als Oscar Martí, der Spüler, erschien, war es schon gar nicht mehr weiter überraschend, dass auch er, wie Stanford Wong, zum Hähnchen geworden war und dass, nachdem Sal den Laden geöffnet hatte, die gesamte männliche Kundschaft sich aufplusterte und krähte, während die weiblichen Gäste gackerten und brütend dasaßen und in Handtaschen voll Eyelinern, Puderdosen und Lippenstiften kramten, für die es keine erkennbare Verwendung gab. Irgendwas stimmte hier nicht, ganz und gar nicht, aber er hatte zu tun, und ob er verstand, was irgendwelche Leute, seien es Angestellte oder Gäste, zu ihm sagten, schien keine Rolle zu spielen, denn mittlerweile war alles nur noch Routine: die Tortilla ausbreiten, Zutaten und einen Löffel *Salsa verde* daraufgeben, zusammenfalten und auf die große, weiße Waage legen.

Das war der Montag. Montage waren immer schwierig, man musste sich zwingen, wieder in Gang zu kommen nach dem Tag der Ruhe, dem Tag des Herrn, an dem man in die Kirche ging, die Finger in Weihwasser tauchte und Gott für seine Segnungen dankte. Am Abend schloss Sal ab, und wenn er feststellte, dass alle Leute, sämtliche Männer, Frauen und Kinder auf den Straßen oder hinter den geschlossenen Fenstern ihrer Wagen, zu einer anderen Spezies – nämlich zu den Hühnern – gehörten, so ließ er sich davon nicht verrückt machen. Dennoch ging er, sobald er die Wohnungstür hinter sich geschlossen hatte, zum Spiegel im Badezimmer und war erleichtert, dass es sein eigenes menschliches Gesicht war, das ihn aus müden Augen ansah. An diesem Abend schenkte er sich einen Drink ein – etwas, das er mit zunehmendem Alter immer seltener tat –, wärmte sich einen Burrito (normale Größe) in der Mikrowelle und sah sich Reality-TV an, bis ihm die Augen zufielen. Es wäre wenig überraschend gewesen, wenn seine Träume von Hähnen, Hennen und hin und her rennenden Küken bevölkert gewesen wären, aber Tatsache war, dass er gar nichts träumte – oder jedenfalls nichts, an das er sich nach dem Aufwachen noch hätte erinnern können. Er war eine leere Leinwand, eine Tabula rasa. Mechanisch rasierte er sich. Mechanisch briet er sich zwei Eier mit drei Streifen Speck. Mechanisch fuhr er zur Arbeit. Im Dunkeln.

Als Stanford Wong um Punkt acht Uhr klopfte, ging

Sal mit schnellen Schritten zur Tür. Eine zweite Tasse Kaffee – mit einem Schuss Espresso – und die Aussicht auf einen weiteren rekordverdächtigen Tag hatten seine Stimmung aufgehellt. Wenn es so weiterging, würde er bald nur noch im Sessel sitzen und die Welt kommen und gehen sehen, während der neue Koch, den er einstellen und anlernen würde, die ganze schmutzige Arbeit machte. Und das alles nur wegen der Inspiration, die er vor einem halben Jahr gehabt hatte, als er die Waage aufgestellt, den Burrito daraufgelegt und es der Welt gezeigt hatte. Den Fünf-Pfund-Burrito. Es war ein Konzept, eine Neuerung, die außer ihm keiner in der ganzen Stadt zu bieten hatte, ganz gleich, ob es nun eine Bude oder ein Imbiss mit Sitzplätzen oder gar eins von diesen feinen Restaurants mit weißen Tischdecken war, wo die Ober einen ansahen, als sollte man eigentlich auf dem Teller liegen, anstatt auf einem Stuhl zu sitzen und eine Bestellung aufzugeben. Die Leute begriffen einfach nicht, was es hieß, sich an einen Burrito dieses Kalibers zu machen – kein Mensch, auch nicht der gierigste, aufgeblähteste Footballspieler, konnte so etwas auf einen Sitz verspeisen. Trotzdem gab es welche, die darauf wetteten, und Sal hatte ein Schild aufgehängt, auf dem stand, dass jeder, der es schaffte, seinen Burrito umsonst bekam. Nur sehr wenige schafften es. Eigentlich hatte es nur einen – einen dürren Asiaten, nicht größer als ein Kind – gegeben, dem es unbestreitbar gelungen war, und später hatte sich herausgestellt, dass er ein weltberühmter Kampfesser war, der schon dreimal hintereinander Nathan's Hotdog-Wettessen gewonnen hatte.

Stanford Wong klopfte also, und als Sal die Tür öffnete, wusste er nicht, womit er rechnen sollte – ganz bestimmt aber war er nicht auf das gefasst, was er vor sich auf den Hinterbeinen stehen sah. Es war weder Stanford

Wong noch ein Hähnchen. Nein, es war ein Schwein mit zusammengekniffenen Schweinsäuglein und einer borstigen rosaroten Schnauze, aber es trug Stanfords Khakishorts und Khakihemd mit dem Namensschildchen. Es – er – trottete ohne große Umschweife herein, stellte die Steige Salat und die Plastiktüten voll Gemüse auf die Theke, drehte sich um, zückte sein Quittungsbuch und schnaufte und grunzte etwas, das nach Lage der Dinge nur heißen konnte: *Alles okay*? und *Dann bis morgen – wieder dasselbe, oder*?

Genau. Also hackte er Paprikaschoten, grillte Schweinefleisch und kochte einen Topf Suppe mit Fleischklößchen, er zupfte Salat, wärmte in den Wasserbadbehältern den Reis und die Bohnen von gestern auf und war nicht überrascht, als Sepideh und Marta erschienen, die eine als grunzende alte Sau in schwarzem Rock und weißer Bluse, die andere in roten Shorts und engem Oberteil und als strammes, rosiges halbwüchsiges Ferkel, das allerdings eins fünfundsiebzig groß war, auf gespaltenen Hufen ging und die Tabletts mit den riesigen Burritos servierte, als wäre es dazu geboren. Wie am Tag zuvor nahm die Arbeit ihn vollkommen in Anspruch, und wenn die Gäste sich mit Grunzen und Schnaufen artikulierten, so war ihm das egal. Zu Hause warf er, obgleich er Verschwendung hasste, den mitgebrachten Burrito weg, schob stattdessen eine vegetarische Tiefkühl-Lasagne in den Ofen und schenkte sich nicht einen, sondern zwei Drinks ein, bevor er sich vom Fernseher in einen traumlosen Schlaf lullen ließ.

Am nächsten Morgen war er nervös, trank Tee anstatt Kaffee und aß Toast anstelle der gewohnten Spiegeleier mit Speck, Schinken oder Chorizo. Es war noch dunkel, als er zur Arbeit fuhr, und wenn die Scheinwerfer seines Wagens eine Gestalt auf dem Bürgersteig oder am Steuer eines entgegenkommenden Wagens erfassten, zwang er sich, nicht hinzusehen. Was würde als Nächstes kommen?, war alles, was er denken konnte. Bestimmt Rinder. Riesige, stinkende, muhende Stiere, die in ihrer unverständlichen Sprache große Burritos verlangten, die größten der Stadt. Als Stanford Wong klopfte, war Sal auf alles gefasst – das glaubte er jedenfalls –, aber ach, welche Überraschung! Vor der Tür stand weder Stanford Wong noch ein Hahn, ein Schwein oder ein Stier, sondern ein Alien, und zwar keiner der *indocumentados,* zu denen seine verstorbenen Eltern gehört hatten, sondern ein echter Außerirdischer mit Echsenhaut, Rasiermesserzähnen und aschenbechergroßen Augen. Selbstverständlich war das Wesen gekleidet wie Wong und trug eine Steige Salat herein, doch seine Klauen waren lang und spitz und kratzten gefährlich auf dem Linoleumboden, und als es sprach – *Wie laufen die Geschäfte*? und *Du wirst noch reich werden mit diesen Fünf-Pfund-Burritos* –, hörte Sal nur ein Zischen.

Während die Kunden-Aliens sich drängten und seine eigenen Aliens Sepideh und Marta ihnen die großen, mit *Chili verde* gefüllten Burritos servierten, fragte Sal sich die ganze Zeit, wie wohl ihr Raumschiff aussah: War es silbrig glänzend und lautlos wie in den Filmen? Und vor allem: Wo hatten sie es geparkt? Müßige Fragen. Sie schlugen ihre blitzenden Zähne in die Burritos und leckten mit blitzschnellen gespaltenen Zungen die Soße auf. Die Kasse klingelte, und die Schlange reichte bis um die Ecke.

Gegen Feierabend an diesem dritten Tag sah Sal ein neues Gesicht auf der Tortilla, die er auf den Grill legte, um einen Burrito für einen großen, breitschultrigen Football-Alien zu machen. Das Gesicht – die Stirn, die blinden Augen, die Lippen, die sich bewegten, als er den

Teigfladen mit der Zange hin und her schob – war ihm so vertraut, dass es ihn geradezu ansprang. Und wer war es? Nicht Jesus, nein, sondern jemand … jemand, der viel bedeutsamer war, jedenfalls für ihn. Es war sein Vater, der Mann, der ihn in den Armen gehalten, ihn auf der Schaukel angestoßen und ihm erklärt hatte, wie man einen Baseball warf und Gleichungen ausrechnete – sein Vater, der seit mittlerweile dreißig Jahren tot war. Die Lippen bewegten sich, und Sal fühlte sich wie in einem Fantasyfilm. Sie bewegten sich und sprachen.

»Du übertreibst es, Salvador. Du führst das Schicksal in Versuchung. Du bist maßlos und denkst, du bist was Besonderes, aber in Wirklichkeit bist du überhaupt nichts Besonderes, sondern bloß ein einfacher Mann wie ich, der arbeiten und ehrlich und bescheiden leben muss. Beschränk dich wieder auf zwei Pfund, Salvador. Höchstens zwei Pfund. Und bitte, um Gottes und der Engel willen, benutz ein bisschen Badesalz.« Und dann hörten die Lippen auf, sich zu bewegen, und verstummten.

Aber da war sie, die Offenbarung auf einer Tortilla, und am nächsten Tag gab es, trotz aller Beschwerden der Kunden, die ebenso menschlich aussahen wie er selbst, nur noch Burritos in Normalgröße. Das Geschäft flaute ab. Sal musste Marta und schließlich auch Oscar entlassen. Die Hühner kehrten in ihren Hühnerstall zurück, die Schweine verschwanden in ihrem Koben, und die Aliens trollten sich dorthin, wo sie ihr Raumschiff geparkt hatten, und surrten unter Lichtblitzen davon, höher und immer höher in den Himmel, bis es Abend wurde und die Sterne erschienen, um sie willkommen zu heißen.

ALENA SCHRÖDER

Der Stoff, aus dem der Trost ist

Als vor einigen Monaten mein Vater starb, wollte ich mir etwas aussuchen, was mich an ihn erinnert. Das ist gar nicht so einfach, wie man vielleicht denken könnte – den einen Gegenstand zu finden, der genug Symbolkraft hat, um mir ein Trost zu sein. Natürlich ist seine Wohnung, sind seine Schränke und Schubladen voll mit persönlichen Dingen, die etwas über ihn aussagen, an denen seine Geschichte sichtbar wird oder die mich und ihn verbinden. Manche Dinge haben materiellen Wert, andere nostalgischen, aber ich kann nun mal nicht alles behalten. Entschieden habe ich mich schließlich für einen kleinen Haufen gebügelter, sorgfältig gefalteter weißer Stofftaschentücher.

Stofftaschentücher sind altmodisch und unpraktisch und während der Schnupfensaison aus hygienischen Gründen problematisch, deswegen nutzt sie kaum noch jemand. Sie eignen sich auch nicht unbedingt als Distinktionsmerkmale, wie etwa Füllfederhalter, Manschettenknöpfe oder alte Armbanduhren. Und doch sind weiße Stofftaschentücher ein Symbol einer aussterbenden Art von Ritterlichkeit und eines Stilbewusstseins, das auch die banalsten Alltagsdinge einschließt. Mein Vater hatte, solang ich mich erinnern kann, immer zwei frische Stofftaschentücher bei sich, in jeder Hosentasche eines. Er war ein Mann, der viel Wert auf Form gelegt hat, niemals hätte man in einer seiner Manteltaschen eine alte, verfusselte Packung Tempos aus dem vergangenen Jahr gefunden (so wie bei mir). Die Taschentücher sind weiß und ungemustert, es ist gar nicht so leicht, sie in dieser Schlichtheit überhaupt noch irgendwo zu kaufen. Das eine Taschentuch war für ihn selbst, nicht zum Schnäuzen übrigens, das hätte er niemals in der Öffentlichkeit getan, sondern höchstens zum Stirnabtupfen oder um sich diskret eine Träne aus dem Augenwinkel zu wischen, falls ihn etwas anrührte – was leicht geschah. Das zweite Taschentuch war dafür bestimmt, es jemandem zu reichen, der eines gebrauchen konnte. Und diese Person war sehr häufig ich.

Es liegt etwas Einladendes und gleichzeitig Tröstliches in der Geste, jemandem ein Taschentuch zu reichen. Es ist eine Geste, die anerkennt, dass man traurig ist, und die dazu einlädt, diese Traurigkeit rauszulassen. Sich nicht zusammenreißen zu müssen, weil einen sonst der Schnodder und die Tränen übermannen könnten. Man kann sich an einem weißen Stofftaschentuch sehr gut festhalten, während man die Fassung verliert. Diese Stofftaschentücher sind für mich die unmittelbarste Verbindung zur Liebe meines toten Vaters. Sie sagen mir: Meine Tränen waren ihm zu kostbar, um in einem schnöden Zellstoff-Wegwerfprodukt entsorgt zu werden, egal wie banal ihr Anlass gewesen sein mochte. Mein Kummer war ihm immer ernst. Und er war ein verlässlicher Zuhörer und Tröster, auch das verbinde ich mit diesen Taschentüchern – wie sehr ich mich auf ihre blütenweiße Verfügbarkeit verlassen konnte.

Ich behalte diese Taschentücher nicht, um sie zu benutzen. Sie liegen gefaltet und gebügelt in meinem Schrank, nicht nur als Erinnerung an meinen Vater, sondern als Symbol für das, was ich eigentlich von ihm erben möchte: seine Großzügigkeit. Denn es liegt eine besondere Art von Großmut und Fürsorge darin, sich jeden Morgen beim Anziehen zwei Taschentücher einzustecken. Sich also dafür zu rüsten, jemand anderem möglicherweise hilfreich sein zu können. Mir fällt partout kein anderer Gegenstand ein, den man ausschließlich zu dem Zweck bei sich trägt, ihn bei Bedarf verschenken zu können. Aber vielleicht geht es auch nicht so sehr um den Gegenstand an sich, sondern mehr um den Gedanken dahinter. In den Morgen zu starten, mit dem Vorsatz, vielleicht jemand anderem den Tag erleichtern, eine Freude bereiten oder einen Kummer erträglicher machen zu können, und sei es nur mit einer kleinen Geste, einer Nachfrage, einer winzigen Mühe – das ist der kleine Gruß aus dem Jenseits, den mir die Stofftaschentücher meines Vaters senden.

AXEL HACKE

Feng Shui vom Schwein – oder: Neuigkeiten aus Asien

Sehr oft komme ich in München an einem asiatischen Imbiss vorbei, der seine Speisen »Auch zum Mitnehmen« anbietet. Dieses »Auch zum Mitnehmen« ist aber auf dem Schild im Schaufenster »Auch Zummit nehmen« geschrieben, sodass ich es weniger als Hinweis denn als dauernde Mahnung verstehe, nicht nur die auf der Karte angebotenen Speisen und Getränke zu erwerben, sondern immer auch »Zummit« zu kaufen, was immer »Zummit« sei, irgendeine Beilage vielleicht oder ein chinesischer Schnaps, vielleicht auch eine Süßigkeit?

Ich weiß es nicht.

Aber diese Silbenverschiebung ist eine Spezialität asiatischer Köche in Deutschland, denken wir nur an das Asia-Bistro *Anh-Yen* in Berlin, das auf seiner Karte »Täglich wes chel ende Menüsim Angebot« sowie ein »Ü berraschung sgeschenk« offeriert, quasi eine Asiatisierung des Deutschen. Wobei: Das Wort »Menüsim« lappt ja schon wieder ins Türkische, sodass wir es hier mit einer äußerst reizvollen Mischsprache zu tun haben.

Aber es kommt noch besser, hier: die Weine auf der Getränkekarte eines China-Restaurants in Lansing/Michigan in den USA, eingesandt vom Ehepaar T. aus Zermatt. Hier wandern französische Weine in ein Anglochinesisch, Pinot Noir heißt dort *Pee-Noe No-Arh*, der

Beaujolais *Boe-Szho-Lay* und ein Vin Rosé Sec *Van-Roezay-Sek*. Die Liebfrauenmilch läuft unter *Leeb-Frou-Milsh*.

Ich finde es großartig, wie hier die eine Sprache sich in die andere verwandelt, wie also die französische Sprache und auch die deutsche amerikanisiert werden, dabei aber in der Schrift ganz und gar chinesisch oder, laienhaft betrachtet, fast eher Koreanisch aussehen, eine Glo-Bah-LEE-See-Roonk der Sprache. Und es ist eine der großen Stärken der Kombination von asiatischer Küche mit der deutschen Sprache: die Schaffung von neuen, auf der Zunge zergehenden Substantiven.

Leser G. aus Berlin erinnert sich immer gern an ein Gericht in einem China-Restaurant in Göttingen, das so hieß: »48a gebratäes Höhnebostleisch in Annas Suss Sauer Sosse«.

Frau B. förderte aus dem Internet einige Neuigkeiten über chinesische Tees zutage, einmal über den Wu-Yi-Tee (»Trinkendes Wu-Yi ist auch eine preiswerte Weise des Loswerdens Extrakosten zerstößt im Vergleich zu Drogen, Pillen, Diäten, Mahlzeitwiedereinbauerschütterungen, erhalten etc.«), dann aber auch über den Wulong-Tee: »AnXi Wu langer Tee ist leicht oxidierter Wu lang Tee vom Anxi Bezirk, Fukien (Fujian) Provinz, China. Es ist bescheidenes, Hauptendstückscharfes, Qualitätslicht, Stammkurze und kleine, der Stammhaut helle Hauptfarbe und Glanzbraun, verhältnismäßig heller und feuchter Tee.«

Höhnebostleisch, Mahlzeitwiedereinbauerschütterungen, Hauptendstückscharfes, Stammhaut: Das sind auf seltsame Weise sich selbst genügende, in der Praxis unbenutzbare Wörter von einmaliger Schönheit, Vokabeln, die wie Feuerwerksraketen zischend in den Himmel steigen, dort in buntem Licht zerplatzen – und weg sind sie. Dunkel ist wieder die Nacht und wartet auf neue leuchtende Begriffe.

Sehr selten hingegen ist, dass wir aus dem asiatischen Raum Wörter zugeführt bekommen, die uns tatsächlich brauchbar erscheinen, eines möchte ich besonders erwähnen, Frau L. fand es auf der Karte des Wiesbadener Lieferservice *Bombay Haus.* Dort lesen wir gleich vorne: »Dienstag Spezial Angebot Drei Bestellen Zwei Basalen«.

Das »Basalen« finde ich erheblich schöner als das deutsche »Bezahlen«, es hat nicht dieses harte Zischen in der Mitte, es groovt irgendwie mehr. Ist es nicht sehr gut vorzustellen, im Lokal nicht »Bezahlen!« zu rufen, sondern »Basalen!«?

Ich möchte dieses kleine Kapitel nicht schließen, ohne drei Gerichte aus der asiatischen Küche besonders zu empfehlen.

Erstens »vietnamesische Windungen«, wie sie im Gasthaus *U Lipy* (Zur Linde) in der kleinen tschechischen Stadt Boč im Egertal von freundlichen Vietnamesen angeboten werden, begleitet von »energiewirtschaftlichen Getränken«, Herr B. aus Freiberg war dort.

Zweitens ein »Feng Shui vom Schwein«, wie es Leserin L. auf dem asiatischen Büfett einer Clubanlage auf Fuerteventura aufstöberte.

Drittens das »Suppegemüse Qu-Shi-Liao«, das man zur Verfertigung einer gleichnamigen Suppe benutzen kann. Leser entdeckten die Abbildung der Verpackung im Internet. T., der Sinologe meines Vertrauens, zog nach meiner Anfrage umfangreiche Erkundigungen ein, wälzte Nachschlagewerke und übersetzte die Worte *Qu-Shi-Liao* schließlich ungefähr mit »Anti-Rheumatismus-Materialien«; jedenfalls sei der Suppe wohl eine anti-rheumatische Wirkung zuzutrauen. Auf jeden Fall findet man in der Inhaltsangabe auf der Verpackung so schöne Zutaten wie »Lebt der reife Samen der Risse des Jobs«, »Der ölerfilz wirdgefärbt« und »Grosse orientalische Waserbanene«.

Meiden würde man vielleicht besser das auf einer chinesischen Karte sehr offen zwischen »Süß-sauer Hühnerfleisch« und »Knuspriges Hühnerfleisch« angebotene »Hühnerfleisch mit ›Komischen Geschmack‹«. Ich weiß allerdings auch nicht, um welches Lokal es sich handelt, fand die Karte nur auf der Internet-Seite des Übersetzer-Netzwerks *ProZ.com*.

Wofür auch immer Sie sich entscheiden, folgen Sie der Aufforderung des Heimservice *Shiwei Wok* in Rheda-Wiedenbrück (Leser K. aus Jena sandte mir diesen Fund): »Genießen Sie unsere Chinesische Cousine«.

Und falls Sie jemals nach Mainz kommen, besuchen Sie einmal die Mensa der Johannes-Gutenberg-Universität und sehen Sie nach, ob es dort noch »Gerüchte aus dem Wok« gibt, Herr H. aus Wiesbaden hat das 2007 mit einem Foto dokumentiert.

Eine echte Gerüchteküche!

BRIGITTE BJARNASON

Elfensommer

Ich hatte so gut wie keine Vorstellungen von diesem Land. Mein Verlag wollte ein neues Romanmanuskript. Mein Kopf war so leer wie mein Bankkonto, und ich musste etwas tun. Zufällig erfuhr ich von der Möglichkeit, nach Island zu reisen. Irgendwo im Osten des Landes wurde so erbärmlichen Schriftstellern wie mir eine Wohnung für ein paar Wochen zur Verfügung gestellt, um deren künstlerische Schaffenskraft zu reaktivieren. Ich lieh mir Geld von einem verständnisvollen Freund und kaufte ein Flugticket von Berlin nach Keflavik. Als ich im Flugzeug der isländischen Fluggesellschaft von einer freundlich lächelnden Stewardess eine Tageszeitung angeboten bekam, stellte ich erstaunt fest, dass das Land eine eigene Landessprache hatte.

Island empfing mich eher unfreundlich, mit Nieselregen, nebliger kalter Luft und einer Landschaft, die den Bildern der Mondoberfläche ähnelte. Ich vermisste Farbe, sah nur einen endlosen, milchiggrauen Himmel und dunkles, ödes Lavagestein.

In Reykjavik besserte sich meine Stimmung ein wenig. Vor mir breitete sich, abgesehen von ein paar Kleinigkeiten, die erst auf den zweiten Blick ins Auge fielen, das Bild einer deutschen Kleinstadt aus. Moderne Geschäftsgebäude, gepflegte Einfamilienhäuser, Sportplätze, Supermärkte, hupende Autofahrer. Erleichtert, aber dennoch ein wenig enttäuscht atmete ich auf.

Von der Hauptstadt aus flog ich in den Osten nach Egilsstadir. Dort holte mich ein Mann mittleren Alters mit einem klapprigen Landrover vom Flugplatz ab. Er trug einen dieser grob gestrickten Pullover aus isländischer Schafswolle und Schuhe, die wie amputierte Gummistiefel aussahen. Dazu sprach er weder Deutsch noch Englisch.

Hier im Osten gefiel mir die Landschaft. Zartes Grün schimmerte am Wegesrand durch das verdorrte Gras des Vorjahres. Schafe grasten mit ihren neugeborenen Lämmern auf den Wiesen. Hier und da entdeckte ich sogar ein paar Bäume. Nach etwa halbstündiger Fahrt hielt der Landrover vor einem Haus. Im Gegensatz zu den unscheinbaren Bauernhäusern, die ich unterwegs gesehen hatte, wirkte dieses Haus fast ein wenig zu extravagant auf mich.

Es war ein großes Gebäude mit einem grasbewachsenen Dach. Das helle, mit bunten Steinen durchsetzte Mauerwerk stand in freundlichem Kontrast zum Grün des Daches. Unter einer Art Bogengang begrüßte mich der Hausverwalter.

An meinem einfachen, dennoch geschmackvoll eingerichteten Zimmer hatte ich nichts auszusetzen. Ich setzte mich an den Schreibtisch und griff nach einem Prospekt, der dort wie zufällig herumlag. Das Haus war ein bekannter Kultursitz auf Island, in dem regelmäßig Kunstausstellungen veranstaltet wurden. 1498 stand an diesem Platz ein Kloster des Augustinerordens. 1939 ließ der Dichter Gunnar Gunnarsson das jetzige Haus von einem deutschen Architekten bauen und schenkte es später der isländischen Regierung.

Obwohl das Haus und seine Geschichte meine Neugierde weckte, wollte ich keine Zeit verlieren und möglichst schnell mit dem Schreiben anfangen. Entschlossen klappte ich meinen Laptop auf. Grau und leer starrte mich der Monitor an. Mein Verlag wollte einen Stoff, der sich verkaufen ließ. So eine deprimierende Story mit Sex, Gewalt, Drogen und komplizierten menschlichen Gefühlen. Mit Erfolg hatte ich schon einiges in der Richtung geschrieben und keine Probleme damit gehabt. Nach ein paar endlos langen Minuten stellte ich fest, dass noch immer totale Flaute in meinem Gehirn herrschte. Über was konnte ich Durchschnittsmensch denn noch schreiben? Gab es überhaupt noch neuen Stoff? Waren nicht schon alle menschlichen Dramen, wenn auch in unterschiedlichen Formen, unzählige Male wiedergekäut worden? Wozu brauchten die Menschen in ihren mit Problemen beladenen Leben noch diese problembeladenen Bücher? War es ein Trost zu lesen, dass es anderen noch schlechter ging? Oder lasen diese Bücher Leute, die keine Probleme hatten, die in der Eintönigkeit und Routine ihres Alltags gerne auf ungefährliche Weise in eine Welt voller Spannung und Komplikationen hinabtauchten, um wenigstens einen Hauch von Lebendigkeit in ihrem trostlosen Leben zu spüren? War dieser Stoff eigentlich noch der Stoff, über den ich schreiben wollte, oder drehte sich alles nur noch um Verkaufszahlen und Geld? Verdammt, wenn sich dieses Gedankenkarussell in meinem Kopf so weiter drehte, würde ich auch hier nichts Gescheites zustande bringen.

Die nächsten Tage rührte ich den Laptop nicht an. Ich machte lange Spaziergänge, auf denen ich die Gegend erkundete. Zuerst hielt ich mich auf der Straße, wurde dann etwas mutiger und marschierte einfach drauflos, kletterte über Zäune, stapfte über unebene Heideflächen, durchwatete eiskalte Bergbäche. Eines Tages entdeckte ich oben auf einem Berg einen Wasserfall. Über einen Felsvorsprung fiel in einem dünnen Strahl glasklares Wasser in einen seichten, steinigen Fluss. Dunkle, durch die Feuchtigkeit glänzende Basaltsäulen umrahmten dieses Bild. Der Wasserfall lag ziemlich hoch. Als typischer Stadtmensch ließ meine Kondition zu wünschen übrig, und ich war ziemlich erschöpft nach diesem Aufstieg. Hinter einem Felsen fand ich einen vom Wind geschützten Grasfleck. Ich legte mich hin und schloss die Augen. In einem Traum sah ich ein Mädchen. Sie stand hinter dem Wasserfall. Ihr langes blondes Haar glänzte golden im Licht der Sonne. Durch den Wasserschleier erkannte ich, dass sie nackt war. Die Konturen des Gesichtes und ihres Körpers waren unscharf, doch versprachen sie eine zarte Schönheit. Das Mädchen streckte ihre bleichen Arme durch die Wasserwand nach mir aus, und ich hörte eine sanfte Stimme für mich unverständliche Worte rufen.

Plötzlich hatte ich das Gefühl, jemand wäre bei mir. Ich setzte mich auf und öffnete die Augen. Träumte ich noch immer? Vor mir stand diese elfenhafte Traumschönheit und lächelte mich freundlich an. Allerdings trug sie zu meiner großen Enttäuschung kein Evakostüm, sondern war in Jeans und Sweatshirt gekleidet. Es dauerte eine Weile, bis ich mich gesammelt hatte und ein ängstliches »Hallo« herausbrachte. Wie sich kurze Zeit später herausstellte, sprach dieses auf den ersten Blick fast übernatürliche Wesen sogar Deutsch. Sie war die Tochter des Hausverwalters, hatte als Austauschstudentin ein Jahr in Deutschland gelebt und wollte nun in ihren Semesterferien ihrem Vater helfen.

Noch nie in meinem Leben war ich einem Mädchen gegenüber so schüchtern gewesen. Noch nie war mir ein Mädchen so offen und lebendig bei der ersten Begegnung gegenübergetreten. Sie setzte sich, ohne um Erlaubnis zu bitten, neben mich ins Gras und plapperte munter drauflos. Ich dagegen war eher wortkarg und starrte nur wie hypnotisiert auf ihre langen blonden Haare. Als ein kalter Wind aufkam, stand sie auf, reichte mir die Hand und half mir auf die Beine. Sie ging vor mir auf den schmalen Trampelpfaden der Schafe und ihre Haare flatterten im Wind. Beim Haus angekommen, trennten sich unsere Wege, doch sie versprach, mir in den nächsten Tagen mehr von der Umgebung zu zeigen. Wie in Trance ging ich auf mein Zimmer und warf mich aufs Bett. Vom Schreibtisch her starrte mein Laptop vorwurfsvoll zu mir herüber. Wie hätte ich mich jetzt noch auf eine Drogenstory konzentrieren können?

Das Mädchen hieß Linda. Fast jeden Tag machten wir lange Spaziergänge. Sie wirkte auf mich wie ein Teil der isländischen Natur. Es hätte mich nicht gewundert, wenn sie plötzlich wie eine Elfe in einem Stein verschwunden wäre. Die Liebe für ihr Heimatland spiegelte sich so stark in ihren Worten und Gesten wider, dass ich mit Schrecken begriff, wie weit ich mich von der Natur und meiner Heimat entfernt hatte. Zuhause in Berlin schaute ich selten in den Himmel, nahm kaum wahr, ob es regnete oder die Sonne schien, kümmerte mich nicht um Pflanzen und Tiere. Linda war anders. Sie erzählte voller Ehrfurcht von dem huldufolk, das auf Island in Steinen und Hügeln wohnte und nicht von den Menschen gestört werden wollte. Wir beobachteten Lämmer, wie sie mit tapsigen Schritten ihren Müttern in die Berge folgten, und sammelten Pflanzen, um uns abends einen Kräutertee zu kochen.

Einmal fuhren wir abends mit dem Landrover auf das Hochland zu einer warmen Quelle. Ohne Scheu zog sich Linda vor mir aus und legte sich in das Wasser. Ich weiß nicht, wie lange wir dort waren. Irgendwie verlor sich hier die Zeit in den hellen Mittsommernächten. Wir lagen mit geschlossenen Augen im körperwarmen Wasser und lauschten auf die Stille. Anfangs machte mich dieses »absolut nichts hören« nervös, dann aber übermannte mich eine unfassbare Ruhe, die ich um nichts in der Welt mehr missen wollte.

Den eigentlichen Grund meiner Reise hatte ich vergessen. Abends lag ich im Bett und schrieb Liebesgedichte an Linda und ihr Land in mein Notizbuch. Am Tag vor meiner Abreise schliefen Linda und ich zusammen auf der Wiese beim Wasserfall.

Als ich später im Flugzeug nach Berlin saß und einen letzten Blick nach unten auf die Gletscher, die dunklen Sand- und Geröllwüsten warf, war mir klar, dass ich diesen Sommer eine unvergessliche Begegnung mit einem Wesen aus der Elfenwelt gemacht hatte. Konnte man darüber eine Geschichte schreiben?

MARIANA LEKY

Max lacht

Ich habe mal versucht, wegzugehen, einfach so und als ich gerade angefangen hatte. Ich habe alles Wichtige in einen Karton gepackt, mein Zimmer abgeschlossen und den Schlüssel auf den Türrahmen gelegt.

Auf der Treppe traf ich meine Vermieterin, sie zupfte Flusen aus dem orangeroten Läufer. Als sie mich sah, richtete sie sich auf. »Mit Ihrer Vorgängerin, das war ja nichts«, sagte sie. »Mit Ihnen sind wir sehr zufrieden. Sie sind so unkompliziert, man hört Sie kaum.«

Die Vermieterin sagt das fast jedes Mal, wenn sie mich sieht, und diesmal sagte sie noch so einiges von Mann und Kind und Läufer und machte sich breit auf der Treppe. Ich bin dann wieder zurückgegangen in mein Zimmer, weil man nicht immer nur was anfangen kann, sondern auch mal was zu Ende machen muss und richtig.

»Besser in einer großen Buchhandlung«, hatten meine Eltern gesagt, nachdem ich Abitur und danach ein Jahr lang alles Mögliche angefangen und unrichtig gemacht hatte, und dann ging es sehr schnell. »Sehr geehrte Damen und Herren«, schrieb ich in ausladender Schrift, weil ausladende Schrift hinweist auf ein ausladendes Selbstbewusstsein, »Sehr geehrte Damen und Herren, hiermit bewerbe ich mich.« Vierundzwanzigmal ein Brief, ein Zeugnis, ein tabellarischer Lebenslauf, vierundzwanzigmal mein erschrockenes Passbildgesicht.

Die Buchhandlung ist ein Glashaus mit einer Drehtür, die viel zu schnell läuft. Im Untergeschoss gibt es eine Cafeteria mit zehn runden Marmortischen und einer Bar mit Glasvitrine, in der die aktuellen Angebote ausgestellt sind, Torten, gefüllte Croissants und Crêpes.

Der Geschäftsführer der Buchhandlung saß an einem der Marmortische, und als er mich sah, sprang er auf und streckte mir eine kleine Hand entgegen. Der Geschäftsführer ist kurz und eckig, als zwänge man ihn jede Nacht in einen Schuber. Er fragte mich, ob ich ein offenes Wesen hätte und nach meiner Konfektionsgröße. »Ja«, sagte ich, »sechsunddreißig.«

»Wunderbar«, lachte der Geschäftsführer und drückte mir eine Leinentasche gegen die Brust, »auf gute Zusammenarbeit.«

Im Bus guckte ich in die Tasche. Darin waren ein vergoldeter Kugelschreiber, ein Notizbuch, ein Lesezeichen, auf dem in goldener Schreibschrift *Lies mich* stand, ein verschweißtes himmelblaues Autorenlexikon und ein Ansteckschildchen mit der Aufschrift: *Ich bin neu und tue mein Bestes.*

Max treffe ich zum ersten Mal am Dienstag. Dienstags kommt Herr Kirschbaum, um sein Mathematikbuch zu kaufen. Das erste Mal brachte er seine Enkelin mit, er zog sie an der Hand hinter sich her und ging mit riesigen Schritten auf die Theke zu, über der ein Schild mit einem breiten »i« hängt. Herr Kirschbaum wusste keinen Verfassernamen, keinen Titel, keinen Verlag und keine Bestellnummer. »Mein Mathematikbuch ist rot«, sagte Herr Kirschbaum und mehr nicht. »Er spinnt«, sagte seine Enkelin, »geben Sie ihm irgendeins.«

Seitdem verkaufe ich Herrn Kirschbaum rote Bücher, jeden Dienstag. Die *Mundorgel*, vegetarische Kochbücher, Kriminalgeschichten, fünfmal schon *Doktor Schiwago* im Taschenbuch. Wenn es hektisch ist, nehme ich eins von den Universitätstaschenbüchern. Wenn es nicht hektisch ist, stelle ich manchmal Experimente an mit violetten oder altrosafarbenen Büchern. Während ich Neulieferungen auf den Tisch stapele und Bestellnummern notiere, erzählt Herr Kirschbaum von seinem Mathematiklehrer, der meint, das Wesen der Wirklichkeit sei die Zahl.

Meistens kommen die Leute mit einer Bestellnummer. Ich schreibe die Nummer auf einen rosa Zettel, den der Praktikant zur Bestellabteilung bringen soll. »Kommen Sie in einer Woche wieder«, sage ich.

Der Praktikant liebt die Praktikantin in der Remittendenabteilung. Manchmal erzählt er von ihr, wenn wir Bücher einsortieren und er die Kisten hinter mir her schleppt, von Regal zu Regal. Die Remittendenabteilung liegt zwischen dem Geschäftsraum und der Bestellaufnahme Der Praktikant faltet im Fahrstuhl die rosa Zettel so, dass sie aussehen wie Seidenrosen, und schenkt sie der Praktikantin. Die Praktikantin schenkt ihm ein Lächeln dafür und bestenfalls eine Mittagspause. Der Praktikant lächelt ebenfalls und glänzt dabei, deswegen habe ich nichts erzählt.

Nach einer Woche kommen die Leute wieder und sind aufgebracht. »Bei der da hinten habe ich bestellt«, sagen sie, »und sie hat versprochen, heut ist es da.« Der Geschäftsführer lächelt die aufgebrachten Kunden an und stellt einen Geschenkgutschein aus.

Hinterher muss ich zu ihm, ich werde durch die Sprechanlage gerufen. Ich zupfe an meinem engen dunkelblauen Kostüm, das ich jeden Tag trage, und fahre in den fünften Stock. Ich klopfe an einer der vielen weißen

Türen im roten Flur, die ganze Etage sieht aus wie ein Oberkiefer. Der Geschäftsführer reißt die Tür auf und schiebt und drückt mich in einen weißledernen Drehsessel. »So geht das nicht, mein Fräulein, wirklich«, sagt er, »ein bisschen mehr Engagement.«

An dem Dienstag, als Max kommt, verkaufe ich Herrn Kirschbaum ein Buch von Handke, *Als das Wünschen noch geholfen hat,* radieschenrot, orangefarbener Titel. Max steht lange vor dem Regal mit den Reclamheftchen, das aussieht wie ein Flachsfeld. Er ist groß. Wenn er sich aufrichtet, ist seine Nasenspitze bei Boccaccio. Ich brauche das Treppchen schon für die *Göttliche Komödie.*

Die Kunden tummeln sich vor der Theke, mit Nummern, ausgerissenen Zeitungsanzeigen und aufgeschnappten Namen. Der Praktikant lächelt. Ich schaue auf Max vor dem Reclamregal, und jemand wedelt mir mit einem Zettel vor dem Gesicht herum. Max kommt an die Theke, kratzt sich an der Nase und steht im Weg. Der Zettel vor meinem Gesicht wird heftiger gewedelt, ich nehme ihn weg und laufe damit in die Lebenshilfeecke, ganz weit hinten.

Als ich wiederkomme, ist die Aushilfe da, sie riecht nach Instantkaffee und Mentholzigaretten. Die Aushilfe kommt immer nachmittags. Max steht immer noch da. Ich streiche mir die Strähnen aus dem Gesicht. »Was ist denn mit dem hier«, fragt er und hält mir ein Buch mit japanischen Gedichten hin, »kennst du das?«

Normalerweise sage ich immer ja. Ich höre den Titel und sage ja, ein außergewöhnliches, ein nachdenkliches, ein vergnügliches, ein spannendes, ein unerhörtes, ein ergreifendes Buch. Wenn überhaupt jemand fragt. »Nein«, sage ich.

Die Kunden haben sich auf die Aushilfe gestürzt. »Hier«, sagt Max zu mir, »kannst du's einpacken?«

Es ist eins von den Büchern, auf die der Praktikant *Mängelexemplar!* gestempelt hat. Ich reiße einen Bogen Papier von der Rolle. Ich bin nicht gut im Einwickeln. Max sagt, er möchte eine Quittung, wenn möglich, und es dauert, bis ich den Quittungsbogen gefunden habe. Max steckt die Quittung ein, legt einen Schein auf den Tresen, und ich halte ihm das Päckchen hin. »Das ist für dich«, sagt er und legt das Päckchen zurück auf den Tresen, »auf Wiedersehen«, und dreht sich um. Max' Augen sind blau.

An dem Haus, in dem ich wohne, laufe ich jedes Mal vorbei. Rundherum ist alles gleich, Vorgärten, Tulpen und Geranien, und Häuser, die aussehen, als hätten sie keinen Keller. In einem dieser Untergeschosse, die man nicht für möglich hält, wohne ich, zur Untermiete und möbliert.

In meinem Zimmer riecht es nach Rauch und nassem Laub. Es gibt einen Tisch, einen Stuhl, eine Kommode, ein Bett. Über dem Tisch ist ein schmales Fenster mit orangenen wollenen Gardinen. Jeden Morgen um halb acht geht die Vermieterin an meinem Fenster vorbei, ich sitze am Tisch und sehe ihre Waden. Manchmal bückt sie sich und klopft an die Scheibe, um von Mann oder Kind zu erzählen oder um zu sagen, dass es mit meiner Vorgängerin ja nichts gewesen sei und unkompliziert mit mir.

Um halb zwölf nachts klingelt das Telefon. Mein Telefon klingelt selten und schrill. Ich fahre hoch und rutsche aus dem Bett. Das Bett ist schief, weil ihm zwei Füße fehlen, ich habe all meine Leseexemplare daruntergestapelt, aber es sind nicht genug.

Ich knipse die Lampe an, nehme ab und sage nichts. Am anderen Ende der Leitung sind Bahnhofsgeräusche wie auf den Lernkassetten, die wir in der Fremdsprachenabteilung verkaufen, *Refresh your English, How to buy a train ticket,* hallende Ansagen und Züge.

»Ist da wer«, fragt Max, »ich hör nichts, es ist so laut hier.«

»Woher hast du meine Nummer?«, frage ich.

Max klingt erleichtert. »Dein Name steht auf meiner Quittung«, sagt er.

»Danke für das Buch«, sage ich.

»Ja«, sagt er, »ich heiße Max.«

In meinem Zimmer ist es schwül, meine Fußsohlen kleben auf dem Linoleum. Ich gucke auf die kleinen schwarzen Löcher in der Sprechmuschel, der Hörer sieht aus wie ein Duschkopf.

Ein Zug hält direkt vor dem Telefon. »Entschuldigung«, sagt Max, »ich stehe hier am Bahnhof. Das Geld fällt sehr schnell durch.«

»Ach so«, sage ich. Eine hallende Ansage ruft nach irgendwem, der sich unverzüglich irgendwo einfinden solle, weil er da erwartet werde von irgendwem anders.

»Gleich ist zu Ende«, sagt Max, »gute Nacht ... hast du, ich meine, wenn du, nächste Woche, wenn ...«

»Gute Nacht«, sage ich, und: »Vielleicht.« Denn »vielleicht« ist, was man wohl sagen soll, »vielleicht«, sagt die Praktikantin in der Remittendenabteilung und schlägt die Augen nieder, »vielleicht«, sagt die Aushilfe und guckt auf ihre Fingernägel. »Vielleicht«, sage ich und drücke den Hörer auf die Gabel.

Abends ist der Festplatz umzäunt wie eine Manege. Hinter dem Gitter stehen Wohnwagen im Kreis herum, in der Mitte ist ein Kettenkarussell. Max klettert. Ich ärgere mich, dass wir gerade hierhergekommen sind, »ans Wasser«, hatte ich gesagt und gedacht, da muss man erst mal nicht so viel reden.

Max klettert, und ich habe Angst vor allem, was abschüssig ist. Vor Bergpfaden, Leitern, Rutschen, Klippen und Treppen. Am meisten vor dem Klettern über Zäune, weil man sich da an etwas klammern müsste, das viel höher ist und dünner als man selbst, und es wäre unmöglich, stehenzubleiben, sich hinzusetzen oder es sich anders zu überlegen, man könnte nicht zurück, hinten wäre genauso viel Nichts wie vorne, man müsste klammern, bis die Eisenstange glitschig würde unter den Händen, und schließlich müsste man springen, die Lider zusammengepresst, und dann bliebe man vielleicht mit einem Ring im Zaungeflecht hängen und der Finger würde abgerissen, oder vielleicht bekäme man die Beine nicht hoch genug, prallte gegen den Zaun und stürzte ab, und dann wäre das Gesicht zerschlagen, die Brust zerquetscht und der Hals gebrochen.

»Ich komm da nicht drüber«, sage ich zu Max hinter dem Zaun und deute auf mein enges Kostüm. Max klettert wieder zu mir herüber, »ich wollte mit dir aufs Kettenkarussell«, sagt er. Ich sage: »Das läuft doch gar nicht.« Er sagt: »Wär trotzdem schön gewesen«, dann setzen wir uns hin und lehnen uns an den Zaun. Wir gucken auf den Fluss, der braun ist, Max raucht nicht, ich rauche, und da ist es erst mal still, und zwar lange.

Es ist außerdem kalt, und meine Knie, die unter dem Kostümrock hervorgucken, sind blaurot marmoriert. Max legt mir seine Jacke über, sie riecht nach Holz und Pfefferminz. Ich stecke die Hände in zwei löchrige Innentaschen.

Max ist fast Schreiner. Er arbeitet an seinem Gesellenstück. Eine Wiege aus Vogelaugenahorn mit Einlegearbeiten aus Jakarandaholz und Palisander. »Jakarandaholz«, sage ich.

Max sagt: »Letzte Woche habe ich alles verleimt. Die Wiege ist schön, aber ich habe mich vermessen. Die Schaukelbretter sind zu kurz.« Er lacht und lehnt sich zurück. »Die Wiege wiegt nicht«, sagt er, »wenn man sie anstößt, fällt sie um.«

»Warum hast du niemanden gefragt«, sage ich. In Ausbildungsbetrieben soll man immer alle fragen, aber wenn man dann fragen will, will gerade in dem Moment keiner von allen gefragt werden, und meistens hat man sowieso schon vor der Frage alles falsch gemacht und ruiniert.

»Ich habe nachts an der Wiege gesessen«, sagt Max, »da war keiner mehr da. Tagsüber ist keine Zeit. Wir müssen ständig Türen einsetzen. Türen und Einbauschränke. Wir sind spezialisiert auf Türen und Einbauschränke«, erklärt Max. »Und jetzt wird das nichts mit der Gesellenprüfung«, sagt er, »weil die Wiege immer umfällt.« Er lächelt. »Und du?«, fragt Max.

Ich erzähle vom Praktikanten, von der schlotternden Unterlippe des Geschäftsführers und von Engagement. Ich erzähle sehr viel, und Max' Augen sind sehr blau. Ich erzähle von Herrn Kirschbaum und dass ich ihm heute *Ulysses* verkauft habe. Ein Experiment, denn es ist lila.

Wir stehen in Max' Wohnzimmer, er zeigt auf vier Türen und zählt die Namen seiner Mitbewohner auf. »Kannst hier schlafen«, hat Max gesagt, und jetzt sagt er, dass er mir ein Bett baut im Wohnzimmer, weil es mir bestimmt unangenehm und eng wäre, mit ihm in seinem Zimmer. »Gut«, sage ich.

Max holt Kissen und Decken und baut ein Bett. Als

das Bett fertig ist, sage ich, dass ich doch lieber bei ihm in seinem Zimmer, unangenehm und eng hin oder her, schlafen würde, damit morgen früh nicht lauter fremde Mitbewohner aus ihren Türen kommen und vielleicht über mich fallen, und was dann. Max lacht, baut das Bett wieder ab und trägt Kissen und Decken in sein Zimmer. Dann geht er ins Bad.

Max' Zimmer ist klein, ein viel zu großer Schreibtisch steht darin. In der Schreibtischplatte ist ein Schlüsselloch. Neben dem Schreibtisch steht ein Bücherregal voller Bücher über Holzverarbeitung, Buddhismus und Zen. An einer Regalwand hängt ein Zeitungsfoto, darauf lächelt ein Mönch mit Kassenbrille. Es riecht gut in Max' Zimmer.

Max kommt wieder, ich lege mich in sein Bett unter die Decke. Max klettert über mich drüber in sein Bett und macht das Licht aus.

»Ich bleibe nicht hier«, sagt Max nach einer Weile, »jetzt, wo das nichts wird mit der Gesellenprüfung.«

»Wohin willst du denn?«, frage ich.

»Mal sehen«, sagt Max. Er stützt sich auf die Ellenbogen und guckt mich an.

Ich huste. Max fragt, warum ich nicht aufhöre mit dem Rauchen, einfach so, er habe auch einfach so aufgehört. »Ich kann gar nichts einfach so«, sage ich. Max lacht und legt sich auf den Rücken.

Wir liegen beide da auf dem Rücken, gucken auf eine chinesische Ballonlampe, und es ist still. Dann hat Max Durst, klettert über mich drüber, geht in die Küche, kommt wieder und klettert über mich drüber in sein Bett. Dann muss ich aufs Klo, und Max erklärt, wo das ist. Ich gehe ins Bad und komme zurück und stoße die Stehlampe um auf Max' Füße, ich sage: »Tut mir leid.«

Max sagt: »Macht nichts«, und ich stelle die Lampe wieder auf und lege mich wieder hin. Max fragt, ob ich das Klo gefunden hätte. Ich sage, dass ich das Klo ohne Weiteres gefunden hätte. Dann muss Max aufs Klo, klettert über mich drüber, geht ins Bad und kommt wieder und klettert über mich drüber in sein Bett. Dann habe ich Durst, und bis Max mir erklärt hat, wie ich die Küche finde, kommt er lieber mit, und dann sitzen wir da, und Max erzählt vom Zen im Alltag.

Ich frühstücke in der Buchhandlungscafeteria, zum ersten Mal. Ich bestelle Erdbeershake und drei Ananascroissants und Latte macchiato. Der Barkeeper guckt. Ich esse und rauche und schiebe mit einem Bierdeckel die Asche auf der Tischplatte hin und her. Ich blättere in dem goldenen Faltblatt *Wo finde ich was* und krümele Bierdeckelstückchen in das Saftglas. Der Barkeeper guckt. Ich klopfe mit dem Plastikpapagei aus dem Milchshake auf der Tischplatte herum und paniere ein Stück Ananas im Aschenbecher.

Am Nachmittag gibt mir der Geschäftsführer lächelnd ein neues Schildchen, auf dem steht: *Es bedient Sie freundlich Fräulein.* Darunter ist ein Strich, auf den ich meinen Namen schreiben soll. »So ein Schildchen kriegt nicht jeder, und schon gar nicht in der Probezeit«, sagt der Geschäftsführer und gibt mir seinen Kugelschreiber, »nehmen Sie es als Ansporn.« Ich schreibe meinen Namen auf den Strich, in großer Schrift. Der Geschäftsführer steckt seinen Kugelschreiber wieder ein und mir das Schildchen an die Brust. Als er gegangen ist, erzähle ich der Aushilfe zwischen wedelnden Kunden von Jakarandaholz und dass es eigentlich gar kein Selbst gibt, obwohl die Aushilfe und ich uns noch nie irgendwas erzählt haben. Ich erzähle ihr von Haikus und die

Geschichte vom einverstandenen Buddhisten. Der einverstandene Buddhist hängt an einer Klippe, über der Klippe steht ein Tiger und will ihn fressen, und unter der Klippe ist ein Meer voller Haie, die ihn auch fressen wollen. Der Buddhist baumelt da und entdeckt vor sich an einem Strauch eine Erdbeere. Er ißt sie und denkt: »Wie köstlich.« Dann stürzt der Buddhist ab und ist einverstanden damit.

Ich frage die Aushilfe, ob auf Klippen Erdbeeren wachsen können, besonders auf Klippen, wo drüber Tiger sind und drunter Haie, die einen fressen wollen. Herr Kirschbaum kommt, ich verkaufe ihm *Vom Winde verweht.* Herr Kirschbaum verbeugt sich und sagt: »Wunderbar.«

Abends laufe ich nicht am Haus vorbei, denn die Vermieterin steht im Vorgarten. Sie sagt guten Abend und dass der gutaussehende Verwandte bereits auf mich warte. Sie habe ihn reingelassen in mein Zimmer, weil er so schwer beladen war und dann die blauen Augen.

Ich denke an mein Zimmer, unten, verqualmt und dunkel, ein Aschenbecher voller Kippen und Mandarinenschalen auf dem Tisch, die Mülltüte, die an der Türklinke hängt und runterfällt, wenn man die Tür unvorsichtig öffnet, und alles liegt auf dem Boden, Suppentüten, Kaffeefilter, Konservendosen, Haare aus der Bürste. Ich habe noch nie jemanden zu mir eingeladen. Ich weiß nicht mal, wie meine Klingel sich anhört.

Ich laufe die Treppe hinunter und öffne vorsichtig die Tür.

Die Mülltüte ist runtergefallen. Vor dem Bett liegen meine Leseexemplare. Daneben sitzt Max. Er hat Füße unter mein Bett geschraubt, geschwungene Füße aus hellem Holz.

Ich setze mich zu Max auf den Boden und fahre mit der Hand über das Holz. »Buche«, sagt Max. Dann küsst er mich in den Nacken, und ich drehe mich um. Max' Lippen sind rau und werden dann immer weicher, ich ziehe meine Kostümjacke aus und dann die Bluse, »wart mal«, sagt Max, »nicht so schnell«, sagt Max, ich nehme sein Gesicht in die Hände, wir fallen vornüber, und mein Rock reißt ein, als Max seine Hand darunterschiebt, »macht nichts«, sagt Max, und wir liegen zwischen Leseexemplaren, Haaren aus der Bürste, Kaffeefiltern, »langsam«, sagt Max, »nicht so schnell«, sagt Max und lacht, seine Augen sind blau mit viel Schwarz darin, und am nächsten Morgen nimmt mir der Geschäftsführer das neue Ansteckschildchen wieder ab, weil da ein Riss ist im Kostümrock, und jetzt weiß keiner mehr, wie ich heiße, nur, dass ich neu bin und mein Bestes tue.

Max bleibt noch drei Wochen. Er steht im Weg in der Buchhandlung, fragt nach Liebesromanen, die ich nicht gelesen habe, und ob ich sie einwickeln könne. Wenn ich Herrn Kirschbaum ein rotes Buch verkaufe oder ein violettes oder orangefarbenes Experiment, steht Max dabei und sieht zu. Der Geschäftsführer sagt, mein neuer Kunde sei ja wohl ein engagierter Leser, und steckt mir das Schildchen wieder an, das man eigentlich nicht in der Probezeit kriegt, auf dem steht, wie ich heiße und dass ich freundlich bediene. Max lacht mit der Aushilfe, die Aushilfe schlägt die Augen nieder und verspricht, *Das tibetische Buch vom Leben und vom Sterben* vielleicht zu lesen.

Dann geht Max, an einem Dienstag, weil die Wiege immer umfällt und das nichts wird mit der Gesellenprüfung. Ich habe den Vormittag frei. Wir tragen die Zen-Bücher in sein Auto. Max sagt: »Es gibt überall so komische Buchhandlungen«, und ich könne ja mitkommen, einfach so.

Dann geht Max. Max geht, und ich bleibe da, weil man auch mal was zu Ende machen muss und richtig.

Am Nachmittag kommt Herr Kirschbaum, geht an die Theke mit dem breiten »i« und sieht mich dort nicht. Ich sitze bei der Belletristik im Taschenbuch. Der Praktikant und ich sortieren Neulieferungen ein, der Praktikant schleppt die Kisten hinter mir her, er erzählt von der Praktikantin und dass er sie liebt für immer.

Ich räume einen Stapel *Anna Karenina* ins Regal. Herr Kirschbaum guckt sich um, sieht mich immer noch nicht und will wieder gehen. »Herr Kirschbaum«, rufe ich und winke. Er kommt zur Belletristik im Taschenbuch und hockt sich neben mich. »Ein Glück«, sagt er, »ich dachte schon, das wird heute nichts mehr.«

Ich halte ihm *Anna Karenina* hin, altrosa, ein Experiment. Ich will ihm sagen: Herr Kirschbaum, wissen Sie, das ist eigentlich gar kein Mathematikbuch, das ist *Anna Karenina,* was weiß ich, was da drinsteht, aber bestimmt keine Mathematik. »Herr Kirschbaum«, sage ich.

Herr Kirschbaum nimmt das Buch, richtet sich auf, lacht und hält mir von oben eine große, dünne Hand hin. »Sie sind sehr freundlich«, sagt er.

»Ja«, sage ich.

ALEX CAPUS

Immer diese Gefühle

Es gibt Nächte, da schlage ich die Bettdecke zurück und stehe nochmal auf, lausche dem Atem meiner Gattin Nadja, dem Schnarchen meiner drei Kleinen und dem beredten Schweigen, das aus dem Mansardenzimmer meines Großen dringt. Dann trete ich hinaus auf den Balkon, schaue hinauf in die sternenklare Nacht und frage: »Herrgott, warum haben Frauen, Kinder und Teenager unablässig Gefühle? Ich liebe sie ja alle – aber diese Emotionen von früh bis spät! Wieso können die nicht etwas dumpfer sein? Gefühlloser? Gleichgültiger?«

Das geht jeden Morgen in aller Frühe los, wenn noch alles schläft. Plötzlich weint der Kleine zum Steinerweichen, weil er unbedingt jetzt gleich sein Fläschchen braucht. Das weckt den Zweitkleinsten, der sofort das Bilderbuch vom kleinen Raupenbagger Max anschauen will, und zwar mit Mama. Nein, mit Papa. Oder vielleicht doch lieber mit Mama. Mama aber hat Kummer, denn sie hat heute eine wichtige Sitzung, und woher um Himmels willen soll sie wissen, ob es draußen schon kühl genug ist für eine Hose oder noch warm genug für einen Rock? Dann knarrt es auf der Treppe, und der Große steigt herunter aus seinem Mansardenzimmer. O Gott, seine Stimmung ist schlecht. Erstens hat die Zählung der Gesichtspickel ein Total von drei ergeben, wo es doch gestern bloß zwei waren. Und zweitens ist da irgendwas mit einem Mädchen, glaube ich. Keine Ahnung, ob das Mädchen gerade Aisha oder Jasmin oder sonst wie heißt. Meine Frau Nadja weiß da stets Bescheid, ist auf dem Laufenden über die feinsten Details, nimmt Anteil an allen Siegen und Niederlagen des Jünglings und taxiert aufs Strengste die jungen Mädchen, die ich meinerseits ausnahmslos sehr nett finde, oft aber nur voneinander unterscheiden kann, wenn die eine blond und die andere brünett ist, wobei die Zuordnung der Namen dann eine weitere Schwierigkeit darstellt. Ich setze Kaffee auf, da klingelt das Telefon, morgens um 6.53 Uhr. Es ist Nadjas beste Freundin, die vor einer Stunde ein Mädchen geboren hat und außer sich ist vor Glück. Nadja freut sich ebenfalls sehr und will das Glück mit mir teilen. Angelina heißt die Kleine, ist das nicht süß? Hat schon ganz dichtes, schwarzes Haar! Während Nadja mir sämtliche technischen Daten der neuen Erdenbürgerin übermittelt, melden sich unsere zwei Kleinsten zu Wort. Der Zweitkleinste will stolz demonstrieren, dass er den Purzelbaum gelernt hat, fällt dabei flach auf den Rücken, muss weinen und will getröstet werden. Der Kleinste macht derweil Bramm-bramm-bramm, weil eh schon alle reden und er dann ja wohl auch etwas sagen darf … so geht das weiter, den ganzen Tag.

Es gibt Tage, da geht das alles über meine Kräfte. Dann stelle ich mir vor, wie köstlich friedlich das Leben wäre, wenn Frauen und Kinder ebenso gefühllos und selbstgenügsam wären wie Männer. Aber weil das nun mal nicht so ist, habe ich mir letzten Sommer eine Taucherbrille gekauft und bin schnorcheln gegangen im Fluss. Diese Ruhe, diese himmlische Stille unter Wasser! Das wunderbare Unterwasserballett der Felchen, Aale und Flusskrebse! Wie friedfertig die ihre Kreise ziehen, sich um ihren eigenen Kram kümmern und von niemandem etwas wollen, zuallerletzt von mir!

Da der Fluss seit Anbeginn der Zeit durchs Städtchen fließt, konnte es nicht ausbleiben, dass ich archäologische Funde machte. Jetzt ist der Sommer vorbei, und es ist Zeit, Bilanz zu ziehen. Ich habe also gefunden: 1 antikes Taschenmesser; 1 Silbermünze und 2 Kupfermünzen; allerlei kuriose Flaschen; den von violetten Flechten überwachsenen Kolben eines schweren Motorrads; drei Emailleschilder von unterschiedlicher Größe. Das größte ist blau, und es steht »Bahnhofquai« drauf. Das kleinste ist rot und trägt die Aufschrift »Feuerlöschapparat«. Das mittlere ist weiß; es steht in altertümlicher, schwarzer Schrift »Bäder« drauf.

Letzteres Schild habe ich im felsigen Untergrund vor der Altstadt gefunden, direkt unter dem Stadtbad. Ich stieg also aus dem Wasser und betrat mit triefender Badehose das Lokal, um meinen Fund der Wirtin zu zeigen. Wir rätselten eine Weile, wo das Schild wohl gehangen haben mochte, untersuchten dann die historischen Stadtbad-Fotos an der Wand – und dort war das Schild! Ganz klein und weiß am Rahmen der Eingangstür, auf einer Aufnahme, die wohl an die hundert Jahre alt ist. Unter der Lupe war der Schriftzug einwandfrei zu entziffern: »Bäder«.

Die Wirtin hat dann den alten Wirt, also ihren Vater, angerufen. Klar, hat der gesagt, das Schild haben wir beim Umbau 1973 abgeschraubt. Ein Arbeiter wird es in den Fluss geworfen haben.

Wie glücklich das einen Mann machen kann! Welche Gefühle da aufkommen! Das können sich Frauen und Kinder gar nicht vorstellen. Das Schild liegt jetzt in einer Schublade des Kneipentresens und wird jedem hergezeigt, ob es ihn interessiert oder nicht. Und wenn's dann mal jeder gesehen hat, trage ich es heim und hänge es auf in meinem Privatmuseum in meinem Büro.

Natürlich werde ich das Schild auch Nadja vorführen und den Kindern, werde ihnen seine bewegte Geschichte erzählen und ihnen darzulegen versuchen, dass eben doch alles mit allem zusammenhängt und dieses Schild ein unauflösbares Band knüpft zwischen mir und dem Fluss und dem Stadtbad sowie dem alten Wirt und der jungen Wirtin und dass ich seit diesem Sommer eins bin mit jenen namenlosen Ahnen, die ihre Taschenmesser, Silber- und Kupfermünzen ins Wasser fallen ließen.

Dann werden meine Lieben mich gelangweilt und stirnrunzelnd anschauen, und ich werde verstummen und bei mir denken: Mein Gott! Wie gefühllos, gleichgültig und roh Frauen, Teenager und Kinder doch sein können.

ULRIKE HERWIG

Wie lange bleiben die eigentlich?

»Solange du willst!«, tönte Laurenz am Telefon. »Nimm dir Zeit, entspann dich. Unser Haus ist dein Haus, wir freuen uns.«

Was? Wen lud ihr Mann da ungefragt ein? Doch nicht etwa seine nörgelige Mutter? Franziska stellte ihre Teetasse geräuschvoll auf dem Tisch ab, dann hustete sie laut, um seine Aufmerksamkeit zu erregen. Laurenz hatte ihr beim Telefonieren den Rücken zugewandt und nahm sie nicht wahr. Oder *wollte* sie nicht wahrnehmen.

»Na klar«, plapperte er ungerührt weiter. »Das Wetter ist im Moment super, da könnt ihr Ausflüge in die Umgebung machen.«

Ihr? Also doch nicht seine Mutter. Franziska entspannte sich ein wenig.

»Bestimmt. Total. Hm, hm. Na, du wirst sehen, wie schnell du deinen Stress hier bei uns in der Natur vergisst. Dann bis bald.« Er legte auf.

»Wer?«, fragte Franziska argwöhnisch »Wer kommt bald?«

»Reg dich nicht auf. Nur mein Neffe Rico mit seiner Freundin. Er hatte totalen Stress im Job und hat gekündigt. Und jetzt wollen sie ein paar Tage abschalten und sich neu orientieren. Da habe ich gesagt, sie können gern zu uns kommen. Übermorgen.«

»Aha«, machte Franziska. Es klang nicht ganz überzeugt. »Das ist aber ziemlich kurzfristig. Das Gästezimmer steht voller Gerümpel, das Bett muss überzogen werden, die …«

»Franzi, das sind junge Leute«, fiel er ihr ins Wort. »Mitte zwanzig. Das ist denen so was von egal. Die schlafen auch auf dem Fußboden. Und wahrscheinlich haben sie zu Hause nicht mal so ein komfortables Bad wie unser Gästebad. Die sind den ganzen Tag unterwegs und machen …« Er suchte nach Worten. »Was immer junge Leute halt machen. Und abends gehen sie aus und kommen nachts irgendwann wieder und schlafen acht Stunden lang wie Steine.«

Franziska beruhigte sich tatsächlich. Er hatte recht. Sie waren jetzt beide Ende fünfzig und hatten völlig vergessen, dass es Menschen gab, die einfach so ohne orthopädische Matratzen, Kissen verschiedener Härtegrade, einer Meditations-App, Beißschiene und hohen Dosen Melatonin einschlafen konnten und vor allem durchschliefen. Ja, diese beneidenswerten Wesen würden ihre jungen Körper einfach so auf ein Bett fallen lassen und morgens gut gelaunt wieder aufwachen, kräftig frühstücken, ohne auch nur ein Gramm zuzunehmen, und dann davonwandeln – in Museen, in Galerien, in Parks.

Trotzdem überzog sie wenigstens das Bett und hängte neue weiche Handtücher ins Gästebad. Eigentlich freute sie sich ja sogar auf ein paar Tage mit jungen Leuten. Sie hatten keine Kinder, und es tat ihnen gut, mal wieder mit Leuten unter dreißig in Kontakt zu kommen. Man wollte ja auch kein Dinosaurier werden.

»Tante Franziska!«

Franziska hätte ihren Neffen nie im Leben wiedererkannt. Er hatte seit der letzten Familienfeier vor fünf Jahren mindestens fünfzehn Kilo zugelegt und sich einen etwas spärlichen Vollbart wachen lassen. Etwas verlegen umarmte sie ihn und dann seine Freundin, eine kleine Frau mit bekümmertem Gesichtsausdruck und pinken Haaren, die sich als Jasmine vorstellte.

Neben den beiden standen riesige Koffer, was Franziska überraschte. Irgendwie hatte sie Rucksäcke erwartet, so wie sie und Laurenz damals als Studenten gereist waren. Und so große Koffer für ein paar Tage? Was schleppten die denn alles mit?

»Wo habt ihr geparkt?«, erkundigte sie sich, weil sie kein Auto sehen konnte.

»Oh, wir sind mit dem Taxi vom Bahnhof gekommen. Apropos, kannst du uns schnell was auslegen, der wartet.« Rico trat kurz zur Seite, und erst jetzt bemerkte Franziska einen älteren Mann mit Lederjacke, der im Hintergrund tatsächlich auf etwas zu warten schien.

»Achtundvierzig fünfzig«, informierte er sie. »Taxi«, schob er hinterher, weil Franziska nicht gleich schaltete.

»Wir müssen erst noch zum Automaten.« Jasmine seufzte angesichts dieser Zumutung.

»Ach so, natürlich. Moment.« Franziska zerrte ihre Geldbörse heraus und reichte Rico einen Fünfziger. »Hier.«

»Stimmt so.« Rico reichte den Schein lässig an den Taxifahrer weiter, der daraufhin grußlos verschwand.

»Na, dann kommt mal rein.« Franziska gab den Weg frei und damit Laurenz die Gelegenheit, seinem Neffen freudig die Hand zu schütteln, woraufhin dieser seinen Koffer aus Versehen auf ihre Zehen fallen ließ.

»Hey, Tante Franziska! Lieblingseis, Lieblingsgetränk, Lieblingsessen!« Rico hatte einen Stift gezückt, als sie es sich wenig später auf der Terrasse bei Kaffee und frischem Apfelkuchen gemütlich machten.

»Was?«, fragte sie überrumpelt.

»Ich führe Listen. Es ist echt interessant, was die Leute so antworten. Also?« Rico beugte sich gespannt vor.

»Also ... Gott ... Tja, Vanille, denke ich mal?« Franziska zuckte mit den Schultern.

»Oh, nee.« Jasmine stöhnte gequält. »Lahm.«

»Ja, dann halt Stracciatella«, rief Franziska entschuldigend, auch wenn sie nicht so richtig wusste, warum.

»Schon besser.« Rico nickte gnädig und machte sich Notizen.

»Und Aperol Spritz und Käsespätzle.«

Franziska wollte Jasmine Kaffee eingießen, aber die hielt blitzschnell die Hand über die Tasse. »Für mich bitte nicht. Ich trinke nur Tee. Habt ihr Tee? Egal was, ich trinke alles.«

»Natürlich.« Franziska stand wieder auf und begab sich in die Küche.

»Außer Pfefferminz«, erklang Jasmines Stimme hinter ihr. »Oder Chai oder Kamille. Oder grüner Tee.« Der Rest ging in Beifall unter, weil Laurenz gerade »Zimteis, Whisky und Entenbraten mit Klößen« geantwortet hatte.

»Super Antwort!«, schrie Rico begeistert.

Franziska stand neben dem Wasserkocher und fühlte sich ein wenig wie damals im Ferienlager, als die anderen Mädchen sie wegen ihrer altmodischen Kulturtasche ausgelacht hatten.

»Hast du vielleicht eine Kopfschmerztablette?« Völlig lautlos war Jasmine hinter ihr in die Küche gekommen. »Ich habe echt eine Hammermigräne.«

»Du Arme.« Franziska zerrte den Arzneikasten aus seinem Fach. »Migräne hatte ich früher auch oft.«

»Ja, bei alten Leuten geht es meistens wieder weg, das hat meine Heilpraktikerin auch gesagt.« Jasmine nahm sich den ganzen Blister. »Das war die Luft im Bus. Die Klimaanlage wirbelt alle Viren erst so richtig durcheinander.«

»Wie lange gibt es schon Klimaanlagen?« Jetzt war auch Rico mit seinem Stift in der Küche erschienen.

»Puh, keine Ahnung«, gab Franziska zu. »Das müsste ich mal nachlesen.«

»Nein, das gilt nicht. Du musst raten. Also?« Rico zwinkerte seiner Freundin freudig zu, die zwei Tabletten gleichzeitig einwarf.

»Rico weiß es ja«, klärte sie Franziska auf. »Er weiß alles. Er ist eine wandelnde Wikipedia.«

Franziska hatte nicht die leiseste Ahnung. Ihr Kaffee wurde kalt, und ehrlich gesagt würde sie auch bald Migräne bekommen, wenn das so weiterging. Trotz ihres hohen Alters! »Seit dreißig Jahren«, warf sie todesmutig in den Raum.

Ihre beiden jungen Gäste bogen sich vor Lachen.

An diesem Abend spielten sie lange *Trivial Pursuit*, wobei Rico jede Runde gewann. Franziska brummte der Kopf von all diesem neuen Wissen. Noch heute Morgen hatte sie keine Ahnung gehabt, wie viel Bier die Deutschen im Durchschnitt tranken, woraus man Sliwowitz brannte oder wie schmal der Ärmelkanal an seiner engsten Stelle war. Aber eigentlich war es auch schön. Sonst guckten sie beide ja abends immer nur Fernsehen oder vergruben sich in ihre Bücher. Ehrlich gesagt konnte sie sich nicht erinnern, wann Laurenz und sie das letzte Mal zusammen irgendwas gespielt hatten. Und nach einigem Hin und Her – die Gäste benötigten noch ein Ladekabel, eine Flasche Wasser ohne Kohlensäure, Ohropax und eine stärkere Glühbirne in der Nachttischlampe – gingen alle ins Bett und Franziska schlief nahezu sofort ein. Ihr letzter Gedanke kreiselte um die nächstgelegene Autovermietung, die sie den beiden morgen empfehlen würde. Ohne Auto kam man ja hier auf dem Dorf nicht weg.

Am nächsten Morgen erwachte sie auch ohne Wecker wie immer pünktlich um sechs, denn der Morgen war ihre liebste Tageszeit. Sich eine Strickjacke überwerfen, einen herrlich heißen Kaffee aufbrühen und dann auf der Terrasse sitzen und den beginnenden Tag mit aufgehender Sonne und Vogelzwitschern genießen. Allein den Gedanken nachhängen, ein bisschen den Tag planen, die Natur direkt vor der Haustür genießen. Gab es etwas Schöneres auf der Welt?

Noch halb verschlafen begab sie sich in die Küche, ihre Hände übernahmen wie ferngesteuert die allmorgendlichen Handgriffe. Licht an, Kaffeefilter rausholen, Wasser in die Maschine gießen und …

»Guten Morgen, Tante Franziska! Lieblingsband, Lieblingssong, Lieblingsfilm?«

Vor Schreck hätte Franziska beinahe den Wasserkocher fallen lassen. Rico hockte auf der Couch im Wohnzimmer, das offen mit der Küche verbunden war.

»Meine Güte, hast du mich erschreckt!« Sie blinzelte verwirrt. »Warum sitzt du denn da im Dunkeln? Wieso bist du überhaupt schon wach?«

»Ich konnte nicht so gut schlafen, die Matratze war irgendwie so hart. Ihr habt nicht zufällig noch eine andere?«

»Nein, tut mir leid.« Franziska füllte Kaffee in den Filter. »Willst du auch eine Tasse?«

»Oh ja, gerne! Also, was ist deine Lieblingsband?«

Diese Frage hatte ihr seit der zehnten Klasse keiner mehr gestellt. »Dire Straits«, antwortete sie und gähnte.

»Ach, die leben noch?« Rico trug ihre Antwort in

eine seiner Tabellen ein. Was machte der Junge eigentlich damit?

»Ist das für deinen Job?«, erkundigte sie sich. »Ich meine, diese Statistiken, die du da führst?«

»Nein, das ist nur für mich. Meinen Job habe ich doch gekündigt. Also, was ist dein Lieblingssong?«

Fakt war, dass Franziska keinen Lieblingssong hatte. Es war ihr egal. Bands kamen und gingen und sangen und verstummten wieder, wer sollte sich all diese Melodien merken? Voller Sehnsucht schielte sie auf ihren gemütlichen Sitzplatz draußen auf der Terrasse. Den konnte sie wohl heute vergessen. »Und was war eigentlich mit deinem Job?«, lenkte sie rasch ab, damit sie nicht schon morgens um sechs eine Runde Quiz über sich ergehen lassen musste.

»Unglaublich schlechte Bedingungen.« Rico schnaufte empört. »Das ging echt nicht mehr. Aber ich finde was Neues, nach unserer Auszeit.« Er verstummte. Offenbar wollte er nicht darüber reden. »Also deine Lieblings…«

»Und Jasmine?«, ging Franziska schnell dazwischen.

»Sie ist Designerin.«

»Ach?« Das hätte Franziska dem etwas faden Mädchen gar nicht zugetraut. Sofort schämte sie sich. Nur weil Jasmine nicht besonders exzentrisch aussah und auftrat, bedeutete ja nicht, dass sie künstlerisch nichts draufhatte. »Toll!« Sie nippte an ihrem Kaffee. Irgendwie war es jetzt nicht mehr möglich, einfach auf die Terrasse zu verschwinden. Sie konnte also genauso gut duschen gehen.

»Im Nachbarort ist übrigens eine Autovermietung, Laurenz kann euch mitnehmen, wenn er zur Arbeit fährt. Der Bus hält hier nämlich nur einmal morgens und dann erst wieder abends.«

Rico sah erstaunt auf. »Aber wir haben gar keine Fahrerlaubnis, Tante Franziska.«

»Keine Fahrerlaubnis?« Laurenz setzte sich im Bett auf. »Wieso das denn?«

»Keine Ahnung. Kannst du sie mit in die Stadt nehmen? Ich wollte heute eigentlich Homeoffice machen.«

»Okay.« Er brummelte noch irgendwas und ließ sich wieder in die Kissen fallen. Franziska schlüpfte rasch ins Bad. Beziehungsweise wollte rasch ins Bad schlüpfen, aber die Tür war verschlossen.

Was zum ... Laurenz konnte es nicht sein, der war ja noch im Schlafzimmer. »Hallo?« Zaghaft pochte sie an die Tür. Drinnen rauschte Wasser.

»Ich bin gleich fertig«, erklang Jasmines Stimme.

»Warum benutzt du denn nicht das Gästebad?«, fragte Franziska, mit einem Hauch Verärgerung in der Stimme. Wozu hatten sie schließlich das Ding einbauen lassen?

»Das ist so eng.« Jasmine war kaum zu verstehen. »In so einer Duschzelle aus Glas kriege ich Beklemmungen. Ich leide unter Klaustrophobie.«

»Tatsächlich.« Franziska verdrehte die Augen. Zu allem Überfluss musste sie jetzt auch noch dringend aufs Klo.

Die Tür ging auf und Jasmine stand in der Tür. Sie trug Franziskas Bademantel und ihre Badelatschen. »Ach, und macht euch keine Gedanken wegen Auto und so. Rico hat es mir gesagt. Wir machen es uns einfach hier bei euch gemütlich.«

Cheesy. Wie sollte sie das übersetzen? Franziska saß an ihrem Schreibtisch und las seit zwanzig Minuten ein und denselben Satz. *Käsig* ging natürlich überhaupt nicht. *Cheesy* bedeutete ja eher *kitschig* oder *fremdschämig*. Gab es das Wort überhaupt? Oder lieber ...

»Nein!«, schrie jemand laut unten im Wohnzimmer. Franziska schreckte hoch. Es klang weder wie Jasmine noch wie Rico. »Oh, Gott!«, schrie die Stimme wieder. »Nimm sie weg!«

Franziska sprang so hastig auf, dass ihr Stuhl umkippte, und rannte die Treppe hinunter.

»Alles in Ordnung?«, rief sie atemlos.

Rico und Jasmine (immer noch in Franziskas Bademantel) saßen vor dem Fernseher und sahen sie erstaunt an.

»Ja«, antwortete Rico mit vollem Mund. »Alles bestens. Die Frau von dem will nur nicht, dass die Schlange bei ihnen einzieht.« Er deutete auf den Fernseher. »*Schlangen suchen ein neues Zuhause.* Kennst du das? Das gucken wir gern.«

»Nein«, stammelte Franziska. Der Couchtisch war mit Kartoffelchips übersät und auf dem Bildschirm ringelte sich eine grünliche Schlange von mindestens einem Meter Länge auf einer Gartenbank. Eine zitternde Frau stand in unmittelbarer Nähe und hielt sich die Hände vors Gesicht.

»Davon geht die Schlange auch nicht weg«, bemerkte Rico und Jasmine kicherte.

»Wie ekelhaft.« Franziska konnte ihren Blick nicht vom Fernseher lösen.

»Aber gar nicht.« Rico schüttelte den Kopf. »Das ist eine Äskulapnatter, die längste Schlange in Deutschland. Weißt du, wie lang die werden kann?«

Nein, aber du wirst es mir sicher gleich verraten. »Muss ich nicht wissen.« Franziska winkte ab, lächelte etwas angestrengt und floh zurück in ihr Arbeitszimmer, wo sie in den nächsten drei Stunden keinen einzigen Satz zustande brachte.

»Hallo?« Jasmine stand in der Tür, wenigstens war sie jetzt angezogen. »Ich wollte nur fragen, ob du was zum Mittagessen geplant hast?«

»Nein.« Franziska verlor sofort wieder den Gedankenfaden, den sie endlich hatte verfolgen können.

»Okay.« Jasmine rührte sich nicht vom Fleck.

»Vielleicht wollt ihr ins Dorf laufen? Da kommt montags immer der mobile Bäcker und ihr könnt euch was holen.«

»Hm.« Jasmine verschwand und Franziska atmete auf. Vielleicht gingen die beiden ja eine Weile spazieren. Dass der Fernseher endlich mal verstummte.

»Wir haben eine bessere Idee.« Jasmine war wieder aufgetaucht. »Rico will was kochen. Auch für dich, dann hast du nicht so viel Arbeit. Passt das?«

»Klar. Wenn er so gut kocht, wie er Statistiken führt?«

Der Witz segelte über Jasmines leeres Gesicht hinweg ins Treppenhaus und hinunter in die Küche, wo jetzt das ohrenbetäubende Klappern von Töpfen und Pfannen erklang.

Eine Stunde später saßen sie zu dritt vor einem verbrannten Omelett, für dessen Zubereitung seltsamerweise vier Bratpfannen notwendig gewesen waren. Die Luft im Raum stand und Franziska riss die Fenster auf.

»Ich verstehe das nicht.« Rico kostete die dunkelbraune Masse. »Sonst ist das immer fluffiger. Das muss an eurem Herd liegen.«

»Gasherd halt. Gehört eh verboten.« Jasmine schob ihr Omelett unschlüssig auf dem Teller hin und her.

»Ich glaube, ich esse lieber draußen im Garten.« Franziska stand auf. Im Garten konnte sie das Omelett ohne viel Drama im Kompost entsorgen.

»Ich komme mit.« Jasmine schnappte ihren Teller. »Das riecht hier so verbrannt, da bekomme ich Kopfschmerzen.«

Franziska antwortete nicht und begab sich nach draußen, wo sie in einem geschickten Schlenker schon einen Teil des Omeletts unter die Pfingstrosen bugsierte, bevor sie sich auf der Gartenbank niederließ.

»Lass dich von mir nicht stören.« Jasmine setzte sich neben sie und zog ihr Handy heraus. Von diesem Moment an erklang in regelmäßigen Abständen das PLING einer eingehenden Nachricht.

Schließlich hielt Franziska es nicht mehr aus. »Was war eigentlich so schlimm an Ricos Job?«, erkundigte sie sich in der Hoffnung, dass das Mädchen dann aufhörte, Nachrichten abzufeuern.

»Ja, das war ein Call Center.« Jasmine seufzte und steckte tatsächlich ihr Handy weg. »Ganz schlimm. Die wollten echt, dass er jeden Tag ins Büro kommt.«

»Nein!«, entfuhr es Franziska. Ihr Mundwinkel zuckte. »Jeden Tag?«

»Ja genau. Und auch noch morgens um acht. Ich meine, da ruft doch eh keiner an. Die reinsten Sklaventreiber waren das.«

Dem war nichts mehr hinzuzufügen.

»Was designst du eigentlich?«, erkundigte Franziska sich nach einer kleinen Pause.

»Ich mach Webdesign. Das sind die Seiten, die du anklickst, wenn du ins Internet gehst.«

»Ich weiß, was Webdesign ist.« Franziska lachte.

»Ach echt? Die meisten alten Leute können damit nichts anfangen. Meine Oma kapiert es auch nicht.«

Jetzt hatte Franziska aber doch das Gefühl, etwas sagen zu müssen. »Du, ich bin siebenundfünfzig!«

»Eben!«

»Tante Franziska?«, erklang es aus der Küche. »Lieblings…«

»Jetzt nicht«, rief Franziska zurück. »Wir unterhalten uns. Welche Websites hast du denn schon gemacht?« Das galt wieder Jasmine.

»Noch gar keine. Ich will es erst lernen. Aber dazu müssen wir ja wissen, wo wir wohnen. Dann kann ich mir einen Kurs suchen.«

»Wo ihr wohnt«, wiederholte Franziska langsam. »Ich verstehe nicht ganz. Ihr wohnt doch in München?«

»Nicht mehr. Wir haben unsere Wohnung gekündigt, bevor wir hergekommen sind. Wir wollen uns doch neu orientieren. Hat Rico das nicht erzählt?«

»Nein«, krächzte Franziska. »Hat er nicht.« Wo zum Teufel blieb Laurenz?

Im Laufe der nächsten zwei Wochen guckten die beiden alle Folgen von *Die Simpsons* und *Wer wird Tortenkönigin* und dann noch *Wer wird Millionär* und *Wer hat Zeit für Straßenhunde*, und nach zehn Tagen dämmerte es Franziska endlich, dass von Laurenz keinerlei Hilfe zu erwarten war und sie deshalb selbst aktiv werden musste.

»Ich nehme euch mit in die Stadt«, erklärte sie am Morgen. »Ich fahre ins Büro. Dann könnt ihr in der Zeit ins Verkehrsmuseum gehen.« Das bestand aus vierzig Ausstellungsräumen.

»Oh, ich weiß nicht, ob wir …«

»Ich habe euch schon Karten gekauft«, schnitt sie Jasmine das Wort ab, schnappte ihren Autoschlüssel und öffnete die Haustür. »Kommt ihr?«

Sie setzte die beiden genau vor dem Museum ab, wo sie wie Hänsel und Gretel herumstanden und sich vorsichtig umsahen.

»Um fünf wieder hier, okay?« Franziska startete den Wagen.

»Ähm, Tante Franziska«, rief Rico und winkte hektisch, aber sie tat so, als ob sie ihn nicht hörte, und fuhr los. Erst an der nächsten Ecke atmete sie tief durch.

»Es ist einfach unglaublich«, klagte sie ihrem Kollegen Yannick wenig später ihr Leid. »Sie machen überhaupt nichts alleine.«

»Wie lange bleiben die denn?«, erkundigte er sich.

Franziska gab ein schnorchelndes Geräusch von sich. »Das haben sie uns noch nicht mitgeteilt.«

»Dann frag sie doch einfach.«

Sie überlegte einen Moment lang. »Ehrlich gesagt habe ich Angst vor der Antwort. Sie haben keine Wohnung mehr. Hast du keine Idee, wie wir sie wieder loswerden? Du bist doch so eine Intelligenzbestie und so ein Computerfreak.« Sie lachte freudlos auf.

»Warum fährst du nicht einfach wieder heim?«, fragte er zurück. »Jetzt sind sie ja weg. Du hast einen schönen ruhigen Tag zu Hause, arbeitest in Ruhe und um fünf holst du sie wieder ab.«

Sie starrte ihn an. »Du bist genial. Ich wusste es.«

Noch nie war das Haus Franziska so wunderbar still und geräumig vorgekommen. Kein Fernseher plärrte, niemand feuerte Fragen auf sie ab. Sie räumte ein bisschen auf, bereitete sich einen Salat zu, lauschte dem Vogelzwitschern und schaffte tatsächlich vier Seiten einer komplizierten Übersetzung. Ein Blick auf die Uhr zeigte ihr, dass sie noch ganze drei wunderbare Stunden Zeit hatte, bis sie die beiden wieder abholen musste. Sie nahm ihren Roman, setzte sich auf die Couch und las ein paar Seiten. Dann dämmerte sie weg. So eine süße, herrliche Ruhe, so eine …

»Tante Franziska!« Eine Autotür knallte. »Du bist ja zu Hause!« Rico stand plötzlich in der Tür wie eine Vision. »Wir haben dich nicht erreicht. Deshalb haben wir Onkel Laurenz angerufen.«

Franziska rappelte sich hoch. Das durfte doch nicht wahr sein! »Wieso seid ihr schon da?«, japste sie.

»Das Verkehrsmuseum war voll lahmarschig.« Jasmine ließ sich neben ihr auf die Couch fallen und griff nach der Fernbedienung. »Nur alte Autos. Braucht kein Mensch.«

»Laurenz?« Franziska stand auf. Wieso dachten Männer nie mit? Warum hatte er die zwei nicht irgendwo anders hingebracht, ins Kino oder ein anderes Museum? Es war zum Aus-der-Haut-Fahren!

Er steckte weder im Schlafzimmer noch im Badezimmer noch sonst irgendwo im Haus. Auf der Terrasse, im Garten oder Schuppen ebenfalls nicht. Wie seltsam. War er gar in den Wald hinter dem Haus gegangen? Im Herbst suchte er da manchmal Pilze, aber jetzt war Mai, es ergab keinen Sinn. Trotzdem begab sie sich dort auf die Suche, den kleinen Trampelpfad entlang bis zu der kleinen Lichtung. Und dort, war es denn zu fassen, saß tatsächlich ihr Mann hoch oben auf dem baufälligen Hochsitz und las ein Buch.

»Du liest heimlich!«, rief sie wütend. »Komm sofort runter!«

Laurenz zuckte zusammen. »Was ist denn daran so schlimm?«

»Das weißt du ganz genau. Du kannst mich mit denen nicht einfach allein lassen, das sind deine Verwandten. Warum hast du sie schon eher zurückgebracht, ich hatte eigentlich gehofft, bis um fünf frei zu haben!« Jetzt heulte sie fast.

»Meine Güte, nun beruhige dich doch. Es sind doch nur … nette junge Leute.«

»Ach ja? Und warum versteckst du dich dann im Wald vor ihnen?«

Laurenz war mittlerweile nach unten geklettert. »Okay, ich gebe zu, sie sind etwas anstrengender, als wir erwartet hatten. Aber es ist ja nur für ein paar Tage.«

»Wirklich? Hast du sie gefragt, wie lange sie bleiben, hm? Sie haben keine Wohnung mehr, und ich habe das sanfte Gefühl, dass sie sich hier häuslich einrichten.«

»Keine Wohnung mehr?« Er wurde blass.

Franziska bemühte sich um Ruhe. Ein Plan musste her. »Du rufst jetzt deine Schwester an und sagst ihr, sie soll ihren Sohn zurückbeordern.«

»Wir reden nicht so direkt miteinander, das weißt du doch, da kann ich so was nicht bringen. Wir haben uns kaum von unserem letzten Streit erholt.«

»Das ist mir egal!« In was für eine Weicheifamilie hatte sie da nur hineingeheiratet?

»Das ist unhöflich«, klagte er. »Das geht nicht.«

»Gut.« Ohne ein weiteres Wort stapfte Franziska zurück zum Haus. Selbst war die Frau. Sie schnappte sich ihr Handy, wählte die Nummer von Laurenz' Schwester Marie, aber die ging natürlich nicht ran. *Nie* ging Marie ran, es war ein ewiges Versteckspiel.

»Hallo, Marie, hier ist Franziska. Bitte ruf mich umgehend zurück, es ist wichtig. Danke.« Schwer atmend stand Franziska da und starrte in den Frühlingsnachmittag hinaus. Es wurde langsam Abend, aber die Sonne schien immer noch warm. Der Duft von frisch gemähtem Gras und Flieder hing in der Luft, und normalerweise würden sie und Laurenz an so einem lauen Abend auf der Terrasse sitzen und eine Flasche Wein trinken und reden, aber hauptsächlich einvernehmlich schweigen. Die Stille genießen.

Etwas rumste laut beim Schuppen. »Tante Franziska?«

An diesem Abend versteckte Franziska die Fernbedienung so lange, bis sie selbst vor dem Fernseher Platz genommen hatte, und dann schaltete sie einfach stur die Nachrichten an.

»Och nee«, jammerte Jasmine. »Das ist immer so deprimierend. Müssen wir das sehen? Es gibt eine neue Folge von *Putzteufelswild*, die wir noch nicht gesehen haben.«

»Ja, müssen wir.« Franziska drehte den Ton lauter. Das Bundeskriminalamt warnte gerade vor neuen Trickbetrügern, die mit künstlicher Intelligenz arbeiteten.

»Ich dachte doch, das war mein Enkel«, weinte eine kleine alte Frau in die Kamera. »Das war doch seine Stimme! Ich meine, ich habe natürlich vom Enkeltrick gehört, aber es war wirklich die Stimme von meinem Elias.«

»So benutzen Hacker die KI für ihre Zwecke«, erklang eine grabestiefe Stimme aus dem Off. »Die täuschend echt klingende Stimme eines Familienmitglieds, von einem KI-Programm erschaffen, bittet um Geld. Besorgte Verwandte können nicht mehr zwischen echter Stimme und einem Fake unterscheiden. Die Bundesnetzagentur rät zu einem geheimen Passwort.«

»Krass«, meinte Rico.

»Also das merkt man doch.« Jasmine war immer noch eingeschnappt. »Ich würde das merken.«

»Na, die KI wird uns alle noch überrollen, das sag ich euch«, prophezeite Laurenz. »Die ist eines Tages der gefährlichste Feind der Menschheit. Krieg der Welten und so.«

»Das waren Außerirdische.« Rico blätterte in seinen Notizen. »Von wem war im Original der Film? Na?«

»Das Original war ein Buch«, muckte Laurenz auf.

»Das mit der KI erlebt ihr sowieso nicht mehr.« Jasmine warf ein paar Chips ein. »Können wir jetzt was anderes ansehen?«

Franziska stand auf und begab sich in den Flur. Kurz überlegte sie, ob sie noch mal in den Wald fliehen sollte, um laut zu schreien, aber dann holte sie doch nur eine Flasche Wein und checkte ihr Handy. Oh verdammt, sie hatte doch tatsächlich einen Anruf von Marie verpasst! Die Schwester von Laurenz hatte in ihrer üblichen spröden Art lediglich eine kurze Nachricht hinterlassen:

»Hallo, Franziska, warum sagst du nicht, was los ist? Wir sind gerade im Urlaub in Fuerteventura. Wenn Laurenz wieder was zu meckern hat, dann soll er sich nach unserem Urlaub melden. Gruß an Rico. Tschüss.«

»Du kleiner Sonnenschein …«, murmelte Franziska. Schon diese angespannte Stimme immer. Sie starrte auf ihr Handy. Die Stimme. Die Stimme von Marie … Natürlich, das war's! Rasch wählte sie eine andere Nummer. Yannick meldete sich nach dem zweiten Klingeln.

»Was gibt's? Brauchst du Hilfe beim Rausekeln deiner Gäste?« Er lachte.

Franziska lachte nicht mit. »So was in der Art.«

Am nächsten Tag, einem Sonntag, wurde Franziska von einem lauten Knall geweckt, und als sie aus dem Schlafzimmer sah, wuchtete Rico gerade seinen schweren Koffer die Treppe hinunter. »Es tut mir total leid«, rief er atemlos. »Aber wir müssen abreisen.«

»Nein!«, rief Franziska und bemühte sich um einen erschreckt-besorgten Gesichtsausdruck. »Ist was passiert? Was ist denn los?«

»Meine Mutter braucht meine Hilfe, es ist dringend. Sie hatte einen Unfall.«

»Was?«, rief Laurenz vom Bett aus. »Was für einen Unfall?«

»Sie ist die Treppe runtergefallen und hat sich das Bein gebrochen. Wir müssen jetzt dringend zum Bahnhof, das Taxi steht schon unten.«

»Wie geht es ihr? Ist es schlimm?« Laurenz schälte sich aus seiner Decke und fummelte auf dem Nachttisch herum. »Wo ist denn mein Handy?«

»Keine Ahnung«, log Franziska.

»Ihr Handy ist auch irgendwie kaputt gegangen und … ach, ist doch egal jetzt.« Rico zerrte den Koffer zur Haustür. »Jasmine? Kommst du endlich?«

Seine Freundin stapfte mürrisch die Treppe hinunter, und Franziska konnte sogar aus der Entfernung sehen, was für eine Scheißlaune Jasmine hatte. »Es ist viel zu früh«, jammerte sie.

»Na so was, die arme Marie.« Franziska warf sich ihre Strickjacke über und folgte den beiden, um sicherzugehen, dass sie tatsächlich abreisten. »Hier.« Sie drückte Rico einen Fünfziger in die Hand. »Fürs Taxi.« Nicht, dass es in allerletzter Sekunde noch daran scheiterte. »Und hier, für Marie.« Sie zog den Strauß Pfingstrosen aus der Vase, die sie gestern gepflückt hatte. Das Omelett als Dünger hatte Wunder gewirkt, sie waren prächtig. »Alles Gute für sie.«

Rico nickte nur flüchtig, Jasmine murmelte etwas, das wie »danke« klang, und schon waren sie zur Tür hinaus und saßen im Taxi, das tatsächlich wie die goldene Kutsche von Aschenputtel vor der Tür gewartet hatte.

Und dann waren sie weg. Sie waren wirklich und wahrhaftig weg. Franziska atmete tief die frische Morgenluft ein und hielt ihr Gesicht in die aufgehende

Sonne. Dann holte sie das Handy von Laurenz aus einem der Gummistiefel vor der Tür, wo es die Nacht verbracht hatte.

»Na so was, du hast dein Handy im Garten liegen lassen«, rief sie laut.

»Sie geht nicht ran.« Laurenz lief aufgeregt hin und her. »Ich habe es schon mehrmals versucht.«

»Natürlich geht sie nicht ran.« Franziska las in aller Seelenruhe auf der Terrasse die Zeitung zum Kaffee.

»Meinst du, sie wird gerade operiert?«

»Nein. Sie geht nicht ran, weil sie in Fuerteventura im Urlaub ist.«

»Was? Aber …«

»Schatz. Psst. Hör zu.« Franziska spielte ihm die Nachricht vor, die Yannick ihr heute Morgen hatte zukommen lassen. Atemlos erklang die Stimme von Marie. »Rico, ihr müsst umgehend herkommen, ich brauche dringend eure Hilfe. Ich bin die Treppe runtergefallen und habe mir ein Bein gebrochen und …« Ein kurzes Wimmern. »Das ist das Telefon meiner Freundin, meins ist beim Sturz kaputt gegangen, also ruft nicht zurück, kommt einfach her. Ich kann mich im Moment nur mit Krücken in der Wohnung bewegen.«

»Ich verstehe nicht«, setzte Laurenz an, aber das hatte Franziska ja auch nicht erwartet.

»KI«, informierte sie ihn. »Du erinnerst dich?« Und weil er sie immer noch mit Augen so groß wie Ufos anstarrte, musste sie es ihm dann doch erklären.

»Du bist ganz schön clever«, sagte er. Und nach einer Pause: »Für dein Alter.«

»Hey!« Sie musste aber trotzdem lachen und später ließen sie sich genüsslich auf die Liegestühle draußen fallen und verplemperten den Tag. Außer dem Summen von Insekten und einem hartnäckigen Buntspecht irgendwo war nichts zu hören. Lieblingsgeräusch, dachte Franziska, ist Stille.

Drei Stunden später rief Rico erst mehrmals auf dem Handy von Laurenz und dann auf dem von Franziska an. Zum Schluss klingelte dann auch noch der Festnetzanschluss mehrere Minuten lang, aber das hatte Franziska fast erwartet.

»Wehe, du gehst ran«, warnte sie ihren Mann.

»Im Leben nicht.« Laurenz zog den Stecker aus der Buchse.

MARLIES FERBER

Das mit den Redewendungen

Also, dass viele Leute heutzutage nicht mehr wissen, wie man Redewendungen richtig anwendet, ja, sie noch nicht einmal mehr kennen, das nervt, besonders in meinem Beruf. Das geht einem auf die Drahtseile. Als Autorin sind Sie natürlich an Sprache interessiert, und so wie der Himmel mal Tränen weint und dann wieder die Sonne aus vollem Hals scheint, so ist auch die Sprache immer lebendig, munter wie ein Fisch in der Pfanne, deshalb entstehen ja Redewendungen. Wer sie benutzt, ganz natürlich und ungezwungen, der spiegelt die Volksseele wider, ja badet geradezu in ihr und stößt sie gleichzeitig in den Jungbrunnen.

Wie heißt es noch in »Die zauberhafte Welt der Amélie«: Wer Redewendungen kennt, der ist kein schlechter Mensch. Amélies Freundin fängt deshalb als Test immer einen Satz an, zum Beispiel: »Das passt wie Arsch …« Und wartet mit Argusohren ab, wie ihr Gegenüber den Satz korrekt vervollständigt: Wenn der andere ihn richtig ergänzt und »auf Auge« sagt, kriegt er heimlich eine Eins plus mit Kreuzchen von ihr, dann passt das mit den beiden wie Faust auf Eimer, und Amélies Freundin schwebt aus allen Wolken.

Aber wehe, wenn der andere auf allen Registern steht oder den Satz sogar falsch ergänzt … ja, da platzt ihr die Hutschnur, da zieht sie sich zurück in ihr Leberwursthaus, beleidigt wie eine Kirchenmaus. Und es wird noch viel Gras den Bach runterfließen, bis sie das vergisst.

Aber wie heißt es so schön: Alles vergessen heißt alles verzeihen, nicht wahr? Irgendwann wird doch ein Schwamm über die Sache wachsen. Denn schließlich ist noch kein Eichhörnchen vom Himmel gefallen, und wer sagt denn, dass die Mühsal nicht den Meister ernährt und unter den Einäugigen das blinde Huhn nicht auch mal Königin ist? Wenn der andere sich dann richtig ins Zeug stellt, wird Amélies Freundin spätestens bei einem Kompliment wie »Für dich würde ich mein letztes Hemd ins Feuer legen!« aus Wolke sieben fallen, das ist so sicher wie das Atmen in der Kirche.

KATRIN SEDDIG

Ein Sommerfoto

Ich musste nach Kassel, meine Beziehung lag in Scherben, und jetzt das.

Auf meinem Fensterplatz saß eine Frau. Sie war groß und nahm auch horizontal viel Raum ein.

»Entschuldigung«, sagte ich mürrisch, ich war in einer ganz schlechten Verfassung, »das ist mein Platz.«

»So?«, sagte die Frau und machte keine Anstalten, sich zu bewegen. Ihre Augenbrauen hoben sich, ihren Mund konnte ich nicht sehen, weil sie eine Maske trug.

»Ja«, sagte ich und hielt ihr mein Handy vor die Nase, »wollen Sie sehen?«

Sie schien nachzudenken.

»Ich habe mich hier so ausgebreitet ...«

Sie hatte sich tatsächlich ausgebreitet. Beide Plätze hatte sie mit ihrem Zeug belegt, Taschen, Tupperdosen, Schal, Zeitschriften, was nicht alles. Hinter mir wurde gemurrt. Ein Mädchen quetschte sich mit ihrem Rucksack an mir vorbei.

»Sie können sich gerne auf den anderen Platz setzen«, sagte ich, »aber ich glaube, der ist auch reserviert.« Es war an der Anzeige zu sehen. »Ab Hannover«, sagte ich. »Ich weiß ja nicht, wo Sie hinwollen.«

»Ach je«, seufzte sie.

»Geht's denn mal weiter?«, schrie ein Mann von hinten.

»Geduld!«, schrie die Frau zurück. Ich empfand augenblicklich Respekt, er schoss in mich ein, wie ein

Dartpfeil, und verließ mein Fleisch nicht mehr, ob mir das gefiel oder nicht.

»Liegt Ihnen daran, am Fenster zu sitzen?«, fragte sie mich.

»Schon«, sagte ich. Vielleicht wäre ich nicht so stur gewesen, wenn sie sich selbst entgegenkommender verhalten hätte.

»Lassen Sie uns doch mal vorbei«, knurrte jemand hinter mir. Eine mürrische, knochige Frau, die immer die ungezogenen Kinder ihrer Schwester hüten musste, wenn die von ihrem jeweiligen Mann ausgeführt wurde. Das wusste ich natürlich nicht, aber das mutmaßte ich. Ich mutmaße immer alles Mögliche über Leute, die ich nicht kenne, es kommt einfach so über mich, ich kann gar nichts dagegen tun. Falls ich die Leute dann kennenlerne, kann ich später oft nicht mehr unterscheiden, was ihnen wirklich widerfahren ist und was nur in meiner Vorstellung. Aber das meiste behalte ich sowieso nicht.

»Okay, ich setze mich jetzt hin, und wir tauschen dann gleich«, sagte ich zu der Frau, und sie sammelte all ihr Zeug auf ihrem Schoß zusammen. Ich wuchtete meinen Koffer auf die Ablage und ließ mich neben sie plumpsen.

»Angenehm«, sagte sie, und ich schaffte es nicht, darauf zu antworten. Ich lüge einfach nicht gerne, wenn es nicht sein muss. Als die Leute sich verteilt hatten, bestand ich auf meinem Fensterplatz.

»Ach«, sagte sie, »jetzt habe ich mich hier so gemütlich eingesessen.«

»Trotzdem«, sagte ich und erhob mich, um Tatsachen zu schaffen.

Es dauerte, bis wir uns nun aneinander vorbeigedrückt hatten, was vor allem an ihr lag, an ihren Ausmaßen und ihrem Zeug. Dann legte ich meinen Kopf an die

Lehne und starrte aus dem Fenster. Draußen war es trüb, dünne Striemen Regen trieb die Geschwindigkeit waagerecht über die schmutzigen Scheiben. Es war einer dieser Tage, dunkel und grau, und alle Leute waren müde. Schon auf dem Bahnsteig war es so gewesen. Es gab einfach keine Hoffnung mehr. So war mein Gefühl, und es bezog sich auf alles, schloss jeden einzelnen Menschen in diese Hoffnungslosigkeit ein. Was waren das für Enthusiasten, die da noch lachen konnten!

Jörg und ich, wir hatten uns am Tag zuvor einvernehmlich getrennt. Er sagte, er hätte sich das alles anders vorgestellt, ich hatte ihm zugestimmt. Aber, dachte ich nun, während ich fasziniert den Regenspuren beim waagerechten Fließen zusah, haben wir uns nicht alle alles ganz anders vorgestellt? Ich wollte nichts und niemanden von dieser allumfassenden Enttäuschung ausnehmen. Am liebsten wäre ich auf der Stelle in einen ohnmächtigen Schlaf geglitten, aber die Frau gönnte mir das nicht.

»So eine Zugfahrt ist doch immer etwas Schönes.«

Ich sah nicht zu ihr hin, ich hatte sogar meine Augen geschlossen und entschied mich, so zu tun, als hätte ich sie nicht gehört.

»Erst hat man Stress, aber dann ist es doch ganz gemütlich«, sagte die Frau.

Ich öffnete die Augen. Sie hatte einen riesigen bronzefarbenen Dauerwellenkopf, leuchtend blaue Augenlider und duftete wie, ich weiß nicht, sie duftete einfach. Ein Teil ihrer Sachen war von ihrem Schoß gerutscht, den Rest hielt sie in ihren gewaltigen Armen, und ich war mir sicher, dass sie unter ihrer Maske glücklich lächelte. So glücklich war sie, hier zu sein, in diesem Zug, mit all ihrem Zeug auf dem Schoß, auf einem Platz, den sie demnächst würde aufgeben müssen. Sie war ungefähr

Mitte sechzig, und sie war riesig. Sie war ein Mensch, dem, wenn es gerecht auf der Welt zuginge, wenigstens zwei Plätze zugestanden hätten. Aber sie schien nicht falsch proportioniert, eher war es offensichtlich, dass ihr Äußeres ganz und gar auf ihr Inneres abgestimmt war, sie passte einfach zu sich selbst. Das galt auch für ihre Stimme, die eine gewisse erschreckende Schönheit hatte. Diese Frau hatte, wenn ich das recht bedachte, etwas ganz und gar Divenhaftes an sich. Sie trug eine Zebrastreifenleggins und ein gelbes Mohairkleid, das vielleicht auch aus Polyacryl war, und über ihren gewaltigen Busen baumelten mehrere goldene Ketten.

»Ihr Zeug ist runtergefallen«, sagte ich.

Stöhnend beugte sie sich vor, und dabei fiel ihr noch mehr herunter.

»Warum packen Sie nicht was weg?«, schlug ich vor.

»Ich habe gerne alles beisammen«, sagte sie, »wenn man mal was braucht.«

»Aber so können Sie ja kaum sitzen.«

»Es geht schon.«

»Nehmen Sie doch den Tisch!«

»Welchen Tisch?«

Ich klappte ihr den Tisch vor den Bauch.

»Ach, wie nett!«, freute sie sich und lud etwas von ihrem Zeug auf dem Tisch ab.

»Sie fahren wohl nicht oft Bahn?«, fragte ich sie.

»Nie«, sie schüttelte den Kopf, »ich habe ja keinen Grund.«

Ich nickte.

»Aber jetzt …«, setzte sie unsere Unterhaltung fort.

Ich seufzte, aber nur innerlich, ich ergab mich. Bis Hannover, sagte ich mir, bis Hannover halte ich durch. Dann würde sich ein Mann mit Laptop neben mich setzen. Ich sah ihn schon vor mir, einen Anzugmann, der seine E-Mails schrieb und im schlimmsten Fall telefonierte. Aber nicht mit mir.

»… gibt es einen?«, erkundigte ich mich.

»Man *hat* ja nur ein Leben«, sagte sie. »Ursula Roschinski.«

»Katrin Seddig«, sagte ich und schüttelte die dargebotene Hand.

»Es ist ja eher eine intime Angelegenheit«, sagte Ursula.

»Dann behalten Sie es lieber für sich.«

»Die Fahrkarten bitte«, sagte eine stramme, kleine Kontrolleurin.

Ich zückte mein Handy. Ursula Roschinski suchte. Und suchte. Schließlich stand sie auf, und all ihr Zeug rutschte schon wieder auf den Boden.

»Um Himmels willen!«, rief sie.

»Vielleicht in der Handtasche?«, half die Kontrolleurin.

Es fand sich alles ein.

»Ich bin es einfach nicht gewöhnt«, sagte Ursula zu ihr, »ich verreise sonst gar nicht.«

Aber die Kontrolleurin zeigte kein Interesse an diesen Dingen, deshalb wendete Ursula sich wieder mir zu.

»Wenn es Sie interessiert.«

Es interessierte mich nicht. Ich sagte: »Sehr.«

»Mein Mann ist ja gestorben«, sagte sie und schien dabei so glücklich, dass ich nicht wusste, wie darauf reagieren. »Man soll ja nichts Schlechtes über die Toten sagen«, sagte sie, und ich nickte und war ganz gierig auf das Schlechte, was sie mir über diesen Toten im Begriff war zu erzählen. »Er war, na ja, er war schwierig.« Ich nickte und nickte. »Aber er war kein schlechter Mensch.« Ich schüttelte den Kopf, ich nickte und schüttelte, wie eine Puppe, wie es gerade kam.

»Wissen Sie was«, sagte Ursula Roschinski, »wir gehen ins Restaurant! Es muss doch bald Mittag sein.«

Es war halb elf, aber ich hatte mich ja schon ergeben, ich sagte: »Warum nicht? Einen Tee könnte ich vertragen.«

»Tee? Ach was! Wenn schon, denn schon, ich lade Sie zum Essen ein, wir machen es uns richtig gemütlich«, sagte Ursula Roschinski.

»Das ist wirklich sehr schick!«, sagte sie, als wir uns im Speisewagen gegenübersaßen. »Man isst, während die Landschaft an einem vorbeifährt.«

Ich nickte und nahm einen Schluck von meinem Wein, sie hatte mich nicht lange überreden müssen.

»Walther war kein schlechter Mensch«, nahm sie ihren Faden wieder auf, »aber was konnte der Mann einem auf die Nerven gehen! Manchmal hat es mich richtig in den Händen gejuckt.«

Sie sah mich an. Jetzt konnte ich ihr Gesicht ganz ohne Maske betrachten, und es fügte sich alles zu einem harmonischen Bild zusammen. Sie hatte breite, rote Lippen, einen kleinen Damenbart und ein hübsches Grübchen am Kinn.

»Was meinen Sie damit? Wollten Sie ihn schlagen?«

Sie zog die Augenbrauen hoch. »Wenn Sie ihn gekannt hätten. Mit seinen ganzen Vorstellungen. Das konnte einen schon zur Weißglut treiben. Die Kartoffeln mussten immer links liegen, das Fleisch rechts, das Gemüse dahinter.«

»Wirklich?«

»Das Gemüse immer dahinter! Ich konnte mich unter diesem Mann gar nicht entfalten. Jahrzehntelang habe ich meine Persönlichkeit unterdrücken müssen.«

»Ich frage mich, wie er das geschafft hat«, sagte ich. Ich fragte mich das wirklich.

Sie zog ihr Portemonnaie aus der Tasche und holte ein Bild heraus, das sie mir dicht vor die Augen hielt. Darauf war sie selbst zu sehen, und neben ihr saß ein Mann auf einem Schlitten, ein großer, hagerer Mann mit einer Ohrenklappenmütze.

»Warum sitzt er auf einem Schlitten?«

»Es war ja Winter«, sagte sie.

»Aber es liegt doch gar kein Schnee.«

»Ja, aber es war Winter. Das hatten wir uns so überlegt.«

»Was? Dass es Winter war?«

»Es war für die Familie, ein Winterfoto, für die Familie!«

»Schreien Sie doch bitte nicht so!«, sagte ein Bistromann, der eben mit einem Tablett vorbeihuschte.

Ich gab es auf.

»Und jetzt ist er also tot?«, fragte ich. »War er denn krank?«

»Er hat sich das nur eingebildet.«

Unsere Klopse kamen, und ich hatte plötzlich doch Appetit, obwohl ich sonst gar kein Fleisch esse. Sie hatte alles für uns bestellt, und ich war so matt, ich fühlte keine Kraft, mich gegen ihre Vorschläge zu wehren.

»Er hat sich das nur eingebildet?«

»Er hatte so viele Krankheiten!«, seufzte Ursula. »Kaum zu glauben, was der alles hatte!«

»Aber wenn er doch daran gestorben ist?«

Ursula presste ihre Lippen zusammen, jetzt machte sie einen ein bisschen verbitterten Eindruck. »Es war das Herz«, flüsterte sie mir zu, als wäre ausgerechnet dieser Umstand nun geheim. Sie sah sich auch gleich forschend im Raum um. Überall saßen Leute, die sich an einem Kaffee festhielten, wahrscheinlich, um keine Maske tragen zu müssen. Alles Maskenmuffel, wie selbst ich sie höhnisch nannte, denn etwas Muffliges hatten sie nun mal an sich, diese verweichlichten, rechthaberischen Verweigerer.

»Aber er *hatte* gar nichts am Herzen?«, fragte ich sie.

»Ach«, sie winkte ab, »er hat sich da richtig reingesteigert. Immer: mein Herz, mein Herz! Und dann.«

»Und dann?«

»Bums, aus, Herzinfarkt!«

»Aber er hatte nichts?«

»Nichts. Kerngesund war der Mann.«

Ich nickte, wir aßen, und Ursula bestellte Wein nach.

»Trotzdem traurig«, sagte ich.

Sie nickte. »Was habe ich gelitten.« Sie trank den Wein aus.

»Mein herzliches Beileid«, sagte ich jetzt doch.

Als wir auch das zweite Glas Wein geleert hatten, schlingerten wir auf dem schwankenden Weg zurück auf unsere Plätze.

»Wo fahre ich nun heute hin?«, fragte Ursula.

»Wo fahren Sie heute hin?«

»Anton Maurer.«

Sie nickte bedeutungsschwanger. Ich sah, wie die Leute um uns herum Blicke warfen. Eine Frau zwei Reihen weiter war aufgestanden und hatte sich unauffällig umgedreht, um einen Blick auf uns zu erhaschen. Ursula sprach laut genug für alle.

»Er hat mich jetzt kommen lassen.« Würdevoll richtete sie sich auf.

»So?«

»Er will mich.«

Ich war mir sicher, dass jetzt wirklich das ganze Abteil die Ohren spitzte. Ein Mann telefonierte, und eine Frau bat ihn entnervt um Ruhe. Schließlich saßen wir im

Ruheabteil. Aber ich wusste, warum sie ihn um Ruhe bat. Sie wollte nichts verpassen. Schließlich *wollte* er sie, Anton Maurer wollte Ursula Roschinski.

»Er ist ja Inges Mann gewesen, meinc Cousine, aber nun …«

»Sie ist tot?«, mutmaßte ich.

»Sie ist tot.«

Wie der Tod hier die Weichen stellt, dachte ich.

»Ich habe mich immer dagegen gewehrt, aber nun …«

»… ist es einfach passiert«, ergänzte ich.

Sie nickte.

Ich wollte mich insgeheim über sie lustig machen, ich bin ein zynischer, bösartiger Mensch, besonders, wenn andere Menschen sentimental werden, aber ich konnte es nicht. Sie saß so würdevoll da, war so erfüllt von den glücklichen Wendungen ihres Schicksals. Und wenn sie nun mal mit diesem Mann auf dem Schlitten so viel Pech gehabt hatte!

Ursula versank auf einmal in Gedanken, vielleicht an Anton, vielleicht an Herbert, an ihre Cousine Inge, vielleicht hatten auch die Klopse sie müde gemacht, der Wein vielleicht, sie schlief ein und erwachte erst wieder in Hannover.

Da stieg genau der emsige kleine Geschäftsmann mit Laptoptasche zu, auf den meine Fantasie mich vorbereitet hatte. Aber froh machte mich das jetzt nicht mehr.

»Junger Mann«, stöhnte Ursula, die sich die Augen rieb, »nehmen Sie doch Rücksicht, ich habe hier eine Freundin gefunden.«

Er wollte sich davon nicht beeindrucken lassen, aber das Abteil war auf Ursulas Seite. Man erhoffte sich vielleicht weitere Informationen. Vieles war ja noch im Unklaren. Wie hatten denn nun Anton Maurer und Ursula

Roschinski zusammengefunden? Wie waren ihre Pläne? Und so fort.

»Nun stellen Sie sich doch nicht so an«, herrschte eine Frau ihn an. »Hier sind doch noch jede Menge freie Plätze.«

»Sie wollen uns doch nicht unglücklich machen?«, fragte Ursula.

»Das wollen Sie doch nicht«, schlug ich in ihre Kerbe.

Schließlich fügte er sich, obwohl es diese Menge an freien Plätzen anscheinend gar nicht gab, denn er verließ das Abteil, um im nächsten weiterzusuchen.

»Natürlich ist er jetzt alt«, sagte Ursula, als hätte sie nicht geschlafen, als wäre unsere Unterhaltung gar nicht unterbrochen worden.

»Wer?«, fragte ich, ich war noch nicht ganz wieder auf der Höhe.

»Anton!«, sagte sie. »Er ist doch fast schon siebzig! In dem Alter sind Männer schon komisch.«

»Schon vorher«, gab ich zu bedenken.

Sie nickte eifrig. »Ab vierzig fängt das schon an.«

»Aber Sie wollen trotzdem hin?«, fragte ich. »Wohin eigentlich?«

»Nach Wien. Er ist ja Österreicher, ein österreichischer Mensch. Ich weiß nicht, ob das zu mir passt. Ich komme ja aus Husum. Das sind doch ganz andere Leute da.«

Ich musste darüber nachdenken. Prägte das Land die Leute? Abgesehen vom Dialekt, den regionalen Eigenheiten und Angewohnheiten, besaßen die Menschen einer Gegend charakterliche Ähnlichkeit? Und wenn, spielte es eine Rolle? Ich hatte von einer Frau gehört, dass sie lieber mit Männern aus dem Osten zusammen war, die würden sie besser verstehen. Ich kann so etwas nicht glauben. Menschen sind viel zu verschieden, um sich innerhalb einer Gegend oder Region so sehr gleichen zu können.

»Sie sind sich also mit ihm noch nicht sicher?«, fragte ich Ursula.

»Mit ihm schon, aber mit diesem Österreich, da weiß ich nicht.«

»Sie ziehen nach Österreich?«

»Eines muss doch zum anderen kommen, oder? Ich nach da oder Anton zu mir. Aber kann man sich diesen Mann in Husum vorstellen?«

Ich schüttelte den Kopf, obwohl ich ihn mir auch sonst nirgendwo vorstellen konnte, ich kannte ihn ja nicht.

»Das mit der Liebe ist sicher?«, erkundigte ich mich, denn es kam mir so vor, als ob sich die beiden, nach dem Ableben ihrer jeweiligen Lebenspartner, überhaupt das erste Mal trafen.

»Sicher!«, sagte Ursula und sah mich misstrauisch an, als wäre ich in der Lage, die Saat des Zweifels in ihre Liebe zu säen.

»Ja dann«, sagte ich und wusste nicht weiter. Meine eigene Geschichte mit Jörg kam mir plötzlich so schäbig vor, so ohne Glauben und Vertrauen. »Haben Sie sich denn in der Zeit, als Ihre Partner noch lebten, ab und zu mal gesehen? Ich frage nur, weil Sie sich so sicher sind«, sagte ich.

»Es gab ja die Familientreffen, dann auf den runden Geburtstagen meiner Mutter, wie das so ist.«

»Verstehe. Da konnten Sie dann wohl ein bisschen miteinander reden?«

»Um Himmels willen! Nein!«

»Nicht?« Langsam verzweifelte ich.

»Man fühlt es«, sagte Ursula, »man fühlt es, wenn man über den Tisch guckt, man weiß es einfach. Inge, na ja, sie war immer krank und nörgelig. Hatte an allem was auszusetzen, das Kraut hat ihr nicht geschmeckt, das Fleisch war zu trocken, dann war es ihr zu kalt oder zu heiß, ständig hat sie an der Heizung rumgefummelt, die Kinder sollten leiser sein, und am schlimmsten war sie natürlich mit ihm, wie sie immer an ihm rumzottelte. Sie war durch und durch krüsch. Ein krüscher Mensch. Ich weiß nicht, wie er auf sie gekommen ist.«

Ich sammelte mich. Ich wollte jetzt zum Punkt kommen.

»Sie haben also mit diesem Mann in all den Jahren nicht über Ihre Liebe gesprochen, sondern sich bloß durch Blicke über den Tisch verständigt, verstehe ich das richtig?«, fragte ich und merkte, dass ich etwas zickig rüberkam. Ich fühlte mich auch so.

»Er hat mich ja jetzt kommen lassen«, sagte Ursula Roschinski ganz würdig.

Ich nickte. Ich glaubte zu wissen, wie die Geschichte weitergehen würde. Ich glaubte nicht an die Liebe. Ich war so nüchtern, wie eine fünfzigjährige Frau, deren neunte Beziehung gerade gescheitert war, nur sein konnte. Ich war fest davon überzeugt, dass es Liebe, wie wir sie uns vorstellen, nicht gibt. Wenn, dann war sie etwas anderes, als es uns in den Filmen und Büchern vorgespielt wird. Wenn, so dachte ich, dann war die echte Liebe ein zähes und unnachgiebiges Festhalten am anderen, das allen vernünftigen Gedanken und Gefühlen irrational übergeordnet war.

Ich stieg in Kassel aus, ich musste ja. Ursula Roschinski bat um meine Nummer, ich gab sie ihr. Warum nicht? Man konnte ihr nichts abschlagen. Sie hatte so etwas an sich, das einen erschütterte. Vielleicht eine Eigenart der Husumer?

Ungefähr zehn Monate später bekam ich eine Nachricht: »Anton ist zu mir gezogen, nach Husum! Das hätte man doch nicht gedacht? Liebe Grüße, Ursula Roschinski!«

Dazu ein Bild: sie und ein Mann, der wohl Anton war, vor dem kleinen Husumer Hafen, er hielt einen bunten Strandball unter dem Arm. Ich wusste sofort, es war für die Familie, ein Sommerfoto, für die Familie.

ARNO GEIGER

Abschied von Berlin

Er hatte knapp anderthalb Jahre in Berlin verbracht, ohne dort richtig Fuß zu fassen. Er hatte kein schnelles Geld gemacht, nicht einmal langsames, und in dem Kinocenter, in dem er zuletzt als Vorführer gearbeitet hatte, war er aus heiterem Himmel eingespart worden. Sein ursprüngliches Ziel, New York, lag in noch weiterer Ferne als zuvor, denn auch das Geld, das ihm seine Mutter gegeben hatte, damit er *da oben nicht verlaust,* war aufgebraucht. Seine Rückkehr nach Wien war für den darauffolgenden Nachmittag fixiert.

Den letzten Abend verbrachte er mit Antonia, einer Dramaturgin italienischer Abstammung, die er zwei Monate vorher bei einer Kinopremiere kennengelernt und mit der er ein paarmal geschlafen hatte. Sie saßen im Ostteil der Stadt in einem Lokal, dessen Name ihm schon entfallen war, noch ehe er Platz genommen hatte; irgendeine Wortbildung mit *Palmen* oder *Perlen.* Dort tranken sie Rotwein und redeten viel belangloses Zeug, was weniger an Antonias und seiner Befangenheit lag als an einer gewissen Gleichgültigkeit angesichts der bevorstehenden Trennung. Dem Abschied und der damit verbundenen Notwendigkeit, auch das Wenige, das sie miteinander verband, in den Schoß der Götter zurückzulegen, sahen sie, um das Mindeste zu sagen, mit ernüchternder Gelassenheit entgegen.

Antonia sagte:

»Wozu Krokodilstränen herausdrücken, wenn alle Beteiligten allein deshalb enttäuscht sind, weil sie immerzu an die Falschen geraten.«

»Es gibt nur Falsche, mehr oder weniger Falsche«, gab Lukas zu bedenken.

Auf das Ausmaß, *wie falsch* sie waren, gingen sie nicht ein, denn die Distanz, die sie trennen würde, sobald Lukas wieder in Wien war, beflügelte weder Antonias noch seine Fantasie, das genügte als Indikator vollauf. Sie konnten sich vorbehaltlos bescheinigen, dass sie beide nicht eingelöst hatten, was sie an einem der ersten Tage ihres Kennenlernens im Spaß formuliert hatten: Dass der Verlust des Verstandes in der Liebe das untere Limit sei, einmal vorausgesetzt, man wolle es in ihr zu etwas bringen.

Um halb zwei in der Nacht, als sich das Lokal schon so gut wie geleert hatte, trat die Kellnerin an den Tisch und verkündete, dass das Taxi warte.

»Wir haben kein Taxi bestellt«, sagte Lukas.

Im nächsten Augenblick stand Antonia auf, gab ihm einen Kuss auf die Wange und sagte einen dieser bei Indianern oder Eskimos angelesenen Sätze, mit denen sie sich regelmäßig über die Runden rettete, wenn sie nichts zu sagen hatte oder nichts sagen wollte:

»Halt die Ohren steif, wenn sie nicht dreckig genug sind, dass sie von alleine stehen.«

Antonia verschwand mit der Kellnerin in den vorderen Teil des Lokals, und obwohl Lukas Erleichterung empfand, dass sie den Abschied mit so wenig Gefühlsaufwand hinter sich gebracht hatten, ärgerte er sich über Antonias Abgang. Bestätigung, dass er gut beraten war, wenn er seine Berliner Solitude aufgab, brauchte er keine, so viel war sicher.

Die Deckenventilatoren wurden abgestellt. Wenig

später kam die Kellnerin auch zu ihm, um abzukassieren, und dabei stellte sich heraus, dass nicht nur seine, sondern auch Antonias Rechnung offen war. Er zögerte einen Moment, auch, weil er Antonia für konsequenter gehalten hätte (es kann ja nicht reichen, dass man lediglich keine Gefahr läuft, danke sagen zu müssen). Und obwohl er sich gut in der Gewalt hatte, genügte der Kellnerin sein Zögern, um zu wissen, dass die Entscheidung, die Kosten des Abends ihm zu überlassen, von Antonia getroffen worden war.

»Ich dachte, es ist mit dir abgesprochen«, sagte die Kellnerin und machte eine entschuldigende Geste.

»Ist schon okay«, sagte er abwinkend, ein wenig getröstet, weil hier jemand war, der sich für einen Augenblick auf seine Seite schlug. Die Kellnerin gab ihm das Wechselgeld heraus und sagte:

»Ich habe ebenfalls genug für heute.«

Sie ging zurück zur Bar, wo auch er noch eine Weile herumhing, unwillig, sich damit abzufinden, dass auch der letzte Abend einen Hauch Schäbigkeit abbekommen hatte, mehr als nur einen Hauch. Die Kellnerin pfropfte Vakuumstöpsel auf die Weinflaschen. Offensichtlich hatte sie nichts dagegen, sich noch ein wenig mit ihm zu unterhalten.

»Das vorhin, eigentlich macht es mir nichts aus. Nicht viel«, sagte er.

»Klingt ganz danach«, sagte sie.

»Ist aber so. Ich bin ohnehin dabei, Bilanz zu ziehen, und da kommt es mir als Schlussstrich auf meiner Seite gerade recht.«

»Und wie sieht die Bilanz so aus?«, fragte sie.

Er sagte:

»Ich habe ihren Raucherhusten von Anfang an gemocht« – das war die Wahrheit –, »ebenso den breiten

Spalt vorne zwischen ihren Zähnen, ihr Lachen und ihre Direktheit. Dem steht lediglich entgegen, dass ich mir ständig als ihr Publikum vorgekommen bin. Aber selbst das hat mir irgendwie gefallen.«

Die Kellnerin schaute von ihrer Arbeit auf, mit einem auf freundliche Art durchdringenden Blick, als wisse sie über alles Bescheid. Lukas dachte, die Frau halte ihn bestimmt für einen hoffnungslosen Fall. Rasch fuhr er fort:

»Außerdem sind meine Finger hängen geblieben, sooft ich über Antonias seltsam raue Haut gefahren bin.«

»Die Haut von Südländern ist einfach dicker«, sagte die Kellnerin. »Ich glaube, die ist einfach dicker.«

»Es war mehr als nur das«, sagte er. »Richtig hängen geblieben.«

Die Unterhaltung ging fast ausschließlich über Antonia, geradezu zwanghaft, seinerseits, obwohl er nicht selbstmitleidig erscheinen wollte (was er zweifellos war). Immerhin bemühte er sich, sich seine Enttäuschung nicht mehr als nötig merken zu lassen und die Kellnerin möglichst oft zum Lachen zu bringen. Unter anderem erzählte er ihr von einem der ersten Abende, als Antonia einen Block aus ihrer Umhängetasche gezogen, ihre Finger befeuchtet und nach der Liste mit den 42 *Punkten* gesucht hatte. Bei den 42 *Punkten* handelte es sich um eine detaillierte Aufstellung der Gründe, weshalb Antonias Noch-Lebensgefährte, ein Filmproduzent, Gift für sie war. Die Glanznummern trug sie theatralisch vor, sie bog sich vor Lachen, zwischendurch merkte sie augenzwinkernd an, dass dieser oder jener Punkt ein schlechtes Licht auf sie werfen könnte, dann lachte sie noch lauter und ließ den Notizblock wieder verschwinden.

»Punkt 14: weil ich wegen deiner ewigen Kompliziertheit gelernt habe, es mir selber zu machen.«

Die Kellnerin lachte ebenfalls, und das gemeinsame

Lachen, die Vertrautheit, die darin lag und mit der Lukas in dieser Nacht nicht mehr gerechnet hatte, besserte seine Laune. In letzter Zeit, seit alles aus dem Ruder lief, schaffte er es immer seltener, ausgelassen zu sein, und das, obwohl ihm das instinktive Zurückweichen von Frauen, wenn einer durchhängt, schon aufgefallen war.

Sie brachen gemeinsam auf.

»Bin ganz schön müde«, sagte die Kellnerin, als sie auf der Straße standen. Er steckte verlegen die Hände in die Jackentaschen, zog sie aber sogleich wieder heraus, weil ihm einfiel, dass dies der Moment war, in dem er sich verabschieden musste.

»Ist in der Nähe ein Geldautomat?«, fragte er. »Für das Taxi«, fügte er hinzu. Er hatte Zweifel, dass die knapp vierzig Euro, die er noch in der Tasche hatte, für die Fahrt nach Wannsee reichen würden. Auch einem Mitbewohner schuldete er Geld und musste es vor dem Abflug zurückgeben; lauter Dinge, die ihm vor Augen hielten, dass er keuchend und mit leeren Taschen auf die Zielgerade seines hiesigen Aufenthalts bog.

»Wenn du willst, kannst du bei mir auf der Couch schlafen.«

Die Kellnerin machte ihm das Angebot ohne Zwischentöne. Dabei zog sie die rechte Schulter nach vorn, die linke zurück, wie um mit dieser Achsendrehung die Richtung anzudeuten, in der ihre Wohnung lag.

Sie gingen die Schwedter Straße, über die Kastanienallee, zur Rheinsberger Straße. Außer ihnen war kaum jemand unterwegs, kaum Verkehr. Die Kellnerin schlurfte beim Gehen, obwohl sie sich kerzengerade hielt. Beinahe synchron zu ihrem Schlurfen wetzten die Hosenröhren seiner Jeans aneinander, was gut zu hören war, denn sie führten die Unterhaltung nicht fort. Lukas hatte schon genug über Antonia geredet, fast schon zu viel. Außerdem verstärkte die frische Luft die Wirkung des Alkohols, und sein Denkvermögen trübte sich ein, was er widersinnigerweise sehr klar registrierte. Er fühlte sich seltsam undefiniert, und auch die wenigen Minuten, während derer die Wohnung der Kellnerin hell beleuchtet war, kamen ihm als eine Art Auszeit vor, als irgendwie aus der Welt gefallenes Terrain. Zwar tauchte am Rande der Gedanke auf, mit der Kellnerin zu schlafen und sich so für die Misere mit Antonia zu entschädigen, aber das schlug sich nicht in Erregung nieder. Seine Müdigkeit und die Angst, einen Korb zu erhalten, waren stärker.

»Sie ist nicht sonderlich bequem«, sagte die Kellnerin, während sie die Couch auseinanderklappte.

»Ich habe bestimmt schon Schlimmeres erlebt.«

Er sah die Kellnerin an. Sie machte eine einladende Geste. Er nickte und fingerte die Knöpfe der Hemdsärmel aus ihren Löchern, ehe er sich auf die schaumstoffgestopften Polster legte. Die Kellnerin entschuldigte sich, dass sie keine zweite Decke besitze, sie könne einen Mantel bringen. Aber Lukas schlug das Angebot mit der Begründung aus, dass er es vorziehe, in den Kleidern zu schlafen.

Die Kellnerin ließ ihn allein und ging ins Bad zum Zähneputzen. Sowie sie weg war, war Lukas in Gedanken wieder bei Antonia und fragte sich, ob auch er Stoff für 42 Punkte abgeben würde. Er bezweifelte es, und das kränkte ihn, grad so, als ginge es um Gutpunkte, nicht um Schlechtpunkte. Unterdessen hörte er aus dem Bad Gurgeln. Eine sehr aus der Mode gekommene Eigenart; und das sagte er der Kellnerin auch, als sie zurück ins Zimmer trat. Sie schaute ihn unsicher an, ohne auf die Bemerkung einzugehen, sie drehte am quietschenden Reguliergriff der Heizung, knipste sämtliche Lichter aus, zuletzt die Stehlampe zwischen Couch und Fenster. Dann tappte sie im Dunkeln an ihm vorbei, bereits barfuß, um Sekunden später das Hochbett zu erklimmen, das am anderen Ende des relativ großen Wohn- und Schlafraums aufragte.

»Gute Nacht«, sagte sie.

Er wünschte ebenfalls eine gute Nacht, recht kleinlaut. Er lag auf dem Rücken, die Hände im Nacken, und hörte, wie sich die Kellnerin auszog, innehielt und dann die Kleider vom Bett herunter aufs Parkett warf. Er mochte diesen Moment, obwohl er ihn genauso gut nicht hätte mögen können. Das Bettzeug raschelte heftig. Diesem Geräusch wandte er sich zu, horchte jetzt aber in eine dichte Stille hinein, die nur allmählich an Durchlässigkeit gewann. Nach einer Weile vermeinte er ein flaches Atmen auszumachen. Er streckte sich seltsam beruhigt aus. Aber die Vorstellung, dass die Kellnerin bereits in tiefen Schlaf gefallen war, brachte ihn dann doch an den Punkt, sich zu sagen, dass sie ihm ihre Couch nur wegen Antonia angeboten hatte, als Vertreterin weiblicher Barmherzigkeit sozusagen. Er fragte sich, wie es mit ihm weitergehen werde. Er dachte an seine Mutter, an ihre Wohnung im elften Bezirk, wo er vorübergehend wieder Unterschlupf finden würde. Aber wenigstens dieses Bild gewann keine Schärfe mehr, denn vom Alkohol geschwächt und moralisch erschöpft, schlief er ebenfalls ein, ohne es zu merken. Als ihn die Türklingel weckte, glaubte er zunächst, sich die ganze Zeit in seinen Überlegungen gedreht zu haben, so präsent waren sie von der ersten Sekunde an. Dabei war es schon hell.

Es klingelte, zuerst einmal, dann zweimal kurz hintereinander. Das Tageslicht hatte die Distanz zwischen Hochbett und Couch verkürzt und alles irgendwie verschoben, was gut zu Lukas' Benommenheit passte. Er schaute in die Richtung des Hochbetts, er wartete, ob die Kellnerin auf das Klingeln reagieren und herunterklettern würde. Tatsächlich hob sie ihren Oberkörper, der Lattenrost knarrte. Sie beugte sich zu Lukas, blinzelte und sagte mit belegter Stimme, er solle so nett sein und die Türe öffnen, das sei der Installateur. Es klingelte erneut, heftig. Die Kellnerin stöhnte:

»Hatte ich ganz vergessen, tut mir leid. Es ist wegen dem Abfluss der Badewanne, der ist seit zwei Wochen undicht.«

Der Kopf der Kellnerin sank zurück ins Kissen, und Lukas zweifelte nicht daran, dass sie augenblicklich weiterschlafen würde. Für ihn hingegen hatte der Tag begonnen, und zwar mit einem Auftrag. Er stemmte sich hoch und trat aus der diffusen Situation, in der ihn die Nacht und das langsame Wachwerden der Kellnerin festgehalten hatten, zur Wohnungstür.

»Dachte schon, es ist niemand zu Hause«, sagte der Installateur.

Der Mann manövrierte zwei Kisten an Lukas vorbei in die Diele, hielt inne, um Lukas den Vortritt zu lassen. Lukas schloss die Wohnungstür, und während er sich umständlich das Hemd in die Hose steckte, überlegte er, wo das Badezimmer liegen mochte. In mechanischer Eile setzte er die zur Verfügung stehenden Türen ins Verhältnis zu Küche und Klo, über die er Bescheid wusste. Dann öffnete er die infrage kommende Tür und lag auf Anhieb richtig. Im Vorbeigehen schloss er mit Schwung den Spiegelschrank über dem Waschbecken, als behebe er seine eigene Nachlässigkeit vom Vortag. Anschließend, nachdem er bisher in einsilbiger Schläfrigkeit nur die gebräuchlichen Höflichkeitsfloskeln herausgebracht hatte, sagte er:

»Es handelt sich um den Abfluss der Badewanne, der ist seit zwei Wochen undicht.«

Tatsächlich sah man am Boden, dort, wo die geflieste Verkleidung der Badewanne nässte, ein schmutziges Handtuch liegen.

Der Installateur, ein Mann um die vierzig, dem man ansah, dass er auch am Samstag nichts Besseres zu tun hatte, als zu arbeiten, setzte Werkzeug- und Materialkasten vor dem Waschbecken ab, schnalzte die Schnallen am Werkzeugkasten mit den Daumen auf und holte einen Hammer hervor. Er klopfte mit dem Ende des hölzernen Stiels gegen mehrere der geblümten Fliesen der Badewannenverkleidung, bis er geprüft hatte, hinter welchen Fliesen es hohl klang. Dann sagte er:

»Ich muss die Fliesen einschlagen, damit ich mir das ansehen kann. Wird auch besser sein, wenn Sie das Fenster öffnen, für alle Fälle.«

Lukas drehte den Riegel des einflügeligen Fensters in die Horizontale, öffnete es und schaute in einen von Wohnhäusern umgebenen, mit Fahrrädern und Kinderwägen vollgestellten Hinterhof. In den leicht bewölkten Himmel sickerte Farbe ein, der Blick nach oben erinnerte ihn daran, dass irgendwo da draußen der Flugplatz lag, wo am Nachmittag die Maschine nach Wien abgehen würde. Er musste Koffer packen. Auch einen Nachsendeauftrag musste er erteilen. Aber wie die Dinge lagen, würde daraus wohl nichts mehr werden.

Lukas quetschte sich am Installateur vorbei und schloss die Tür des Badezimmers von innen, dabei gab er sich Mühe, möglichst leise zu sein.

»Sie schläft noch«, sagte er. Und noch während er das sagte, stellte sich ein Gefühl ein, als hätte er den Vorabend und alle Beteiligten ausgetrickst und wäre hierher entkommen, in dieses Badezimmer, wo er sicher war.

Gähnend fuhr er fort:

»Wenn man als Kellnerin ein gutes Herz hat, kommt man nicht vor vier Uhr ins Bett.«

Der Installateur nickte und zertrümmerte mit mehreren gezielten Hammerschlägen vier Fliesen. Er schlug die Ränder des entstandenen Lochs ab, damit er beim Hantieren unter der Wanne möglichst viel Platz hatte.

»Eine hübsche Frau«, sagte der Installateur wie zu sich selbst.

Ein Rinnsal schmutzigen Wassers breitete sich in den Bodenfugen aus.

»Worauf ich verdammt stolz bin«, sagte Lukas, verblüfft, dass ihm der Satz so leicht über die Lippen ging. Er rechtfertigte sich sogleich: »So eine Frau findet man nicht alle Tage, da darf man schon ein wenig stolz sein.«

»Dazu haben Sie allen Grund«, sagte der Installateur. Er schob die Fliesenscherben beiseite und wischte das Wasser mit dem dreckigen Handtuch auf, ehe er Lukas einen Stecker reichte, an dem eine von einem Drahtkäfig umschlossene Glühbirne hing.

»Es ist schließlich nicht selbstverständlich so«, sagte Lukas, »ich habe auch meine Enttäuschungen erlebt, und was für welche.«

»Wer nicht«, sagte der Installateur.

Der Mann beförderte das Arbeitslicht in den Hohlraum unter der Wanne, lag dann rücklings am Boden und hantierte ächzend mit einem großen Gabelschlüssel in dem hell ausgeleuchteten Bereich unter dem Abfluss. Was genau dort passierte, konnte Lukas nicht sehen, denn Arme und Oberkörper des Mannes füllten und verdeckten das in die Fliesen geschlagene Loch.

Lukas sagte:

»Die davor war Italienerin, wie aus dem Bilderbuch, mit solchen Haarbüscheln unter den Achseln. Bei der haben immerzu die Türen geknallt, dass der Schlüssel einen Meter weit ins Zimmer gesprungen ist.«

»Da wird einem wenigstens nicht langweilig«, keuchte der Installateur. Und kurz darauf:

»Sie sind auch kein Berliner, was?«

»Österreicher. Ich arbeite als Filmvorführer in einem Kino in Charlottenburg. Nichts Besonderes. Hauptsächlich 35-mm-Telleranlagen. Aber recht gut bezahlt. Das Wichtigste ist, ich kann mich hier halten.«

Der Installateur kam mit dem Oberkörper hoch. Er warf den Schraubenschlüssel auf das dreckige Handtuch, besann sich aber und verwendete das Handtuch zum Abtrocknen der Hände. Der Schlüssel klimperte mit einem hellen Geräusch auf die Fliesen. Der Installateur fragte:

»Schon lange mit ihr zusammen?«

»Seit vier Monaten«, behauptete Lukas und genoss es, Antonia und die Zeit mit ihr einfach zu überspringen. Er spürte den Puls im Hals, ihm war, als erlebte er in diesem Moment die erste glückliche Liebesbeziehung seit Langem.

»Wir haben ein Hochbett«, sagte er, »das ist großartig. Wenn man als Erster im Bett ist, und der andere kommt nach, fühlt man sich wie ein König.«

In seinen Handflächen bildete sich Schweiß. Aber der Installateur lehnte sitzend an der Badewanne, ohne den geringsten Argwohn, und schraubte zwei Rohrteile auseinander. Er blickte auf, nickte und wendete sich wieder dem Loch zu. Von dem Hohlraum verzerrt, hörte Lukas ihn sagen:

»Ich war auch einmal mit einer Frau mit einem Hochbett zusammen. Ist schon ein paar Jahre her. Sie hat im Bett immer geschrien.«

»Wie meine!«, platzte Lukas heraus. »Meine schreit auch!«

Er lachte vor Freude über diese unverhoffte Gemeinsamkeit, riskierte einen Blick in den Spiegel und war nicht überrascht, dass er trotz der anstrengenden Nacht einen sympathischen Eindruck auf sich machte.

»Sie hat eine wunderschöne Stimme«, sagte er, »das Allererstaunlichste aber ist ihre Haut, so was von –«

Er lachte neuerlich, trotz oder wegen seiner Nervosität, dabei überlegte er, ob es ihn in den Augen der Kellnerin attraktiver machen würde, wenn er behauptete, dass er Drehbücher verfasse. Er war drauf und dran, dieser Idee ein wenig Substanz zu verschaffen, indem er dem Installateur davon erzählte. Doch dieser kam ihm zuvor, indem er fragte, ob der Abfluss öfters mal verstopft gewesen sei.

Lukas nickte bedeutungsvoll.

»Reinigungssäure hat einen Dichtungsring durchgefressen, das kann vorkommen. Am besten, ihr kauft euch ein Abflusssieb, das erspart euch in Zukunft Ärger.«

Der Installateur entnahm einem der oberen Fächer seiner Materialkiste einen Gummiring und beschmierte ihn mit Fett aus einer großen roten Dose. Auf Lukas machte der Mann nicht den Eindruck, als ob er gleich weiterreden wolle, also lenkte er die Unterhaltung auf das, was seine Fantasie, seit er Antonia kannte, wieder stärker beschäftigte.

»Ich schreibe Drehbücher«, sagte er. »Die Geschichten, die ich mir ausdenke, erzähle ich ihr immer. Das sind so Momente. Ich meine, sie hat ein so feines Gespür für Schattierungen, ohne sich je selber in den Vordergrund zu drängen.«

Aber den Installateur schien weder Lukas' Karriere beim Film noch das Gespür der Kellnerin zu interessieren. Vermutlich war er zu sehr von seiner Arbeit beansprucht, die in die schwierige Phase getreten war. Unterhaltung kam keine mehr in Gang. Der Installateur ließ probehalber aus beiden Hähnen Wasser laufen, er gab Lukas den Tipp, das Loch in den Fliesen mit einem Blech zu verkleiden, solche Deckel gebe es in jedem Baumarkt zu kaufen. Dann räumte er das Werkzeug ein, schaute auf die Uhr und errechnete die Kosten, schwarz.

»Dreißig Euro.«

»Dreißig Euro«, wiederholte Lukas, deprimiert, dass die Unterhaltung keine Fortsetzung fand. Außerdem schwankte er, was er tun sollte. Nach den vertraulichen Lügen, die er dem Installateur erzählt hatte, konnte er die Kellnerin nicht gut wecken. Was blieb ihm übrig. Er ging voraus in die Diele, zog seine Geldtasche aus der Jacke und gab dem Installateur zusätzlich zur verlangten Summe ein kleines Trinkgeld, so ziemlich alles, was ihm nach dem Abend mit Antonia geblieben war.

»Danke für die Mühe«, sagte Lukas, weiterhin voller Bedauern. Die Arglosigkeit des Installateurs hatte seinem Glück mit der Kellnerin eine Zeit lang eine gewisse Basis verschafft. Doch ohne den Installateur? Blieb nicht viel. Lukas wäre gerne nochmals auf die Badewanne zu sprechen gekommen, wie froh ihn die geglückte Reparatur mache, da die Badewanne aus seinem Leben mit der Kellnerin nicht wegzudenken sei. Aber zum Wohn- und Schlafzimmer gab es lediglich einen offenen Durchgang, sodass er es nicht wagte, das Thema anzusprechen. Er hatte Angst, die Kellnerin könnte aufwachen und alles hören.

»Nichts zu danken und schöne Grüße«, sagte der Installateur.

Lukas hörte den einzigen Mitwisser und mutmaßlichen Neider seiner häuslichen Seligkeit die Treppe hinunterstapfen. Mit erhobenem Kopf horchte er den schweren Tritten hinterher, bis das Geräusch verstummte. Dann stand er zwei weitere Minuten regungslos vor der halb offenen Tür, und die Verlassenheit rauschte ihm in den Ohren wie schon lange nicht mehr. Er musste los, er musste die Kellnerin aus dem Schlaf holen, wenn er sich von ihr verabschieden wollte. Dabei wusste er noch nicht einmal ihren Namen, um sie damit zu wecken. In der Aufregung, als sie sich vorgestellt hatte, war ihm ihr Name sogleich wieder entglitten; und draußen an der Tür – er vergewisserte sich – war lediglich ein Nachname angebracht, und selbst der gehörte, dem vergilbten Schild nach zu schließen, einem fernen Vormieter.

Lukas trat dennoch in den Durchgang zum Wohnzimmer. Von dort aus konnte er die Kellnerin sehen, die Wölbung ihres Körpers unter der Decke und ihre linke Hand, die über den Bettrand hing. Er betrachtete die Hand, die Finger krümmten sich zu einer halben Faust, um sich sogleich wieder zu lösen. Die Haut der Kellnerin war erstaunlich blass, die Adern am Handrücken schimmerten grünlich durch. Er folgte dem Adergeflecht mit den Augen, er wünschte sich, dass irgendetwas passierte, dass die Kellnerin aufwachte. Gleichzeitig empfand er ein heftiges Bedauern angesichts all dessen, was nicht war, aber sein könnte, und doch nicht sein würde, weil er sich im Gespräch mit dem Installateur schon alles genommen hatte.

Wenn er wieder in Wien war, würde er ausreichend Gelegenheit haben, über all das nachzudenken; mehr als ausreichend.

Addio sagte er bei sich (was er eigentlich zu Antonia hätte sagen wollen), ging in die Küche und schrieb ein paar Worte auf einen Zettel, die sogar irgendwie zu passen schienen. Er trank ein Glas Wasser. Dann langte er nach seiner Jacke und seinen Schuhen, die er aber erst anzog, als er die Wohnungstür hinter sich geschlossen hatte und im Hausflur stand.

HORST EVERS

Nach dem Fest

Ralfs Töchter haben eine Party gemacht. Eine »Home-Party«, wie es heute unter Jugendlichen heißt. In der Wohnung der Eltern. Also genau genommen müsste man wohl sagen: in der ehemaligen Wohnung der Eltern. Denn wie man das, was nach der Party von dieser Wohnung übrig geblieben ist, korrekt bezeichnen könnte, ist uns beiden unklar. Als wir mit den Töchtern die Wohnung betreten, kommen wir uns vor wie Spurensicherer, die einen Tatort begutachten. Oder Archäologen, die unter der klebrigen Party-Dreck-Kruste nach Spuren einer untergegangenen Zivilisation suchen. Doch niemand, auch Ralf nicht, kann sich vorstellen, dass hier wirklich einmal Menschen gelebt haben.

Ich sage das, was ich immer sage, wenn ich starr vor Entsetzen und ohne jede Hoffnung bin. Ich sage: »Ach, das wird schon wieder.«

Ralf sagt: »Hmmm.«

Muntere ihn weiter auf: »Na, zumindest muss man keine Angst vor versteckten Schäden haben, weil die sieht man ja alle ganz gut, was?«

Ralf sagt: »Hmmm.«

Versuche, ihn irgendwie bei Bewusstsein zu halten, indem ich weiterrede: »Aber zumindest hättet ihr die Teppiche vorher aus der Wohnung nehmen können. Das wäre klug gewesen.«

Ralf sagt: »Hmmm.« Doch dann fügt er leise weinend

hinzu: »Wir haben die Teppiche vorher rausgenommen.«

»Echt? Aber was ist das dann für ein bienenstichdicker dunkler Belag auf dem Boden?«

Nun wurde er doch ohnmächtig. Allerdings ohne Umfallen. Mehr so eine stehende und sprechende Ohnmacht. Kenn ich. Habe ich auch manchmal. Vor allem in meiner Jugend hatte ich die, wenn ich mit Mädchen gesprochen habe. Stehen, sprechen, ohnmächtig sein. Hinterher die Freunde fragen, was man denn eigentlich im Großen und Ganzen so gesagt hat. Und sich dann schämen. So lange, bis man sich endlich traut, das Mädchen ein zweites Mal anzusprechen. Falls überhaupt. Doch dann, als man alles wieder zurechtrücken will, erneut: stehen, sprechen, ohnmächtig sein. Manche Mädchen denken, die meisten Jungs in ihrem Alter seien doof. Dabei sind sie einfach nur immer ohnmächtig, wenn sie mit ihnen sprechen.

Aber bei Ralf war es kein Mädchen. Hier war es der neue dunkle, klebrige Bodenbelag, der leider nicht nur die Höhe, sondern auch die Konsistenz eines Stück Kuchens hatte. Trat man drauf, trat was aus. An der Seite. Eben wie Bienenstichfüllung. Nur weniger appetitlich. Unvorstellbar viel weniger appetitlich. Ich vermute sogar, selbst wenn es feinste Bienenstichbuttercremefüllung in diesem neuen Bodenbelag gewesen wäre, wäre es trotzdem extrem unappetitlich geblieben. Allein durch die Präsentation. So wie ein Hasenbraten fein angerichtet eben auch sehr viel ansprechender wirkt als derselbe Hase mehrfach überfahren am Straßenrand. Die Mädchen erzählen, dass es ab einer bestimmten Uhrzeit, halb elf oder so, mehrere Stunden lang auf der gesamten Party niemandem mehr gelungen war aufzustehen, ohne dabei etwas umzuwerfen.

Beim Blick auf den Balkon stellen wir fest, dass dort offensichtlich gegrillt wurde. Zumindest steht da ein Grill. Das ist alles in allem etwas überraschend, da sich Ralf sehr sicher ist, keinen Grill zu besitzen. Bei näherer Betrachtung zeigt sich: Die Grillschale ist ein großer Blumenübertopf, als Kohle hat man wohl irgendwie die Meerschweinchenstreu verwendet, und der Grillrost wurde offensichtlich aus mehreren Metalldrahtkleiderbügeln zurechtgebogen. Sieht nicht mal schlecht aus. Hat irgendwie was Art-déco-mäßiges, also jedenfalls für den Betrachter, der von Art déco keine Ahnung hat. Aber Charme. Kurzzeitig keimt fast so was wie gelöste Heiterkeit, bis die Frage aufkommt, wo eigentlich die Meerschweinchen sind. Eine Frage, die durch den leeren Käfig noch an Brisanz gewinnt. Wobei er nicht komplett leer ist. Anstelle der Tiere liegt dort immerhin Porzellan. Und das ist nicht mal kaputt. Überhaupt erstaunlich, wie wenig in der Wohnung am Ende wirklich kaputt ist. Sieht man jetzt mal von Gläsern, Pflanzen, Vorhängen, Bilderrahmen, dem Fußboden und den meisten Möbelstücken ab. Aber sonst? Hätte schlimmer kommen können. Andererseits, was hätte nicht schlimmer kommen können? Womöglich haben das damals auch die Leute in Pompeji gesagt: »Hätte schlimmer kommen können. Man stelle sich vor, der Vulkan wäre am frühen Morgen ausgebrochen, mitten im Berufsverkehr …« Selbst Ralfs vermeintlich defekter Smoothie-Maker ist nicht wirklich hinüber, sondern nur blockiert. Von einem Ring. Wenn ein Ring in den scharfen Schneiden des Smoothie-Makers steckt, fragt man sich natürlich: Wo ist der Finger? Die beiden Mädchen sind sich nicht ganz sicher, glauben aber schon, dass, falls tatsächlich einer der Freunde einen Finger vermissen sollte, er sich mittlerweile gemeldet hätte. Ich bin da skeptischer. Man zählt die Finger ja nun auch nicht ständig nach.

Wir ziehen den Stecker des blockierten Smoothie-Makers und bemerken erst jetzt, dass da ein Dauerbrummton gewesen ist. Erstaunlich. Erst nachdem der Dauerbrummton weg ist, wird uns klar, wie sehr er uns die ganze Zeit auf die Nerven gegangen ist. Gibt so Geräusche. In andächtigem Schweigen denken wir alle an Menschen, die man gut mit diesem Dauerbrummton vergleichen könnte. Doch verblüffenderweise hat jeder den Anstand, keine Namen zu nennen.

In der gewonnenen Stille hören wir plötzlich leises Rascheln und Plätschern aus dem Küchenschrank. Friedlich sitzen dort die Meerschweinchen und pinkeln ohne Scheu durch die Ritzen auf den schwer zu reinigenden Flachheizkörper darunter. Womöglich wird die Familie mit Beginn der nächsten Heizperiode noch mehrfach an dieses Fest zurückdenken.

Den Tieren aber geht es erfreulich gut. Vermutlich hat jemand das viele Geschirr im Meerschweinchenkäfig bemerkt, es zurückstellen wollen, dann aber versehentlich statt des Porzellans die Meerschweinchen in den Schrank gestellt. Nun ja, der, dem nicht schon ein vergleichbares Missgeschick am Ende einer langen Party unterlaufen ist, der werfe das erste Meerschweinchen.

Im zusammengerollten Teppich in der Abstellkammer finden wir noch einen schlafenden Jungen. Die Mädchen allerdings wissen nicht, wie er heißt, und er ist, wohl noch auf unabsehbare Zeit, gleichfalls nicht in der Lage, sich an die Eckdaten seiner Existenz zu erinnern. Doch nachdem meine Tochter ihn fotografiert und sein Bild durch die üblichen sozialen Netzwerke geschickt hat, finden sich tatsächlich einige Freunde, die ihm einen Namen und ein Leben zuordnen können, das er dann auch trotz anfänglicher Skepsis aufgrund der erdrückenden Beweise zu akzeptieren bereit ist.

Leere Blumentöpfe, fehlende Pflanzen und Spuren in der Asche bringen am Ende auch noch Licht ins letzte Rätsel. Es fällt uns nicht leicht, den Tatsachen ins Auge zu sehen, aber offensichtlich haben sich einige Jungs auf dem Balkon Blumen gegrillt. Verstörend, aber doch weniger unangenehm als die Nachbarin von unten, die kurz darauf klingelt und Ralf in Kenntnis setzt, dass einigen Jungen oder Mädchen auf diesem Balkon wohl auch schlecht geworden sein muss. Außerordentlich schlecht. So schlecht, dass dies Folgen gehabt hätte. Beweise dieser These seien leider nicht zu knapp auf ihrem Balkon zu besichtigen und auch zu riechen. Leider habe sie gerade frischgewaschene Wäsche zum Trocknen draußen gehabt.

Obwohl ich nichts dafür kann, entschuldige ich mich. Tröste sie: »Na ja, hätte schlimmer kommen können.«

Sie runzelt die Stirn. »Wie denn?«

»Weiß nicht. Vulkanausbruch mitten im Berufsverkehr.«

Sie ist sich nicht sicher. Ich eigentlich auch nicht. Dann lachen wir beide. Sehen aber gegenseitig an unseren Gesichtern, dass wir nicht wissen, warum, weshalb wir noch mehr lachen. Seltsamerweise fühlt es sich am Abend so an, als hätte ich einen der schönsten Tage meines Lebens mit der notdürftigen Restaurierung der Wohnung verbracht. Doch das verrate ich den Kindern lieber nicht.

WLADIMIR KAMINER

Kreuzworträtseln

Die Beschleunigung der Welt macht meiner Mutter zu schaffen. Es fühlt sich für sie an, als würde sich die Erde durch die Hektik ihrer Bewohner immer schneller drehen, der Sommer jedes Jahr kürzer werden und die Jahreszeiten sich schneller abwechseln. Wo sollte das hinführen? Im Fernsehen tobten sich auf allen Kanälen Unbekannte aus. Die Lieblingsschauspieler meiner Mutter waren nur noch in alten Schwarz-Weiß-Streifen zur späten »Stunde des wiederholten Films« zu sehen, ihre Lieblingstänzer waren längst Rentner, die Lieblingssänger konnten nur noch husten. Als wäre das alles noch nicht demütigend genug, erschien eines Tages ein junger durchtrainierter Dreißigjähriger auf dem Bildschirm und sagte, sein Name sei Bond – sehr frustrierend. Deswegen konzentrierte sich meine Mutter beim Fernsehen mehr auf die Reihe »Die Welt der Tiere«. Mit Begeisterung sah sie sich eine mehrstündige Fernsehproduktion über Koalas an. Die Plüschbärchen hingen den ganzen Film lang an Eukalyptusbäumen und guckten mit ihren großen kugeligen Augen vor sich hin wie nachdenkliche Bergsteiger, denen plötzlich mitten am Berg die ganze Nichtigkeit ihres Tuns klar wurde.

Koalas konnten der Beschleunigung der Welt gut widerstehen, Menschen anscheinend nicht. Sie lassen sich von der Hektik anstecken. Meine Mutter hält jedoch dagegen. Wenn sie einkaufen geht, nimmt sie jedes neue

Produkt aus dem Regal, setzt ihre Brille auf und liest aufmerksam, was auf der Packung steht. Danach legt sie das Produkt wieder zurück. Fast täglich kommen neue Produkte in die Läden, die Texte auf den Verpackungen werden immer länger, die Buchstaben kleiner, und über die Zutaten werden ganze Epen auf der Packung erzählt: ihre Lebensläufe, was sie waren, was sie sind und was sie gemacht haben, bevor sie zu dem konkreten Produkt verschmolzen. Das Einkaufen ohne Hektik dauert inzwischen einen ganzen Tag.

Die Langsamkeit könnte vielleicht die Welt retten, die Menschen begreifen das aber nicht und drehen durch. So lautet die These meiner Mutter. In der letzten Zeit beschwerte sie sich immer wieder, dass auch ihre alten Freundinnen, drei Omas, die ich gut kenne, verrücktspielten. Mit der einen war meine Mutter oft zu Konzerten in die Philharmonie gegangen, mit der anderen ist sie zusammen in den Urlaub gefahren, mit der dritten, einer überzeugten Kommunistin, traf sich meine Mutter, um über Politik zu reden, Schach zu spielen und knifflige Kreuzworträtsel zu lösen.

Damit war jetzt Schluss. Die Musik-Oma hatte einen kleinen Herzanfall gehabt, zwei Tage im Krankenhaus verbracht und das ohne sichtbare gesundheitliche Schäden überstanden, aber ihre musikalischen Vorlieben hatten sich nach dem Anfall verändert. Ein Leben lang hatte die Musik-Oma von der Oper geschwärmt, war gern mit meiner Mutter in die Philharmonie gegangen und hatte sich ungemein über die Erfolge der Opernsängerin Anna Netrebko gefreut, die meine Mutter wiederum als zu oberflächlich empfand. Nach ihrem Schwächeanfall, kaum zu sich gekommen, musste die Musik-Oma feststellen, dass sie eigentlich Schlager mochte und Opern überhaupt nicht leiden konnte. Auf einmal hörte sie

Nena und Roland Kaiser und freute sich dabei wie Bolle. Meine Mutter versuchte sie immer wieder zur Vernunft zu bringen, sie schenkte ihr sogar eine neue Netrebko-Platte. Doch die Musik-Oma konnte dieser Platte nichts mehr abgewinnen.

»Lass mich in Ruhe mit deinen Opern. Die Leute dort sind unehrlich, sie haben keine Gefühle, sie tun nur so. Ich habe in der Oper nie verstanden, worum es ging. Schlagersänger dagegen sind herzlich, sie sind lebensfroh. Ich kann diese Musik stundenlang hören, mich macht sie atemlos!«, sagte sie.

Meine Mutter schüttelte nur den Kopf. Solche unumkehrbaren Veränderungen waren mit der Musik-Oma passiert. Die Reise-Oma hatte irgendetwas mit den Augen gehabt und sah nun alles in 2-D, ohne Tiefe. Daraufhin ist sie des Reisens überdrüssig geworden und will nirgendwo mehr hin.

»Was soll ich in einer flachen Welt ohne jegliche Perspektive?«, sagte sie.

Noch Schlimmeres ist der Kommunisten-Oma passiert. Ihr Ehemann war an Demenz gestorben. Die letzten Jahre mit ihm hatten keinen Spaß gemacht, und so war diese Krankheit in den Augen der Kommunisten-Oma das schlimmste Schicksal, das einem passieren konnte. Jeden Tag trainierte sie ihren Intellekt, knackte Sudokus harten Grades, spielte Schach und hatte immer Blätter mit Kreuzworträtseln dabei, die sie von ihrem Enkel aus dem Internet ausgedruckt bekam. Jede Woche brachte ihr der gute Junge einen Stoß neuer vorbei, kontrollierte die Richtigkeit der Antworten und half seiner Oma auf diese Weise, ihren Geist fit zu halten.

Doch nur Gutes zu tun ist auf Dauer langweilig. Eines Tages spielte der Enkel der Oma einen bösen Streich. Er gab ihr ein eigenhändig gemachtes Kreuzworträtsel, das wie ein echtes aussah, aber unlösbar war. Die Oma merkte zuerst nichts, sie vertiefte sich in die Fragen: »Zusammengeklebtes Geschirr« mit acht Buchstaben kreuzte sich mit »altes Insekt« mit sechs Buchstaben. »Jemand, der immer zu spät kommt« im Horizontalen, senkrecht »ein unbekanntes Wort« und »eine verpasste Chance«. Und so ging es weiter.

Nach einer Weile merkte die Oma, dass sie durchdrehte. Sie verstand zwar die Fragen, ihr fiel aber keine einzige Antwort ein. Es war bis dahin noch nie vorgekommen, dass sie innerhalb eines Tages kein einziges Kreuzwort erraten konnte. Sie rief bei meiner Mutter an:

»Du kannst mir gratulieren, meine Liebe, ich bin dement!«, sagte sie und bombardierte meine Mutter mit Fragen aus dem Kreuzworträtsel:

»Wie heißt die stumpfe Seite des Messers? Ein verwildertes Haustier? Der Staub an schwer erreichbaren Stellen? Angst vor langen Beziehungen mit drei Buchstaben?«

Meine Mutter, ein großer Profi im Kreuzworträtsellösen, witterte sofort den Betrug.

»Nicht mit dir, mit deinem Rätsel stimmt etwas nicht«, behauptete sie.

Die Freundin wollte ihr nicht glauben. Sie war nun fest davon überzeugt, dass durch unumkehrbare Alterungsprozesse ihr Intellekt in Sachen Kreuzworträtseln nachgegeben hatte.

»Ich will nicht in die Klapse!«, weinte sie fast.

Zusammen riefen sie den hinterhältigen Enkel an und forderten ihn sofort auf, die Lösungen zu zeigen.

»Reingelegt!«, lachte der Enkel, sehr zufrieden mit sich, in den Hörer. »Es gibt keine Antworten auf diese Fragen.«

Nach diesem Gespräch mussten die beiden Omas ein richtiges Kreuzworträtsel lösen, um sich zu vergewissern, dass doch noch alles in Ordnung war.

»Das ganze Leben ist eigentlich ein selbst gemachtes Rätsel«, beruhigte meine Mutter ihre Freundin. »Es gibt eine Menge Fragen zum Durchdrehen, und Antworten existieren nicht.«

JUTTA PROFIJT

Nichts tun – fürs Klima

Bis vor Kurzem hatte ich einen normalen Job, wohnte in einer Wohnung mit einem zusätzlichen Raum, den ich wahlweise als Gästezimmer, Yogazimmer, Bügelzimmer oder Hobbyraum bezeichnete. Ich kaufte gesunde, vitamin- und nährstoffreiche Lebensmittel, also Flugmangos und Avocados und Steaks von Rindern, die in Argentinien ein gutes Leben gehabt hatten, bevor sie dry-aged oder anderweitig veredelt auf meinem Teller landeten. Einmal in der Woche fuhr ich mit dem Auto zu einem Hühnerhof, um dort Eier von freilaufenden Hühnern zu kaufen, denn was mit dem Geflügel in den Massenställen passiert, war mir schon damals nicht egal.

Ich hatte also alles, was man für ein modernes, gesundes Leben benötigte, und war zufrieden. Bis eines Tages eine Schülerin beschloss, vor dem Schwedischen Reichstag in Stockholm für Klimaschutz zu demonstrieren.

Ich hörte von Greta im Radio, sah sie im Fernsehen und dachte: Was, wenn sie recht hat?

Ich las einschlägige Blogs und Sachbücher, abonnierte Podcasts und Newsletter. Greta sagte: I want you to panic – und ich tat ihr den Gefallen. Ich fürchtete mich vor dem Versiegen des Golfstroms, dem Artensterben, Hurrikans am Mittelmeer, sintflutartigen Regenfällen und endlosen Dürren. Vor den sozialen Verwerfungen, die all das mit sich bringen, vor den Flüchtlingsströmen, die auf Europa zukommen, vor den Hitzetoten in unseren Städten, von der südlichen Hemisphäre gar nicht zu reden. Ich kapierte, wie viel ich falsch gemacht hatte, und wollte es jetzt besser machen.

Ich wollte klimaneutral werden.

Also kaufte ich mir ein Elektroauto, sauber und emissionsfrei. Damit konnte ich guten Gewissens zum Biohof fahren und dort auch das Fleisch kaufen, das vor Ort produziert wird, weil das mit dem Regenwaldsteak ja schon problematisch ist. Ich fand einen Unverpacktladen, brachte meine alten Klamotten zur Kleidersammlung und kaufte alles neu, Biobaumwolle, Ökoseide, Schuhe aus pflanzlich gegerbtem Leder. In den Urlaub flog ich nur noch in nachhaltige Hotels, also Holzbau mit Lehmputz, Mahlzeiten aus regionalen Biolebensmitteln, Swimmingpool mit Solarheizung.

Mein Leben wurde komplizierter. Ich kaufte meine Lebensmittel in sieben verschiedenen Geschäften, zu denen ich mit dem Auto fahren musste, weil entweder der Transport der vielen Pfandgläser und Pfandflaschen anders gar nicht möglich war oder weil sie zu weit weg waren oder seltsame Öffnungszeiten hatten. Ökoklamotten musste ich im Internet bestellen, aber natürlich passen viele Sachen nicht oder der Stoff fühlt sich nicht an wie erwartet. Ich fuhr also haufenweise Rücksendungen mit dem Auto zur Paketstation.

Da ich nun schon beim Einkaufen auf Verpackungsmüll verzichtete, nahm ich auch mein Mittagessen in Lunchboxen aus Bambus mit in die Firma, trank Kaffee nur noch aus Mehrwegbechern und hatte jeden Tag eine ganze Spülmaschine voll mit Dosen, Flaschen und Gläsern, so dass ich mit dem Ein- und Ausräumen kaum hinterherkam.

Natürlich wurde mein Leben auch sehr viel teurer.

Das neue Auto, die Lebensmittel, Klamotten und Hotels in Bioqualität steigerten meine Ausgaben um fast siebzig Prozent. Als in der Firma die Ausschreibung für die Abteilungsleitung kam, musste ich mich darauf bewerben, ob ich wollte oder nicht. Eigentlich wollte ich eher nicht.

Ich bekam den Job und hatte von nun an ein weiteres Problem: Meine Arbeitszeiten wurden länger, es wurde immer schwieriger, nach Feierabend zum Biohof zu kommen oder zum Unverpacktladen oder noch die ganzen Dosen zu spülen oder die Seidenblusen mit der Hand zu waschen und die schicken Pullover aus Yakwolle und Kaschmir nach der Handwäsche in Form zu zupfen und liegend zu trocknen, schnellstmöglich, damit sie nicht müffeln, am besten in einem möglichst gleichmäßigen Luftstrom, aber keinesfalls in der Sonne.

Mein Leben war also schon schwierig, bevor ich Jens kennenlernte. Im Waschkeller.

»Das Gerät ist die totale CO_2-Katastrophe«, sagte der Typ, als ich die Bettwäsche in meinen Trockner stopfte. »Ich wohne bei Wegener, während die weg sind. Jens, freut mich.«

Wegener heißt das ältere Ehepaar, das auf den Kanaren überwintert.

»Airbnb?«, fragte ich.

»Nee, Neffe.«

Ich nickte und versuchte, seine Bemerkung über den Wäschetrockner zu übergehen, aber er ließ nicht locker.

»Auf dem Wäscheständer trocknet das auch, ohne dass man extra Energie zuführen muss.«

Ich hatte bereits einen langen Arbeitstag und eine Fahrt zum Hühnerhof hinter mir und ein sehr arbeitsreiches Wochenende vor mir mit einer Fahrt zum Ziegenhof in Steinforth-Rubbelrath, nach Schiefbahn zur Biomilchtankstelle und nach Anrath, wo auch die Aufschnitt- und Wurstwaren vom eigenen Vieh und das Brot vom eigenen Getreide stammen und die Käsetheke eine Wucht ist. Am Sonntag musste ich für den Job was vorbereiten und packen, weil ich zweimal im Monat zum Führungskräftetreffen nach Madrid fliege. Die Kompensationskosten trage ich selbst, mein Arbeitgeber hat dafür keinen Sinn.

Und dann die Vorstellung, tagelang mit feuchter Wäsche in der Wohnung zu hocken. Ich ließ die Wäsche in den Korb fallen, lehnte mich gegen meinen Trockner und brach in Tränen aus.

Ich verkaufte mein schickes Elektroauto, womit wenigstens mein Kontostand wieder Anlass zur Freude gab. Aber auch der schönste Kontoauszug hilft nicht, wenn die Bahn nicht kommt, denn nachdem Jens mir einige schmerzhafte Wahrheiten über das Ursache-Wirkungs-Prinzip von Mobilitätsverhalten – auch Elektromobilität – und Klimakrise vermittelt hatte, war ich notgedrungen auf den ÖPNV umgestiegen. Aus Stunden im Stau wurden nun Stunden am Bahnsteig. Die Biohöfe waren öffentlich meist gar nicht zu erreichen, weshalb ich meine Beschaffung grundlegend umstellen musste. Ich ließ mir fast alles liefern. Weil immer auch Gekühltes dabei war, musste ich mir regelmäßig einen halben Tag freinehmen. Die Konzentration der Einkäufe auf einen Wochentag führte dazu, dass ich nun das verpackungsfrei angelieferte Biogemüse in Polyethylenbeutelchen einschweißte, damit es während der bis zu siebentägigen Lagerung keine Vitamine verlor.

Wegen der langen Fahrzeiten mit öffentlichen Verkehrsmitteln musste ich inzwischen morgens um kurz nach fünf das Haus verlassen und kam oft erst abends nach neun Uhr heim. Immer häufiger zweifelte ich daran, dieses Leben noch lange durchstehen zu können. Warum war es nur so verdammt schwer, klimafreundlich zu leben? Warum musste alles so kompliziert sein?

Eines Tages traf ich Jens wieder mal im Waschkeller. Er stopfte einen bunten Mix aus Unterwäsche, T-Shirts, Jeans und Bettwäsche in die Waschmaschine und hatte dann ausreichend Zeit, meine hochkomplexe Wäschepflege zu beobachten. Sieben unterschiedliche Fraktionen (Baumwolle pur, Baumwolle/Seide, Baumwolle/Wolle, Wolle/Seide, Schurwolle/Yak, Yak/Kaschmir und reine Seide) benötigten drei verschiedene Waschmittel und fünf unterschiedliche Waschprogramme.

»Du machst es dir viel zu schwer«, erklärte er mir. »Und das alles neben deiner Arbeit! Ich mache mir echt Sorgen um dich.«

Ich war verblüfft. Niemand machte sich Sorgen um mich, jedenfalls nicht mehr, seit mich mein damaliger Lebensgefährte verlassen hatte, weil ich ihm zu perfektionistisch war. Hab nie kapiert, was er damit meinte.

»Aber ich will nicht, dass mein Lebensstil dem Klima schadet, deshalb …«, begann ich.

»Deshalb schadest du dir lieber selbst?«

Ich blinzelte die Tränen weg, die mir plötzlich in die Augen traten.

»Wie hoch war dein CO_2-Fußabdruck im letzten Monat?«, fragte er.

Ich konnte ihm die Zahl aus dem Kopf sagen, brutto und netto, also reiner Konsum abzüglich Kompensationszertifikate.

»Ich habe die Hälfte«, sagte er sanft.

»Du tust ja auch nix«, sagte ich beleidigt. Denn dass sich der gelernte Krankenpfleger aktuell in einer beruflichen Orientierungsphase befand, hatte er mir selbst erzählt.

»Eben«, sagte er.

»Was soll das heißen?«, fragte ich.

»Denk mal drüber nach«, sagte Jens kryptisch. »Ich geh jetzt spazieren. Kommst du mit?«

Ich betrachtete den Wäscheberg zu meinen Füßen, dachte an die Arbeit, die auf mich wartete, und schüttelte frustriert den Kopf. Aber ich grübelte über seine Worte nach – bis der Notarzt kam.

Ich war um halb fünf in der Früh im Treppenhaus gestolpert, weil ich einen wahnsinnig wichtigen Termin im Büro hatte, den ich auf gar keinen Fall verpassen durfte. Ich verpasste ihn dann doch, weil ich in dem Moment, in dem das wichtige Meeting begann, im OP lag, wo mein Bein mit ein paar Schrauben repariert wurde, über deren Klimawirkung mir niemand Auskunft geben konnte.

Niemand rief an, um zu fragen, wie es mir ginge. Niemand kam mich besuchen. Bis auf Jens.

»Ich glaube«, sagte er am fünften Tag, »deine CO_2-Bilanz ist gerade total super.«

»Ich tue ja auch nix«, brummte ich unleidlich.

»Eben.«

Ich bekam immer noch ziemlich heftige Schmerzmittel, und bevor wir das Thema vertiefen konnten, schlief ich ein.

Ich durfte nach Hause, musste das Bein aber hochlegen und langweilte mich. Kein Job, keine kilometerfressenden Fahrten mit der Bahn, kein stundenlanges Schnippeln und Vakuumieren, keine Waschorgien, denn ich trug nur Jogginganzug oder Nachthemd. Aus lauter

Langeweile führte ich meine CO_2-Bilanz fort und stellte fest, dass ich noch nie so klimafreundlich gelebt hatte wie gerade jetzt.

Obwohl ich mir überhaupt keine Mühe gab.

»Eben«, sagte Jens, als ich ihm meine Erkenntnis mitteilte. »Klimaschutz ist nicht immer mehr machen, sondern weniger. Einfach mal was lassen.« Er grinste wie ein Honigkuchenpferd.

»Aber woher bekommst du dein Biofleisch?«, fragte ich.

»Hab's aufgegeben und esse keins mehr.«

»Gemüse?«

»Biokisten-Abo.«

»Klamotten?«

»Secondhand und dann so lange tragen, bis sie auseinanderfallen.«

»Na ja«, sagte ich, »du arbeitest ja nicht.«

»Doch«, war die erstaunliche Antwort. »Schon seit ein paar Wochen. Wieder Krankenpflege, aber jetzt nur noch Nachtschicht.«

Als ich wenigstens humpeln konnte, machten wir Spaziergänge zum nahe gelegenen Park oder von der Endhaltestelle der Buslinie aus. Mein Leben fühlte sich zum ersten Mal seit Jahren gut an.

Ich habe meine Führungsposition gekündigt und mir einen normalen Bürojob gesucht, zu dem ich mit dem Rad fahre. Mein Einkommen ist dramatisch geschrumpft, aber wenn man so wenig wie möglich kauft, ist das Leben nicht nur maximal klimafreundlich, sondern auch extrem preiswert. Und entspannt, weil ich mich nicht mehr mit anderen vergleiche. Teureres E-Auto? Schickere Ökoklamotten? Exotischere Reiseziele auf der Suche nach einem achtsamen Umgang mit sich selbst? Alles nur inhaltsleere Symbole einer vergangenen Zeit. Ich habe stattdessen mehr Bewegung, mehr Zeit – und mehr Sex. Überraschend? Ja, für mich auch. Aber wer nicht ständig herumhetzt, kann auch mal in Ruhe irgendwo bleiben. Und sich unterhalten. Zuhören, nachdenken, ausloten. Dabei kann man einem Menschen ganz schön nahe kommen. So ist es halt passiert, das mit Jens und mir. Als seine Verwandtschaft aus der Überwinterung zurückkam, zog er vorübergehend in mein Gästezimmer, wenig später dauerhaft in mein Leben ein.

Der Hochzeitstermin steht übrigens schon fest. Wir feiern mit allen Menschen, die wir kennen, aber jeder muss etwas zum Büfett im Turnerheim beitragen und Reste wieder mit nach Hause nehmen, damit am Ende nichts weggeworfen wird. Die ganz Alten fanden das prima, die Jüngeren auch, nur das Mittelalter wusste damit nichts anzufangen. Statt einfach auf die Selbstregulierungskraft der kosmischen Ordnung zu vertrauen, hat meine Mutter also die Organisation der Speisenfolge übernommen. Ein schöneres Geschenk könnte sie mir nicht machen, damit sind wir beide glücklich. Das Kleid, das ich tragen werde, ist auch ihres. So unmodern, dass es schon wieder hip ist. Auf den zwei Mottenlöchern sitzen jetzt rote Seidenrosen, ein bisschen kitschig, aber etwas Besseres fiel uns nicht ein. Sie hat vor Rührung geweint, als sie mich darin sah.

Und den Honeymoon verbringen wir in einem Baumhaus mit Blick über den See. Schweden? Nee, Sauerland! Wandern, schwimmen, paddeln, aber vor allem: abhängen – und das alles nur anderthalb Stunden entfernt. Wir sind vielleicht nicht das coolste Paar der Stadt, aber ganz sicher das entspannteste. Denn wir haben erkannt, was wirklich hilft: Nichts tun – fürs Klima.

DIETMAR BITTRICH

Reverse Culture Shock

Die Heimkehr von einer Reise hat immer etwas Zwiespältiges an sich. Natürlich sind wir froh, nach Hause zu kommen. Endlich wieder einen Schrank voller Wäsche zu haben. Einen Fernseher mit unverschmierter Fernbedienung. Einen geräumigen Kühlschrank. Eine WLAN-Verbindung, die ohne Aussetzer funktioniert. Eine leibhaftige Waschmaschine. Und, ja, wir freuen uns auch auf unsere Nachbarn, jedenfalls auf einige.

Vom Flugzeug aus, das selbstverständlich mit Windenergie betrieben wurde, haben wir den Blick aus dem Fenster genossen: Deutschland ist überraschend viel grüner als das Land, aus dem wir kommen. Jetzt aber, als das Taxi in unsere Straße biegt, beschleicht uns ein banges Gefühl. Der Fahrer hat uns mit Expertenwissen über das Wetter und die Politik der vergangenen Wochen verwöhnt. Wir haben jede Menge Dramatik verpasst. Immerhin steht das Haus noch. Das ist dann doch beruhigend.

Nur – wie mag es drinnen aussehen? Dunkel erinnern wir uns, dass wir einiges unvollendet zurücklassen mussten, nicht nur die Steuererklärung. Sind mittlerweile unbehagliche Schreiben dazugekommen? Wenn wir zuhause sind, bleibt der Briefkasten tagelang leer. Sobald wir wegfahren, treffen behördliche Mitteilungen ein, gern mit Fristsetzungen.

Hat überhaupt jemand die Post reingenommen? Oder

hat Frau Friedrichs wieder den Schlüssel an Herrn Lepthin weitergegeben, weil sie plötzlich verreisen musste, und der ist dann übers Wochenende zu seinen Verwandten gefahren und doch etwas länger geblieben, weshalb er den Schlüssel an Frau Stölting geschickt hat, die aber gar nicht da war?

Als wir die Wohnungstür öffnen, schleifen Werbezeitungen und dickleibige Umschläge über den Boden. Die Benachrichtigungskarten für sehnlichst erwartete Päckchen liegen zwar da, die Abholfristen jedoch sind abgelaufen. Das hatten wir bereits per App aus der Ferne mitverfolgen dürfen. Aus der Nähe ist es schmerzlicher.

Wir schnuppern. Woher kommt dieser leicht muffige Geruch? Haben wir ihn vor drei Wochen zurückgelassen? Oder hat die Nachbarin ihn hereingepumpt? Wissenschaftler sprechen vom *Reverse Culture Shock*. Wir sind zumindest irritiert.

Wir kommen aus einem aufgeräumten Hotelzimmer. Jetzt fällt auf, dass sich bei uns die Teppichkanten hochbiegen. Hing der Spiegel immer schon schief? Und wer ist in unserer Abwesenheit mit welchem Möbelstück gegen den Türrahmen gestoßen?

Renovieren wäre nicht schlecht. Aber vielleicht entspannen wir uns erst einmal. In ein paar Tagen werden wir das alles nicht mehr sehen.

Im Schlafzimmer steht das Fenster offen – der Verfärbung des Fußbodens nach zu urteilen schon seit geraumer Zeit.

Unsere nahezu erwachsene Tochter, die in ihrer WG nicht ganz glücklich ist, sollte eigentlich die Blumen gießen. Das hat sie auch getan, in wilder Panik jedoch erst vor einer Stunde. Alle Pflanzen sind vertrocknet, stehen aber knietief im Wasser. Der gut gehütete Kaschmirpullover der Mutter ist ausgebeult und hat einen Fleck.

Und nachdem wir unseren Sohn sich selbst überlassen haben, müssen wir jetzt die vereidigte Raumpflegerin zu Erste-Hilfe-Maßnahmen rufen.

Katzenhaare auf dem Sofa? Woher kommen die denn? Ach so, dann muss der Schlüssel jetzt bei Frau Schöne sein. Niemand sonst hat einen haarenden Liebling. Dann hat also diese reizende Nachbarin hier »Frauen schreiben Geschichte« gesehen, als ihr Mann daheim auf Sport bestand. Und dabei hat sie Ketchup gelöffelt? Oder weisen diese Spuren auf ein separates Verbrechen hin?

Unser Faxgerät haben wir schon vor Jahren ans Gesundheitsamt gespendet. Hätten wir es noch, wäre das Papier jetzt komplett verbraucht von Werbetreibenden, die auf Erfolgsseminare, City Roller und Radarfallenwarner aufmerksam machen. Doch etwas Historisches haben wir noch: einen Anrufbeantworter. Zweiundsiebzig Nachrichten sind gespeichert, davon dreiundsechzig von Tante Doris, der wir große lesbare Zettel in ihr betreutes Apartment geklebt haben. Sie hat trotzdem nicht akzeptiert, dass wir verreist sind. Ihre Nachrichten klingen von Mal zu Mal griesgrämiger, in der letzten kündigt sie an, sie werde uns enterben. Wird es reichen, sie sofort anzurufen? Oder müssen wir sie besuchen?

Das Auto ist nicht aufgebrochen worden. Aber jemand hat daneben einzuparken versucht. Friede sei mit ihr oder ihm. Kleine Schrammen stärken das Charisma. Der Motor hustet. Aber das liegt wohl daran, dass wir das Kuppeln vergessen. Der Urlaubsleihwagen fuhr nahezu autonom.

Ein befremdeter Blick zum Mülleimer: Der ist mit weißer Farbe bekleckert. Irgendjemand in der Gegend hat renoviert und unsere verwaiste Tonne genutzt.

Noch hat der Alltag nicht wieder begonnen, aber wir spüren schon, wie uns die Erholung milligrammweise abhandenkommt. Es besteht ausreichend Grund, uns dankbar an den Urlaub zu erinnern. Im Kopf die Bilder zu entwickeln, die sich in unser Gedächtnis geprägt haben, und noch die bittersten Erlebnisse in Abenteuer zu verwandeln.

Solange wir unterwegs waren, schien uns manches beklemmend. Nun, von den Armen der Heimat fest umschlungen, wissen wir, wie frei, wie glücklich wir waren. Rückblickend zumindest erscheint es so. Haben wir uns nicht während der Reise geschworen, nie wieder bei diesem Veranstalter zu buchen? Warum eigentlich? Schauen wir mal, was er für nächstes Jahr im Angebot hat.

MADELEINE D'ARCY

Einkaufskarre

Bernice, noch immer im Schlafanzug, starrte in ihren makellosen Siemens-Kühlschrank. Der enthielt allerdings nur noch eine fast leere Packung Magermilch, einen Fingerbreit hart gewordener Emmentaler, einen ganz normalen Joghurt, ein paar schlaffe Frühlingszwiebeln, einen halben an den zerzausten Rändern gelb gewordenen Kohlkopf und eine Möhre, die schon bessere Tage gesehen hatte. Irgendwer hatte ihr einmal erzählt, wenn du bei jemandem in den Kühlschrank schaust und der Kühlschrank ist leer, dann mach, dass du aus dem Haus kommst, denn dieser Jemand ist ein Psychopath. Aber natürlich war sie keine Psychopathin. Mit Bernice war wirklich alles in Ordnung, obwohl sie nachvollziehen konnte, dass jemand unter normalen Umständen negative Schlüsse zog. Sie war einfach eine Frau, die während einer Pandemie allein lebte, mit einer Tiefkühltruhe, die für eine Person viel zu groß war. Außer ihr würde in absehbarer Zeit aber niemand einen Blick in ihren Kühlschrank werfen. So war es besser.

Sie rüttelte an der Tür der Gefriertruhe und zog alle Schubladen heraus, um den Inhalt zu inspizieren. Übrig waren nur noch eine kleine Packung Tiefkühlpizzateig, ein Rest von Ambroses Pizzabäckerphase, eine halbe Tüte tiefgefrorener Blumenkohl, verschlossen mit einem Gummiband, und zwei Schalen mit Eiswürfeln. Sie hatte sich mutlos durch das Ökolamm gearbeitet, das Ambrose im März in der Schlachterei O'Flynn gekauft hatte. Die Tüte mit den tiefgefrorenen Kammmuscheln vom English Market war längst verzehrt. Das galt auch für die Packungen mit Spinat und Erbsen, die Reste vom Pollo Cacciatore und das Schoko-Minze-Eis, das er sozusagen aus dem Ärmel geschüttelt hatte. Bernice drückte die Tür der Tiefkühltruhe zu. Sie war sehr gut zurechtgekommen, wenn man die Umstände in Betracht zog, und hatte nichts verderben lassen.

Trotzdem, es war Samstag und eigentlich müsste sie in einem Supermarkt Vorräte bunkern. Sie kam sich schwer und träge vor, als ob sie durch Suppe schwamm. Selbst in den besten Zeiten hasste sie das Einkaufen. Sie würde Schlange stehen und eine Maske tragen müssen. Ihr Wagen war seit – wie lange? – nicht bewegt worden. Vielleicht würde er nicht einmal anspringen.

Es war 2020, und der Lockdown hatte im März angefangen. Seit damals hatte sie das Haus kaum verlassen, abgesehen von einem gelegentlichen maskierten Beutezug in die Innenstadt, um frischen Fisch und Käse im English Market zu kaufen, oder einem kurzen Spaziergang zum Laden Ecke Hope Street, weil sie so Grundsätzliches wie Milch, Brot und Eier brauchte. Sie hatte vor allem von Pasta mit Pesto und ab und zu einem Käsetoast gelebt. Sie war nie eine großartige Köchin gewesen, und sie hatte seit den kurzen glücklichen Tagen – diesen beiden Wochenenden im März –, als Ambrose für sie gekocht hatte, nichts Außergewöhnliches mehr gegessen. Besser so, dachte sie, denn wenn diese »Ambrose-Phase«, wie sie das in Gedanken nannte, weitergegangen wäre, wäre sie jetzt so fett wie ein Schwein.

Sie schaute sich in ihrer neuen Küche um. Wie war sie nur darauf verfallen, so viel Geld dafür auszugeben? Und wenn sie auf Ambrose gehört hätte, wäre es noch viel teurer geworden. Sie dachte daran, wie er von den Vorzügen einer abscheulich teuren Fisher-&-Paykel-Tiefkühltruhe geschwärmt hatte. Ich träume schon lange von so einer, wie die Sterneköche im Fernsehen sie haben, hatte er gesagt.

Immerhin war es eine gute Küche, und das Timing hatte sich im Nachhinein als perfekt erwiesen. Die Handwerker waren zwei Wochen vor Beginn des Lockdowns fertig gewesen. Bernice musterte wohlgefällig die grauweißen Wandschränke und die Arbeitsfläche mit Marmoreffekt, den Gasherd aus rostfreiem Stahl mit den sechs Ringen und der Abzugshaube, den »selbstreinigenden« Elektroherd, das bunte Joseph-Joseph-Hackset, das sie von ihren Kolleginnen Sheila und Siobhan zur Kücheneinweihung geschenkt bekommen hatte. Holzlöffel ragten aus einem roten Besteckhalter aus Keramik, und der wiederum gab die Farbe der Wand gegenüber wieder, wo die neuen Patiotüren in den überwucherten kleinen Garten hinausführten.

Das alte Brotbrett aus Holz lag quer über der Anrichte, wie ein Rentner in einer hippen Weinbar. Gleich daneben stand Ambroses Fritteuse. Die hatte er benutzt, als er das allererste Mal für Bernice gekocht hatte. Nun fuhr sie mit dem Finger über den Deckel und hinterließ einen Streifen in dem Belag aus fettigem Staub. Sie würde das Teil demnächst mal sauber machen müssen. Sie würde eine Möglichkeit finden müssen, sie ihm zurückzugeben. Vielleicht hatte er sich inzwischen eine neue Fritteuse gekauft. Egal, er hatte nicht auf ihre SMS geantwortet, und alle arbeiteten jetzt von zu Hause aus – sie würde sich darüber nicht den Kopf zerbrechen, jetzt jedenfalls nicht. Sie seufzte und suchte sich einen Zettel und einen Stift, sah ihre Küchenschränke durch und fing an, sich eine Liste zu machen.

Oben zwang Bernice sich dazu, zu duschen und sich anzuziehen. Dann schaute sie durch ihr Schlafzimmerfenster auf den kleinen grünen Park auf der anderen Straßenseite und rieb sich die Augen. Sie musste wirklich aus dem Haus gehen, ein bisschen frische Luft schnappen, sehen, wie die Welt draußen war, aber ihre Augäpfel fühlten sich an, als könnten sie jeden Moment aus den Höhlen kullern. Zu viele Online-Treffen. Zu viel den Bildschirm angeglotzt. Zu viele SMS und E-Mails. Zu viel Online-Scrabble. Zu viel besessenes Scrolling auf Facebook und Twitter. Sie wäre am liebsten ins Bett zurückgegangen, überwand sich aber dazu, ihre furchtbaren, viel zu langen Haare hochzustecken und ein bisschen Make-up aufzutragen. Auf der Straße vor ihrem Haus blinzelte Bernice immer wieder und fischte die Autoschlüssel aus ihrer Handtasche. Alles kam ihr zu hell vor, obwohl der Himmel bewölkt war. Als sie ihre Einkaufstasche auf die Rückbank warf, sah sie Deckie Google und die winzige Miss O'Neill über den Gehweg auf sich zugeschlurft kommen. Deckie hielt Noras Arm dabei in sanftem Griff. Sie sahen aus wie zwei alternde Soapstars, perfekt angezogen, aber ohne ein richtiges Ziel. Eine Ironie des Schicksals, dass diese beiden Alten – die mussten doch über achtzig sein – ein lebhafteres Sozialleben hatten als Bernice. Bernices verstorbene Mutter, Mrs Callinan, hatte Deckie nicht leiden können – der machte viel mehr Lärm, als gut für ihn war –, und hatte Nora so gern gehabt, dass es schon nicht mehr normal gewirkt hatte. Aber Bernice war nur selten mit ihrer Mutter einer Meinung gewesen. Dass ihre Nachbarn so nett waren, war einer der Gründe, warum sie in der Liberty Terrace geblieben war, als sie 2016 das Haus geerbt hatte. Der andere Grund war, dass sie keine Ahnung gehabt hatte, wohin sonst.

Deckie und Nora blieben in gebührender Entfernung stehen und lächelten sie an.

»Wie geht's dir denn, Bernice?«, fragte Nora.

»Gar nicht schlecht«, sagte Bernice. »Wollte gerade einkaufen. Braucht ihr irgendwas?«

»Nein, danke, Liebes. Unsere Versorgungskette ist erster Klasse«, sagte Nora.

»Nicht so, wie es in England sein wird, wenn Boris endlich den Brexit liefert«, sagte Deckie. Er war in den aktuellen Nachrichten immer auf dem neuesten Stand. »Mit der Pandemie und Boris und Trump und allem anderen wissen wir ja gar nicht mehr, wo uns der Kopf steht.«

»Stimmt«, sagte Bernice.

»Aber wenn wir es erst mal bis Weihnachten geschafft haben, sind wir im neuen Jahr ganz obenauf«, sagte Deckie.

Bis Weihnachten geschafft haben?, dachte Bernice im Davonfahren. Es war schließlich erst Juni. Bis spätestens September würde doch alles wieder normal sein? Die Reiseverbote waren nicht mehr so streng, und sie konnte sich überall im County frei bewegen. Sie beschloss, nach Ballincollig zu fahren. Der Tesco da draußen war sauber und weitläufig und das Parken für die Kundschaft gratis.

Bernice war neununddreißig und geschieden. 2015, als ihre Ehe gerade in Stücke ging, hatte der Tod ihres Vaters sie schwer getroffen. Im folgenden Jahr waren ihre Mutter und ihr Bruder bei einem Wochenende in Paris durch einen Terroranschlag ums Leben gekommen, was so ein Schock gewesen war, dass Bernice sich eine Zeitlang gefühlt hatte wie eine Darstellerin in einer Fernsehsoap. Es war Ironie des Schicksals, fand Bernice, dass sie als Folge dieser vielen Tragödien nicht mit einem Darlehen belastet war. Sie hätte das Haus durchaus verkaufen, ihre Karriere unterbrechen oder die Arbeit für einige Zeit ganz aufgeben können, und doch war sie in den letzten Jahren unfähig zu irgendeiner Art von Veränderung gewesen.

Vor der Pandemie hätte sie sich keine Sekunde lang vorstellen können, dass ihr die Arbeit von neun bis fünf im Stadthaus fehlen könnte. Die Zuschussstelle für Altbausanierungen bestand aus Bernice, Sheila und Siobhan, und sie teilten ein Großraumbüro im dritten Stock mit der Rechnungsabteilung, einer größeren Abteilung mit ungefähr einem Dutzend Angestellten. Jeder Tag verlief in Bernices Abteilung auf die gleiche Art, Sheila und Siobhan kicherten und schwätzten und klagten über ihre Familien, klatschten hinter deren Rücken über alle anderen, liefen immer wieder in die Teeküche, die sie mit allen vom dritten Stock teilten, jammerten, wie lachhaft es sei, dass sie bei den Sanierungszuschüssen arbeiteten, aber bei sich zu Hause niemals renovierten, und vergeudeten ganz allgemein so viel Zeit wie möglich. Bernice dachte nur ungern darüber nach, dass sie vielleicht mit Sheila und Siobhan Gemeinsamkeiten haben könnte, aber manchmal musste sie zugeben, dass sie sogar noch fester in ihrem Hamsterrad steckte als die beiden.

Als der Neue in der Rechnungsabteilung angefangen hatte, hatten sich Sheila und Siobhan hinter seinem Rücken erbarmungslos über ihn lustig gemacht. Ein bulliger junger Mann mit braunen Samtaugen wie eine Kuh. Er summte im Fahrstuhl und auf der Treppe vor sich hin, und er summte, wenn er jeden Mittag um Punkt eins an der Zuschussstelle vorbeischlenderte, mit einem Plastikbehälter in der Hand auf dem Weg zum Personalzimmer. Als Sheila das Summen zum ersten Mal gehört hatte, hatte sie die Augenbrauen hochgezogen und geflüstert: »Was ist dieser junge Spund denn für ein komischer Vogel?« Siobhan war zur Teeküche gewandert und hatte danach berichten können: »Ein richtiges Muttersöhnchen, der macht sich das Essen warm«, sagte sie. »Riecht aber köstlich. Mama kann einwandfrei kochen.«

Das Personalzimmer im dritten Stock war klein und bot dem Wasserkühler, dem Kessel, dem Spülbecken, der Mikrowelle und dazu dem Tisch und sechs Stühlen kaum Platz genug. In einer Mittagspause, kurz nachdem Ambrose im Stadthaus angefangen hatte, verzehrte Bernice gerade ein mehr als akzeptables Brot mit Käse und Salat, als er hereingesummt kam und seinen Behälter in die Mikrowelle stellte. Das Aroma seiner aufgewärmten Mahlzeit war himmlisch, und als er sie herausnahm, musste Bernice einfach fragen, was er da verzehren würde.

»Nur ein paar Reste vom Coq au vin mit etwas Reis«, sagte er und schaute auf seinen Teller.

»Riecht wunderbar«, sagte Bernice.

»Danke«, sagte er. Er lächelte sie schüchtern an. »Möchten Sie mal probieren?«

»Ach nein, danke, das ist nicht nötig.«

Er ließ sich mit seinem ganzen Gewicht vorsichtig ihr gegenüber auf einen Stuhl sinken und fing an zu essen. »Vielleicht habe ich zu viele Schalotten genommen.«

»Sie haben selbst gekocht?«

»Ja. Ich koche leidenschaftlich gern.«

Er aß auf elegante Weise, sah sie nun, während sie in ihr jetzt nicht mehr verlockendes Brot biss.

»Ich kann gerade mal ein Ei kochen.«

»Meine Mutter hat mir alles beigebracht. Sie war eine hervorragende Köchin.«

Bernice dachte an ihre eigene Mutter. Mrs Callinan war keine Göttin des heimischen Herdes gewesen, auch wenn sie dafür gesorgt hatte, dass ihre Familie gut angezogen war und sich halbwegs gesund ernährte. Eine unwillkommene Erinnerung stellte sich ein. Ihre Mutter fauchte ihren Vater über den Küchentisch hinweg an. *Mach den Mund zu beim Essen.* Ihr Bruder verdrehte die Augen. Sie selbst sagte nichts, sondern lauschte auf das Kratzen von Messern und Gabeln auf den Tellern mit dem blau-weißen Weidenmuster. Alle waren tot. Ihr bescheidener Vater fehlte ihr vor allem, sein Tod hatte ihr fast das Herz gebrochen. Der Tod ihrer Mutter und ihres unberechenbaren Bruders war etwas anderes gewesen. Selbst jetzt schlug es ihr in einer unbekömmlichen Mischung aus Entsetzen und Schuldgefühlen auf den Magen, wenn sie daran dachte, wie die beiden gestorben waren.

»Meine Mutter war ein hoffnungsloser Fall«, sagte Bernice. »Sie hatte immer schlechte Laune, wenn sie kochen musste.«

Im Laufe der Wochen fand sich Bernice häufig zur selben Zeit wie Ambrose im Personalzimmer wieder. Er redete viel über Essen, war aber auch ein einfühlsamer Zuhörer.

»Ich spare für eine neue Küche«, sagte Ambrose in einer Mittagspause, als er die Hälfte seines Pilzrisottos für Bernice in eine Schale füllte. »Davon träume ich. Eine Gasplatte mit sechs Flammen und ein richtig guter Elektroherd, so viel Arbeitsfläche wie möglich zum Brotbacken und für solche Dinge und jede Menge Stauraum für meinen ganzen Kram.«

Die Küche in der Liberty Terrace war eine Schande, das wusste Bernice. Nur dunkelbraune Schränke und heruntergekommene weiße Apparaturen. Bei der Therapie war ihr aufgegangen, dass sie entweder das Haus für sich wohnlich machen oder umziehen müsste. Nach den Beerdigungen hatte sie die Habseligkeiten ihrer Mutter und ihres Bruders zusammengepackt und einem Sozialkaufhaus überlassen, aber zu mehr konnte sie sich einfach nicht aufraffen, bis sie vor einigen Monaten plötzlich aktiv geworden war; sie hatte ihr Schlafzimmer gestrichen, sich ein neues Doppelbett gekauft, die uralten geblümten Vorhänge heruntergenommen und durch Fensterläden aus Holz ersetzt.

»Ich will mir auch eine neue Küche zulegen«, sagte sie zu ihrer eigenen Überraschung.

»Wirklich? Hast du dich schon ausreichend informiert?«

Bernice hatte von Ambrose kein dermaßen begeistertes Interesse erwartet. Rasch ließ sie sich von seinem Enthusiasmus mitreißen – und von den Kücheneinrichtungszeitschriften, die er mitbrachte, und den Links zu entsprechenden Websites, die er ihr in fast besorgniserregendem Tempo zukommen ließ.

Sheila und Siobhan zeigten ebenfalls Interesse. Das war eine nette Abwechslung von den Behindertenbadezimmern, den Rollstuhlrampen und den Türerweiterungen, mit denen sie sonst zu tun hatten, und zum Glück kannten sie auch die besten Küchenstudios.

Die Mittagspausen im dritten Stock des Stadthauses wurden zu Planungstreffen für Bernices Küche. Ambrose fing an, seine Samstagnachmittage mit ihr in Geschäften zu verbringen, wo er ihr half, neue Apparaturen, Fliesen, Wandschränke und sogar das Spülbecken auszusuchen.

Im Januar und Februar waren die Handwerker im Haus. Und brachten Staub, Schmutz, Verzögerungen und schwindelerregende Verwirrung. Und die Herausforderung, im Schlafzimmer mit Mikrowelle und Wasserkocher zu improvisieren. Wenn Bernice gewusst hätte, was für ein Chaos es geben würde, hätte sie sich vielleicht niemals darauf eingelassen. Aber endlich, Anfang März, war die Arbeit getan.

Ambrose kehrte ihr den Rücken zu und sah zu, wie sich sein Essen in der Mikrowelle drehte. »Was macht die neue Küche?«, fragte er. »Ich kann es kaum erwarten, sie zu sehen.«

»Sie ist perfekt«, sagte Bernice zögernd. »Sie ist so perfekt, dass sie mich einschüchtert. Ich hab noch nicht herausgefunden, wie der Herd funktioniert.«

»Lass mich mal für dich kochen«, sagte Ambrose. »Ich stelle mir dann vor, ich wäre ein Fernsehkoch.«

Die Mikrowelle machte pling und Ambrose öffnete die Tür. Ein köstliches Curryaroma schwebte heraus. Er war ihr so eine große Hilfe gewesen. Wie hätte Bernice ablehnen können? »Du darfst aber Sheila und Siobhan nichts verraten«, sagte sie. »Die sollen ja nicht auf dumme Gedanken kommen.«

Ambrose sah das auch so.

Am folgenden Samstagabend erschien Ambrose bei Bernice mit Einkaufstüten voller Speis und Trank, mit seiner eigenen Küchenmaschine, einer Garnitur Sabatier-Messer und seiner Tefal-Fritteuse. Er band sich eine blau-weiße Schürze vor seine massige Gestalt, warf sich ein Geschirrtuch über die Schulter und ging ans Werk.

Bernice saß an ihrem neuen Küchentresen, auf einem ihrer brandneuen, zu hohen Barhocker, und nippte an einem Glas Wein. Sie sah Ambrose zu, während der summte und hackte und schnitt und würfelte und schälte und mixte und rollte und siebte und briet und verschnürte und bräunte. Endlich ließ Ambrose Krebsbeignets in die Fritteuse sinken, und das Zischen übertönte sein Summen. Dann summte er wieder, als er den ersten Gang vorsichtig auf zwei ihrer besten Teller verteilte, mit einer Zugabe von selbstgemachter Chilimayonnaise und einer Zitronenscheibe.

Als Bernice Ambroses Vorspeise kostete, fühlte sie sich wie bei einem Tag am Strand und einem mitternächtlichen Besuch am Fish-and-Chips-Kiosk auf einmal. Als sie das Hauptgericht verzehrt hatten – in Lap Souchong marinierten Wildbretsattel mit Hackfrüchten und Soße aus geräucherter Pancetta –, war sie schon ein wenig beschwipst – und mit dem Dessert hatten sie ja noch nicht einmal begonnen.

Dann führte eins zum anderen und sie landeten im Bett.

Ach, das Frühstück am nächsten Tag … perfekte Katerkost. Eine Bloody Mary gegen die ärgsten Plagen. Und dieser Mann wusste wirklich, wie man ein Ei pochiert. Er machte eine Hollandaise zum Niederknien. Sein Räucherspeck war wunderbar kross und seine Champignons, mit zerstoßenem Knoblauch und kleingehackter Petersilie gebraten im Fett des Specks, einfach göttlich.

Als Bernice über die Straight Road nach Ballincollig fuhr, fiel ihr ein, dass Ambrose irgendwo hier im Hinterland wohnte. Sie war nie bei ihm zu Hause gewesen. Sie fragte sich, wie er wohl mit dem Lockdown zurechtkam. Immerhin hatte er bestimmt eine gutgefüllte Speisekammer. Sie hätte gern gewusst, wie es gehen würde, wenn sie alle wieder zur Arbeit müssten; würde er so tun, als hätte es diese beiden Wochenenden nicht gegeben, oder würde er sie einfach komplett ignorieren?

Wenige Stunden, nachdem die Regierung den Lockdown beschlossen hatte, hatte er sie angerufen.

»Wie das jetzt läuft, sehen wir uns eine ganze Weile nicht«, hatte er gesagt. »Wir sitzen ja alle im Homeoffice. Und ich bin außerhalb der Zwei-Kilometer-Zone.«

»Das ist wirklich schade«, sagte sie.

»Ich dachte, vielleicht … könnte ich bei dir einziehen?«

Sie war aus allen Wolken gefallen. »Du machst Witze.«

»Nein, tu ich nicht.« Ambrose klang verletzt.

»Aber …«

»Ich weiß schon, was du sagen willst. Es ist viel zu früh. Aber ich finde, wir sollten herausfinden, wohin sich diese Beziehung entwickelt.«

Beziehung? Das waren doch nur zwei Wochenenden gewesen. Er war viel zu jung für sie. Er war ein Arbeitskollege. Das würde doch niemals von Dauer sein. Nichts war je von Dauer.

»Du könntest auch zu mir ziehen«, sagte er. »Aber deine Küche ist viel schöner.«

»Du interessierst dich also nur für meine Küche?«, fragte sie. Sie wusste, dass das gemein war.

»Na, wenn du das so siehst«, sagte er. »Von mir aus.« Er war in wildem Tempo zu ihrem Haus gefahren und hatte seine Küchenmaschine und seine Pastamühle geholt. Als er weg war, entdeckte sie, dass er seine Fritteuse vergessen hatte. Sie hatte ihm eine SMS geschickt, aber er hatte nicht geantwortet. Wie kindisch von ihm. Das bewies nur, dass Bernice recht gehabt hatte. Die ganze Sache wäre eine Katastrophe gewesen.

Bernice hielt in der Tiefgarage unter dem Supermarkt. Sie legte den Mundschutz an, desinfizierte sich die Hände, schnappte sich eine desinfizierte Einkaufskarre und stand auf einem gelben Pfeil hinter einer Reihe von einsamen Kauflustigen, die darauf warteten, dass die rote Lampe auf Grün umsprang, während andere einsame Kauflustige zum Vorschein kamen, ihre Einkaufskarren und Körbe vollgestopft mit allem, was sie an sich gerissen hatten. Nach wenigen Minuten hatte Bernice ihre leere Karre in den Laden und auf die Rolltreppe bugsiert und fuhr hoch in den ersten Stock, wobei die Karre sich getreulich auf dem magnetisierten Bodenstreifen hielt, während sie selbst sich am Griff anklammerte. Als sie oben ankam und auf festen Boden stolperte, kam ihr der Supermarkt gespenstisch still vor, es gab nur gemurmelte Gespräche bei den Kassen, das ewige blödsinnige Piepen der Waren, die über Scanner gezogen wurden, das Rascheln von Verpackung, das Klirren von Metallkörben und eine Automatenstimme, die *Danke für Ihren Einkauf bei Tesco* sagte. Bernice blieb für einen Moment verwirrt stehen, als sich die Zwischengänge vor ihr öffneten. Keine Kinder zankten sich mit ihren Eltern darüber, welche Kekssorte sie kaufen sollten, keine Paare lungerten vor dem Feinkosttresen herum. Alle schienen allein zu sein, so wie sie, während sich die Gerüche von frischem Gebäck und Desinfektionsmittel in der Luft vermischten. Sie zog die Einkaufsliste aus der Tasche und versuchte, sich zu konzentrieren.

Kartoffeln, Möhren, Zwiebeln, Knoblauch ... ihr fiel auf, dass ihr Atem unter der Maske ziemlich übel roch. Sie fragte sich, ob sie immer schon Mundgeruch gehabt hatte oder ob die Maske den verursachte, und während sie noch darüber nachdachte, fragte sie sich auch, ob die braunen Champignons haltbarer wären als die weißen und ob sie überhaupt Obst kaufen sollte, wenn das doch größtenteils schon faulen würde, ehe sie es verzehrt hatte. Und dann hörte sie das Summen.

Sie kannte dieses Geräusch so gut. Ambrose summte so. Er summte immer so. Sie würde dieses Summen überall erkennen. Sie hatte es so oft gehört, seit dem ersten Mal, als er sich an der Zuschussstelle für Altbausanierungen im dritten Stock des Stadthauses vorbeigesummt hatte. Aber das hier konnte doch unmöglich Ambrose sein? Sie spürte, wie ihr das Herz in die Hose sank und wieder hochsprang. Das Summen entfernte sich, deshalb schob sie ihre Einkaufskarre in die Richtung, aus der es gekommen war. Der Gang mit der Tiefkühlkost. Er hatte so eine blaue Einmalmaske, und er trug den marineblauen Anorak, den er immer anhatte, aber er kam ihr dünner vor. Da stand er nun und legte eine Packung tiefgefrorenen Spinat in seine Karre, und das erinnerte sie an den Abend, als Ambrose gekochten Lachs auf einem Bett aus Spinat mit einer Weißwein- und Estragonsoße und Hasselbachkartoffeln serviert hatte. Sie fühlte sich entsetzlich traurig. Er hatte im Bett ihre Haare gestreichelt. Und kein anderer hatte sie jemals als köstlich bezeichnet.

Aus der Ferne sah Bernice zu, wie der Mann, der aussah wie Ambrose und der nichts von ihrer Anwesenheit ahnte, seine Karre in Richtung der Milchprodukte schob. Sie ließ ihre eigene Karre stehen und schlich auf Zehenspitzen um die Ecke, um zuzusehen, wie er in Betrachtung der Käse versank. Während er ihr den Rücken zukehrte, musterte sie den Inhalt seiner Karre. Die Melone kam Bernice seltsam vor, und da lagen viel zu viele Zucchini für eine Person und dazu verdammt viele Reinigungsmittel. Zwei Dutzend Eier, aber kein geräucherter Speck oder Würstchen oder Clonakilty-Pudding.

Kein Wein in seiner Karre. Kein Gin. Kein Bier. Der Ambrose, der sie an diesen beiden wunderbaren essensreichen Wochenenden im März besucht hatte, hatte sorgfältig für jeden Gang einen anderen Wein ausgesucht und für die würzigeren Gerichte ein passendes Bier. Vielleicht hatte er sich in einem Weinladen verproviantiert. Vielleicht hatte er für die Zeit des Lockdowns den Alkohol aufgegeben. Vielleicht hatte er sich verändert. Vielleicht war er es gar nicht, sondern ein – wie hieß das doch noch gleich? – ein Doppelgänger. Er kam ihr viel zu dünn vor, aber andererseits, der unbeholfene Gang, das Summen, der Anorak. Wie konnte er dünner sein, wenn alle anderen Covidfett ansammelten? Aber klar, vielleicht hatte Ambrose sich einen neuen, gesünderen Lebenswandel zugelegt. Wahrscheinlich hatte er jetzt eine andere Bekannte. Eine, mit der er spazieren ging. Oder sogar joggen. Eine attraktive Person, die wusste, was sie an ihm hatte, die niemals in Therapie gewesen war und die die Haare auch dann noch schön hatte, wenn alle Frisiersalons geschlossen waren.

Aber er konnte sich jeden Moment umdrehen, und sie hatte Angst, dass er sie entdecken könnte, deshalb lief sie in die Konservenabteilung, wo sie sich sicher fühlte. Sie hatte Ambrose verärgert. Sie hatte seine Gefühle verletzt. Er würde nichts mehr mit ihr zu tun haben wollen. Sie lief bis zum Ende des Gangs und machte dort kehrt, um nach ihrer Einkaufskarre Ausschau zu halten. In der Konservenabteilung riss sie sich zusammen und knallte einen Viererpack Tomaten in ihre Karre, gefolgt von vielen Dosen Thunfisch und einer Mehrfachpackung weiße Bohnen. Konservendosen, dachte sie, waren sicher. Konservendosen würden ewig lange vorhalten. Sie warf eine Riesenpackung Fusilli auf ihre Konservendosen.

Als sie ihre Einkaufskarre weiterschob, in die Richtung, wo sie die Haushaltswaren vermutete, ermahnte sie sich, nicht so jämmerlich zu sein, keine solche Versagerin zu sein, sie kam allein doch wunderbar zurecht.

Aber sie sehnte sich jetzt nach Ambrose, sie vermisste sein Summen, während er hackte und zerschnitt und würfelte und schälte und rollte und siebte und briet und verschnürte und bräunte. Sie vermisste die Seeforelle mit Kartoffelpüree, Erbsenpüree und Spinat mit Muskat. Sie vermisste sein Pilzrisotto. Sie vermisste sein Pollo Cacciatore. Sie vermisste seine Paella. Sie vermisste die Art, wie er im Bett ihre Haare gestreichelt hatte, als ob sie ein Kätzchen wäre. Sie vermisste die Art, wie er vergeblich versucht hatte, im Stehen seine Socken anzuziehen. Und den Sex. Sie vermisste den Sex. Alles, was ich will, ging ihr auf, ist, dass Ambrose mir eine Mahlzeit kocht – und mich zur Delikatesse macht.

Großer Gott, ich habe ihn verloren, dachte sie. Wo ist er? Sie wurde schneller und lugte um Ecken und durch Gänge und hielt ab und zu inne, um auf sein Summen zu lauschen.

Sie müsste zumindest um Entschuldigung bitten. Was sollte sie sagen? Etwas Lockeres. Nicht zu dringlich. Wie wäre es mit: *Ach, du bist das, Ambrose. Mit der Maske hätte ich dich fast nicht erkannt.* Nein, das wäre total unpassend. Jesus, das klang doch fast wie *Angezogen hätte ich dich fast nicht erkannt.* Reiß dich zusammen, Bernice. Sie würde einfach freundlich hallo sagen und seine Reaktion abwarten. Vielleicht war er noch verletzt, oder vielleicht hatte er kein Interesse mehr an ihr, oder vielleicht würde er sich verhalten, als ob zwischen ihnen niemals irgendetwas geschehen wäre.

Aber wo war er? Vielleicht hatte er schon bezahlt und war gegangen. Sie musste logisch denken. Keine Zeit, hier herumzustromern in der Hoffnung, das Summen wieder zu hören. Sie beschleunigte ihr Tempo, jagte mit ihrer Einkaufskarre durch alle Gänge, schaute sich dabei fieberhaft um und konnte nur um Haaresbreite den

Kontakt mit anderen Einkaufslustigen, anderen Einkaufskarren vermeiden. Hin und her lief sie, drehte und wendete sich fieberhaft, und unter der Maske war ihr Gesicht schweißnass.

Sie schob ihre Karre an den Kassen vorbei und sah sich jede einzelne Warteschlange an. Kein Ambrose. Aber da war er, seine Karre lief über von vollgestopften Plastiktüten, er hatte die Kassen schon weit hinter sich gelassen und steuerte den Ausgang an.

Vor ihren Augen erreichte er die Rolltreppe und schob seine Karre vor sich her. Sie konnte sehen, wie sein Kopf verschwand, als er nach unten fuhr. Nach unten, nach unten, nach unten. In wenigen Sekunden würde er in der Tiefgarage stehen.

»Ambrose!«, rief sie. »Ambrose, ich hab noch immer deine Fritteuse!«

Ihre Stimme erscholl laut und übertönte die vielen klirrenden, piependen, schlurfenden, gehenden, schiebenden, rollenden Geräusche. Sie ließ ihre halbvolle Einkaufskarre stehen und stürzte los.

JULIA KARNICK

Sommer

An dem Tag im Juli, an dem dieser Text entsteht, nieselt es bei 18 Grad aus grauen Wolken, die Heizung ist wieder angesprungen. Ich habe Kerzen angezündet und sitze mit Pulli, Pfefferminztee und guter Laune am Laptop: Es ist mein Lieblingsarbeitswetter. Müsste ich wählen zwischen einem ausdauernd trockenen, heißen Sommer und einem Sommer mit Pulli plus Pfefferminztee, ich würde mich für Letzteres entscheiden.

»Du hast ’nen Ratsch am Kappes«, sagt mein Mann. Das ist Rheinländisch und bedeutet, dass er mich für verrückt hält. Als wir jung und kinderlos waren, schlug er mir jeden November vor, Richtung Äquator zu ziehen, irgendwohin, wo man das ganze Jahr in Flipflops rumlaufen kann: sein Traum vom Glück, mein Albtraum. »Ohne mich!«, rief ich und machte den Kamin an. »Niemals könnte ich glücklich sein, wo immer Sommer ist!«

Okay, auch ich finde es toll, wenn die Sonne strahlt und die Farben ringsum zum Leuchten bringt, wenn man sich von ihr wärmen lassen, in Straßencafés sitzen, Radtouren machen und Berge besteigen kann, wenn Blumen blühen, Bäume grünen und Vögel singen. Aber erstens bin ich sicher: Über dieses Sonnenschein-Draußensein-Ding freue ich mich gerade deshalb immer wieder so sehr, weil es hierzulande nicht selbstverständlich ist. Zweitens: Für all das bräuchte man den Sommer gar nicht. Ein schöner Frühling, ein schöner Herbst würden völlig reichen, mir jedenfalls. Denn das, was man allgemeinhin einen schönen Sommer nennt, birgt meiner Ansicht nach zu viel Unschönes, um ihn derart zu verklären, wie es mein Mann tut.

Die Hitze zum Beispiel, die aus einem Sommer einen angeblich sehr schönen Sommer macht, wozu soll die bitte gut sein außer dazu, dass man schwitzen, ständig Blumen gießen und sich nachts schlaflos im Bett wälzen muss? Lange Hitzewellen sind für mich im Alltag geradezu die Hölle: Je höher die Temperaturen, desto downer bin ich. Ab 25 Grad werde ich träge, ab 30 Grad schaltet sich mein Hirn aus, außer Seufzern kriege ich quasi nichts mehr zustande. Ich kann dann nur noch in einer schattigen Zimmerecke neben dem Ventilator hocken und hasserfüllt aus dem Fenster starren, wo die Welt im grellen, grausamen Supersommersonnenschein zu Staub zerfällt. Das deprimiert mich mehr als jeder Dauerregen.

Im Urlaub finde ich Hitze nicht ganz so schlimm, aber ich genieße sie auch nicht. Ich schleppe mich an den Strand oder See, springe ab und an ins Wasser und warte darauf, dass der sehr schöne Sommertag vorbei und endlich der laue Sommerabend da ist. Bei meinem Mann lösen laue Sommerabende die allergrößte, geradezu ekstatische Verzückung aus. Ein gut ziehender Grill, dazu zirpende Grillen und Gin Tonic mit Zitrone, das ist für ihn das Himmelreich auf Erden. Für mich ist es das Mindeste, das man nach einem heißen Tag erwarten darf, eine Wiedergutmachung nach langem Leid.

Aber auch wenn der Sommer nur warm, also normalschön ausfällt, hat das Nachteile. Bei Hitze und Kälte darf man, so die Etikette, im Haus bleiben, bei angenehmer Wärme nicht, da hat man möglichst viel Zeit auf dem Balkon, im Garten oder Park zu verbringen. Dort begegnet man Menschen, vor denen man sich eigentlich lieber weiter verstecken würde, Nachbarn zum Beispiel, mit denen man dann freundlich plaudern muss. Plaudert man nicht freundlich genug, verdirbt man es sich mit ihnen, plaudert man zu freundlich, wird man zum Grillen eingeladen. Beides doof.

Und die ganzen Open-Air-Kinos, -Konzerte, -Festivals! Im Sommer muss man plötzlich alles im Freien machen, muss draußen Filme gucken, Musik hören, feiern und danach im Zelt verschwinden, obwohl es viel gemütlicher wäre, es drinnen zu tun – auf dem Kinosessel, auf dem Sofa, im Bett. Vor allem muss man immer sommerlich gute Laune haben und ständig versichern, wie großartig das Leben mit kurzen Nächten und offener Terrassentür ist. Der Sommer ist eine Art Überjahreszeit, überfrachtet mit Heilserwartungen, auch das ein Nachteil: Wenn er nicht hält, was sein Mythos verspricht, herrscht allenthalben Jammern und Wehklagen.

Es gibt allerdings auch ein paar Dinge am Sommer, die ich sehr mag. Ich mag die großen Sommerferien. Die halb leere Stadt, wenn alle verreist sind. Gebräunte Haut. Ich mag Kirschen und Eisdielen, den Duft von Heu, wogende Getreidefelder. Und dass der Herbst nicht mehr fern ist.

DIANA HILLEBRAND

Leberkäs

Ludwig hatte das Fenster weit geöffnet. Doch statt der erhofften kühlen Nachtluft drang drückende Schwüle ins Schlafzimmer. Schon seit Tagen lagen die Temperaturen jenseits der dreißig Grad und München duckte sich unter einer Glocke aus Hitze. Die Christa hätte jetzt gesagt, er solle sich kühle Gedanken machen, aber die war ja nicht mehr da. Vor drei Jahren, da hatte er sie auf ihrem letzten Weg zum Ostfriedhof begleitet. Jeden zweiten Samstag besuchte er sie dort.

»Zefix«, schimpfte Ludwig in die Dunkelheit, weil ihr Tod immer noch in sein Herz stach. Er war deswegen sogar beim Arzt gewesen und hatte ihm die Stelle gezeigt.

»Hier sticht's«, hatte er gesagt und der Doktor hatte ihn genau untersucht. Doch gefunden hatte er nichts.

»Mit Ihrem Herzen ist alles in Ordnung, Herr Brandl. Da müssen Sie sich keine Sorgen machen. Allerdings sollten Sie auf Ihre Ernährung achten.«

Da hatte der Ludwig die Christa in seinen Gedanken lachen hören. In ihr Lachen hatte er sich verliebt damals, weil es so schön gluckste. Es begann ganz leise und steigerte sich von einem Kichern bis zu einem wahren Lachsturm. Christa hatte jeden damit angesteckt. Sie hatte sich in sein Herz gelacht, dachte Ludwig, und dass er jetzt doch ein bisschen sentimental wurde. So war er früher nicht gewesen, als sie noch da war.

Er drehte sich schwerfällig in seinem Bett herum. Obwohl er die Bettdecke längst ans Fußende geschoben hatte, war ihm furchtbar heiß.

»Diese verflixte Stadt ist ein Ofen«, motzte er in die fiebrige Stille hinein, dann stand er auf und ging ans Fenster.

Um die Straßenlaterne schwirrten Insekten, gegenüber im Hauseingang lungerten ein paar alberne Jugendliche herum. Wenn der Ludwig die Augen schloss, dann hörte er das tiefe Brummen der Stadt. So ganz ruhig war es nie. Christa nannte es das »ewige Lied der Großstadt«.

Christa. »Zefix.«

Ludwig wandte sich vom Fenster ab und schlurfte in die Küche. Er öffnete den Kühlschrank, obwohl er wusste, was ihn erwartete: zwei Helle, ein Stück Emmentaler, Geräuchertes, Butter und ein Viertel Bauernbrot. Dabei hatte ihm Christa immer gesagt, dass man Brot nicht in den Kühlschrank legen soll. Kalte Küche, kaltes Herz, dachte Ludwig. Und Christa pfiff ihn in seinen Gedanken an, er solle gefälligst nicht so einen Schmarrn denken.

Er stieß die Kühlschranktür mit Wucht zu. Gekocht hatte er noch nie. Das war immer Christas Sache gewesen. Dachte er an ihren Schweinsbraten, lief ihm das Wasser im Mund zusammen, und wenn er sich konzentrierte, glaubte er sogar, jetzt in diesem Moment jede Zutat zu schmecken. Es war immer Kümmel in der Soße gewesen und das Fleisch hatte so eine schöne resche Haut gehabt. Ludwig seufzte. Er hatte es ein paarmal im Wirtshaus versucht, aber an Christas Schweinsbraten kam keiner heran. Das war absolut aussichtslos.

»Dann mach dir halt einen abgebräunten Leberkäs«, hörte er Christa in seinem Kopf sagen.

»Ja, du bist gut! Wo soll ich denn jetzt an Leberkäs herbekommen?«, dröhnte Ludwig in seiner einsamen Küche herum. Dabei sah er in die Richtung, wo sie immer gesessen hatte.

»Zefix.«

Eine Antwort bekam er natürlich nicht und sein Herumschreien störte auch niemanden. Er hatte sich an seine Selbstgespräche längst gewöhnt.

»Ein bisschen Mühe geben musst dir schon«, ertönte prompt die Antwort in seinem Kopf und danach glaubte Ludwig ein glucksendes Lachen zu hören.

»Kann ja nicht so schwer sein, in München einen Leberkäs zu finden, oder?« Ludwig wusste nicht, ob er das jetzt selbst gedacht oder ob Christa ihm diesen Gedanken in den Kopf gesetzt hatte.

Jedenfalls zog er sich an und ging mitten in der Nacht los, um einen Leberkäs zu suchen. Denn wenn die Christa was sagte, dann wurde das auch gemacht. Zefix.

Es war kurz vor zwei Uhr und trotzdem nicht richtig dunkel, als Ludwig vor die Haustür trat. Diese Stadt schläft nie, dachte er, und dass es da doch bestimmt irgendwo einen Leberkäs geben wird. Die Jugendlichen aus dem Hauseingang waren weitergezogen, was er ein bisschen schade fand, denn die hätten vielleicht gewusst, wohin er gehen könnte. Er war ja schon lange nicht mehr richtig draußen unterwegs gewesen. Eigentlich blieb er lieber zu Hause. Aber wenn die Christa meinte, er brauche einen Leberkäs, dann musste er los, da gab's nichts.

Sie hatten sich das anders vorgestellt, der Ludwig und die Christa. Sie wollten es sich schön machen im Alter, wenn der Ludwig nicht mehr jeden Tag Bus fahren musste. Er hatte seinen Beruf gemocht, auch wenn es immer schwieriger geworden war mit dem vielen Verkehr und den ständigen Baustellen in München. Er hatte den Leuten die Türen geöffnet und in seinem Innenspiegel aufgepasst, dass alle einen guten Platz gefunden hatten. Und wenn Schulkinder dem Bus hinterhergerannt waren, hatte er immer angehalten, um sie noch einsteigen zu lassen. Dafür hatte er auch eine kleine Verspätung in Kauf genommen. Die holte er irgendwo schon wieder rein. Doch die glühenden Gesichter, die ihm dankbar zulächelten, waren es ihm wert gewesen. Leider hatten er und seine Christa keine Kinder bekommen. Das wär's halt gewesen – Kinder. Dann wär er jetzt nicht so allein, dachte Ludwig. Und dann, als es endlich ruhiger wurde und er seine letzte Fahrt gemacht hatte, war die Christa krank geworden. Bis heute brachte er es nicht fertig, ihre Krankheit beim Namen zu nennen. Sie war halt nicht mehr da. Zefix.

Aber irgendwie war sie halt doch da, und während Ludwig seine schweren Schritte durch das Westend lenkte, überlegte er, wann es angefangen hatte. Wann hatte die Christa das erste Mal mit ihm »gesprochen«?

Kurz nach ihrem Tod, am Anfang, da hatte es sich angefühlt, als wäre er in ein tiefes, dunkles Loch gefallen. Da drang kein Licht, kein Wort und gar nichts zu ihm durch. Sein Herz fühlte sich an wie ein Bröselschmarrn. Seine früheren Kollegen hatten sich dann und wann bei ihm gemeldet und festgestellt: »Dem Ludwig ist das Leben abhandengekommen.«

Manchmal klopfte die Monika von gegenüber bei ihm an und brachte was Selbstgekochtes.

»Ist zwar nicht von der Christa«, sagte sie dann und der Ludwig hätte sie am liebsten wieder zur Tür hinausgeschoben. »Aber die meint's nur gut«, flüsterte die Christa in seinen Gedanken und der Ludwig nahm den Teller an. Sobald die Tür zu war, versteckte er das Essen immer unten im Mülleimer. Es wär ihm halt wie ein Verrat an der Christa vorgekommen, wenn er das gegessen hätt. Später brachte er den Teller zurück und bedankte sich brav.

Nach einem Jahr hatte der Ludwig sein Herz leichter geweint und da ging es ein bisschen besser. Er hörte wieder die Glocken von St. Rupert herüberläuten, Vogelgezwitscher und da hatte die Christa auch das erste Mal mit ihm gesprochen. »Da hat man ja keine Möglichkeit durchzukommen, wenn du so dichtmachst«, hatte sie in seinem Kopf gesagt und der Ludwig hatte ihre Stimme genau erkannt. Verwundert hatte er die Kaffeetasse abgestellt und sich in der Küche umgesehen, ob sie vielleicht wieder da wäre.

»Natürlich bin ich da! Glaubst du, dass ich nach 45 Jahren Ehe einfach so verschwinde?«

Von da an hörte der Ludwig seine Christa immer wieder und das war ihm grad recht. Gelegentlich ging sie ihm aber ein bisschen auf die Nerven. Doch das getraute er sich nicht laut zu denken, weil die Christa ja in seinen Gedanken war und alles mithören konnte. Manchmal war es anstrengend, dann sollte er die Wäsche ordentlicher zusammenlegen oder mal wieder saugen. Doch was immer Christa ihm auftrug, Ludwig erledigte das sofort, weil sie sonst eh keine Ruhe geben würde.

Er stapfte durch die Nacht. Christa hatte schon recht gehabt mit seinem Hunger. Der machte sich jetzt mit einem mächtigen Magenknurren bemerkbar. Aber er hatte keinen Schimmer, wo er einen Leberkäs auftreiben sollte. Da sah er am Ende der Straße ein Licht und schritt entschlossen darauf zu. Doch als er näher kam, merkte er gleich: Das war kein Leberkäs, der da vor sich hin brutzelte, das war ein Dönerspieß. Die Halbstarken vom Hauseingang hatten sich hier versammelt und bissen in die Fladenbrote mit den saftigen Fleischstücken, Tomaten, Kraut und Zwiebeln. Ludwig hätte es schon genommen, aber die Christa meinte, dass er sich doch jetzt nicht so einen Schmarrn reindrücken wolle, und da ging er lieber weiter.

Er latschte ziemlich lange herum und verfluchte seine Frau, die eigensinnig wie ein alter Esel sein konnte. Sogar jetzt noch, wo sie in einem Grab am Ostfriedhof lag. Als er an einem hell erleuchteten Fast-Food-Laden vorbeikam, dachte Ludwig, dass er noch nie in seinem Leben so etwas gegessen hatte. Drinnen sah es einladend aus, warm und hell, aber die Gäste waren halb so alt wie er, und da traute er sich nicht, hineinzugehen. Er zweifelte auch stark daran, dass es einen Leberkäs gegeben hätte. Langsam kam er zu der Erkenntnis, dass das eine ziemliche Schnapsidee von der Christa gewesen war. Leberkäs mitten in der Nacht. Dreimal kam er an Dönerläden vorbei, zweimal gab es Burger und einmal gab es irgendetwas Mexikanisches. Aber einen Leberkäs, den fand er nicht.

Ohne es zu merken, war Ludwig dann zum Ostfriedhof gewandert, und wie es der Zufall wollte, stand ein Tor offen. Dieser Einladung folgend betrat er das Friedhofsgelände und fand auch in der Nacht ganz leicht das Grab von seiner Christa, denn der Vollmond strahlte hell vom Himmel herunter. Ganz still war es hier. Komischerweise sagte die Christa nie etwas, wenn er hier bei ihr war. Hier konnte er denken, was er wollte.

Er hockte sich vor den Grabstein.

»Zefix, Christa«, sagte er diesmal ganz sanft und dann: »ich mag nimma.«

»Das würde ich mir aber gut überlegen«, antwortete eine Stimme, und Ludwig erschrak so sehr, dass er auf seinen Hosenboden fiel. In dem Moment schälte sich eine Gestalt aus der Dunkelheit.

»Ich hab Sie gar nicht gesehen«, sagte Ludwig verdattert.

»Davon gehe ich aus«, antwortete die Frau und grinste. Es sah aus, als wäre sie von Kopf bis Fuß in bunte Tücher gehüllt.

»Was machen Sie denn hier um diese Zeit?«, fragte er barsch.

»Dasselbe könnte ich Sie auch fragen«, antwortete sie und setzte sich zu ihm auf den Boden.

»Genau genommen …«, sagte Ludwig, »genau genommen suche ich einen Leberkäs.«

»Auf dem Friedhof?« Die Frau lachte und ihre Armbänder klimperten. Das gefiel dem Ludwig. Es klang wie kleine Glöckchen.

»Ja, so ein Schmarrn, gell?«, lachte Ludwig mit, weil ihm klar wurde, wie unsinnig sich das anhören musste. Und obwohl ihn die Fremde neugierig ansah, wollte er nicht mehr dazu sagen. Er stand auf und klopfte sich die Hosenbeine ab. »Ja, dann …«

»Ich weiß, wo's einen gibt.«

»Einen was?«, fragte Ludwig.

»Einen Leberkäs.«

»Tatsächlich?« Die Frau stand ebenfalls auf, die bunten Tücher wehten im Nachtwind, die Armbänder klimperten, und Ludwig überlegte, ob das jetzt eine übersinnliche Erscheinung war.

»Also?«, fragte die Erscheinung.

»Also was?«, meinte Ludwig, der von seinen eigenen Gedanken schon ganz konfus war.

»Wollen Sie wissen, wo es einen Leberkäs gibt?«, fragte sie und betonte jede Silbe, als würde er ihre Sprache nicht sprechen.

»Ja.«

»Gut, dann sag ich es Ihnen.« Sie machte eine Pause und ein wichtiges Gesicht. Ludwig wurde das langsam zu bunt, doch er war auch neugierig.

»Und? Wo ist der Leberkäs?«

»Ich habe einen zu Hause im Kühlschrank.«

»Tatsächlich?«, antwortete Ludwig schon wieder, dem langsam mulmig zumute wurde.

Sie sah ihn forsch an. »Warum schauen Sie denn jetzt so erschreckt? Seh ich aus wie ein Gespenst, oder was?«

»Hmm«, machte Ludwig.

Da stemmte die Frau ihre Hände in die Hüfte, und Ludwig sah, dass das, was er zunächst für bunte Tücher gehalten hatte, eine weite Hose und eine Bluse waren. Sobald sie die Hände von ihrer Taille nahm, vereinigte sich alles zu einem wilden Durcheinander aus Farben. Die Frau seufzte.

»Wissen Sie was, wenn Sie wollen, dann geh ich jetzt und hol den Leberkäs und wir essen ihn zusammen auf der Bank da drüben.«

»Meinen Sie das ernst?«

»Natürlich«, sagte sie.

»Gut«, meinte der Ludwig, glaubte ihr aber kein Wort.

Nachdem sie ein paar Schritte gegangen war, sah sie sich noch einmal um. »Aber Sie dürfen nicht weglaufen!«

»Nein, nein«, sagte Ludwig.

Er ließ sie gehen und setzte sich auf die Bank. Seit

langer Zeit klopfte sein Herz wieder einmal so stark, dass er es spüren konnte. Es pochte wild gegen seine Brust. Er kam sich sehr lebendig vor, wie er da so auf der Bank saß. Und auch ein bisschen verrückt. So etwas konnte doch nicht passieren, oder?

»Was soll ich denn jetzt machen«, raunte er in die Dunkelheit. Auf einem Friedhof flüsterte er immer, auch wenn ihn niemand hören konnte. Doch er wollte die Totenruhe nicht stören. Totenruhe, dachte Ludwig. Stimmt, hier ist sogar die Christa still.

Es verging einige Zeit, in der er hin und her überlegte, ob er jetzt sitzen bleiben oder gehen sollte. Er konnte sich einfach nicht entschließen, aufzustehen und in seine einsame Wohnung zurückzukehren. Was machte es schon, wenn er hier noch ein bisschen wartete. Er war ein gestandener Mann und hatte nichts zu befürchten. Sein Magen knurrte. Er grübelte, und einmal stand er sogar auf, um loszugehen, doch dann setzte er sich wieder hin. Noch fünf Minuten. Die kommt eh nicht, dachte er.

Doch dann kam sie endlich zurück. Sie trug einen Korb bei sich und Ludwig konnte ihr Lächeln schon aus der Ferne erkennen.

»Wir beide sind schon ein bisschen verrückt«, rief die Frau ihm entgegen und dann war sie da und aus ihrem Korb roch es verführerisch nach gebratenem Leberkäs.

»Ist der warm?«, fragte Ludwig überrascht.

»Natürlich, was glauben denn Sie, dass ich uns einen kalten Leberkäs mitbringe? Hat ein bisschen gedauert, bis die Pfanne heiß war.«

Sie zog ein in Stanniolpapier eingewickeltes Päckchen hervor. »Hier, ich habe ihn schon in eine Semmel gelegt. Süßen Senf?«, fragte sie und sah ihm direkt in die Augen.

Ludwig nickte und beobachtete erstaunt, wie sie die Semmelhälften mit einer Hand geschickt auseinanderklappte und einen Löffel Senf auf den Leberkäs strich. Dann wickelte sie die Alufolie so um die Semmel, dass die eine Hälfte herausschaute, und reichte sie ihm. »An Guadn.«

Ludwig biss hinein und dachte im gleichen Moment, dass er schon sehr lange nichts so Gutes mehr gegessen hatte.

Das andere Päckchen nahm sie sich selbst und funkelte ihn an. »Das freut mich jetzt, dass es Ihnen so gut schmeckt.«

Eine Weile schwiegen sie und lauschten in den dunklen Ostfriedhof hinein. Und wie sie so saßen und an ihren Leberkässemmeln kauten, da schien es dem Ludwig, als bräche eine Mauer in seinem Herzen zusammen, und er fühlte sich angenehm leicht und frei.

Er erfuhr, dass die Frau Maja hieß und auch allein war. Aber so allein käme sie sich gar nicht vor, weil sie immer irgendetwas zu tun hätte.

»Mir fällt dann schon was ein«, erzählte sie, und dass man die Gelegenheiten nutzen müsse, wenn sie einem geboten würden.

Schnell waren sie beim Du angekommen und berichteten aus ihrem Leben. Dabei ließ der Ludwig seins ein bisschen spannender klingen, als es eigentlich war.

Er beobachtete Maja ganz genau, als sie berichtete, dass sie als Verkäuferin in einer Metzgerei arbeite und jeden Tag bestimmt mindestens hundert Leberkässemmeln über die Theke reiche.

»Deshalb esse ich eigentlich auch keine mehr«, plauderte sie weiter.

»Nicht?«, fragte Ludwig und sah auf die Semmel in Majas Hand, von der nur noch wenig übrig war.

»Nein, das ist wirklich seltsam«, sagte sie. »Stell dir vor, gestern habe ich das erste Mal überhaupt ein Stück Leberkäs mit nach Hause genommen.« Sie stutzte, sah den Ludwig forschend an und überlegte, ob sie ihn mit dem nächsten Satz eventuell verschrecken würde.

Doch als er ihr aufmunternd zunickte, fuhr sie zögerlich fort: »Ich weiß auch nicht, Ludwig, aber ich hatte das Gefühl, als würde mir doch tatsächlich jemand anschaffen, einen Leberkäs mit nach Hause zu nehmen …«

OLIVER USCHMANN & SYLVIA WITT

Gleich kann's losgehen

Wir sind kaum eine Stunde in dem Ferienhaus und schon kriecht Marius über den Teppichboden. Ich finde den Namen unpassend. Alt, aber nicht alt genug. Nicht so alt, dass es schon wieder Stil hat. Aber was weiß ich schon, mit sechzehn, in diesen Dingen. Schwarz glänzt die Haube, gierig schleckt er die Krümel vom Boden und drängt sich unter die Möbel, die bloß für zwei Wochen unsere sein werden. Mein Vater steigt derweil über ihn, hüpft und springt, er ist in wahrer Urlaubslaune, die sich bei ihm allerdings etwas anders gestaltet als bei den meisten Menschen. Marius ist so flach, dass er unter fast jedes Möbel passt, und so leicht, dass Papa ihn in den Koffer steckt, wenn wir in die Ferien fahren. Wir sind es gewohnt, Urlaub mit unserem Saugroboter zu machen.

»Wir wären dann jetzt so weit!«

Mama steht in der offenen Haustür, neben ihr Elias. Gefühlt war mein kleiner Bruder gestern noch vier. Tatsächlich ist er bereits acht, doch weiterhin recht klein, der Tennisschläger in seiner Hand wirkt absurd groß wie diese Schwerter von Manga-Figuren. Allerdings kann er ähnlich gut damit umgehen. Er will an den Strand, mit Papa spielen, die Linien des Centre-Court von Wimbledon in den Sand malen. Das Netz denken sie sich dazu. Landet ein Schmetterball weit weg im Meer, rennt Elias begeistert hinterher. Es geht ihm kaum ums Gewinnen, noch nicht, aber welcher Spieler er ist in seiner Fantasie, das weiß er ganz genau. Heute will er Carlos Alcaraz sein.

»Tobias!« Wenn meine Mutter Papa mit seinem Vornamen ruft statt mit »Schatz« oder »Schnuffel«, wird es ernst. Dabei kennen wir das alles schon. Doch Mama und Elias hoffen jedes Jahr, dass es sich ändert.

»Gleich kann's losgehen!«, antwortet mein Vater. Er hält ein Staubtuch in der Hand, eines dieser Dinger, mit dem sich alles trocken abwischen lässt, die gelben, mit sanftem Duft nach Limette. Auf den Zehenspitzen stehend zieht er das Tuch über den hohen Schrank im Wohnzimmer.

»Papa! Ich bin Carlos Alcaraz und du bist Holger Rune.«

Das klingt wie ein Wikinger aus einem Comic.

»Jetzt schaut euch das an.« Mein Vater steht in dem Durchgang zum Wohnzimmer und hält das Staubfangtuch in die Luft. Eben war es noch gelb, jetzt sieht es aus wie eine gerupfte Taube. »Das ist doch nicht normal. Das muss ich noch eben fertig machen.«

Mama seufzt und zieht Elias aus der Tür. Ich folge, aber nicht, ohne Papa noch einen Kopfschüttelblick zuzuwerfen. Er bemerkt ihn nicht.

Am Strand spielt ein gestandener Spanier wie Carlos Alcaraz auf dem Centre-Court von Wimbledon gegen eine Frau. Ich darf nicht Holger Rune sein, hat mein kleiner Bruder gesagt, aber immerhin sind die Grenzen zwischen Männer- und Frauentennis aufgehoben. Ich bin Coco Gauff, eine Amerikanerin, habe nie von ihr gehört, aber Elias sagt, sie sei klasse. Coco gibt Carlos ordentlich Zunder, aber dennoch schaut dieser alle paar Punkte zu dem Bohlenweg, der durch die Düne zum

Strand hinabführt, ob nicht doch noch Holger Rune eintrifft, ohne Staubfangtuch, aber dafür mit altmodischen Schweißbändern an Handgelenken und Stirn. Gnadenlos nutze ich die Unaufmerksamkeit und schlage eine Rückhand gegen Elias' Lauf. Der Ball springt ein paarmal auf und kullert an gestrandeten Quallen vorbei in die Gischt. Statt der kleinen Hand meines Bruders hebt ihn eine große auf. Das Wasser tropft vom gelben Filz wie von einem geduschten Küken, als ich den Weg der Hand über den Unterarm, den Bizeps, die Schulter und den Hals zum Gesicht verfolge. Hallo, denke ich und habe auf einmal mehr Puls als vom Ballsport. Der junge Mann gibt meinem kleinen Bruder den Ball zurück, als hätte ihn ein Regisseur in unsere Ferien hineingeschrieben. Die Augenfarbe korrespondiert mit dem Türkis des Meeres, Wasser tropft aus seinem Haar, seine Wangen wiederum wirken so süß, als stecke auch ein Hamster in dem athletisch-muskulösen Körper und nicht bloß so ein Bodybuilding-Billo. Wo gibt's denn so was?

»Dreißig fünfzehn!«, ruft Elias und schlägt auf. Ich verpasse den Return, schaue aber dennoch kurz weg. Der sportliche Muskelhamster ist verschwunden.

Als Holger Rune sich gestern Abend dann noch auf den Platz bequemte, war der Abend längst hereingebrochen über Wimbledon by the sea. Elias hatte mich knapp geschlagen, stapfte aber wortlos an unserem Vater vorbei, statt ihm von dem Triumph zu berichten. In der Pizzeria bestach Papa ihn mit einer zweiten kleinen Salami nach der Calzone und einem großen Schoko-Walnuss-Eis.

Nun ist es sieben Uhr morgens, und ein Röhren reißt mich aus einem Traum, in dem der Muskelhamster und ich durch die Dünen spazieren. Eine seiner Hände fächert durch den Strandroggen und die andere durch mein Haar, ich freue mich schon auf den Kuss, da röhrt dieser Lärm aus dem Mund meines nordischen Love Interest, wie man bei uns im Kreativschreibkurs der Schule sagen würde. Das Getöse stammt eigentlich von der motorisierten Heckenschere, die mein Vater draußen durch die Spitzen der Berberitzen jagt. Wutschnaubend stehe ich auf, doch Mama und Elias stehen bereits auf der Terrasse.

»Tobias, sag mal, hast du sie nicht mehr alle?«, schreit meine Mutter. »Du kannst doch nicht einfach die Hecke von unserem Ferienhausvermieter schneiden.«

Im schweißnassen Gesicht meines Vaters kleben Blätter und Zweige. Sein Kopf ragt von außen über die Hecke, er muss an der Straße auf einer Leiter stehen.

»Aber guck dir doch an, wie die aussieht.«

»Vielleicht will unser Vermieter sie genau so, Tobias.«

Mein Vater gestikuliert mit der Motorheckenschere, während er spricht. Als wäre das große Ding bloß ein Messer beim Frühstück.

»Da steht einfach alles kreuz und quer ab. Niemand kann das so wollen, Maike. Er wird mir dankbar sein.«

Elias zupft meiner Mutter am Nachthemd, als wäre er nun tatsächlich wieder vier. Wobei, was heißt hier Nachthemd? Zur weiten Stoffhose mit grauen Karos trägt sie ein übergroßes T-Shirt von Nirvana.

»Mama?«, fragt Elias, »gehen wir heute zur Flunder?«

Die Flunder wartet auf uns im örtlichen maritimen Museum. Die Einrichtung macht einen Kult aus ihr, hat sogar eine Flunder-Cam eingerichtet und einen Instagram-Kanal. Elias hing gestern lange darauf herum, während ich versucht habe, den Muskelhamster vom Strand in den sozialen Medien zu finden. Aber wie soll man suchen, wenn man weder den Namen hat noch ein

Foto? Ich könnte rauslaufen, rumlaufen, die Insel einfach stundenlang nach ihm absuchen, doch das ist nicht so einfach, wenn man sich ständig um seine Eltern kümmern muss.

»Ja, wir besuchen heute die Flunder, und dein Vater, der kommt auf jeden Fall mit, nicht wahr?«, sagt meine Mutter und blickt streng Richtung Hecke.

»Natürlich!«, tönt es hinter dieser hervor, »zum Frühstück bin ich hier fertig.«

Gegen Vormittag stehen Mama, Elias und ich auf der Straße vor dem Ferienhaus, flunderbereit. Mein Vater trägt immer noch die Gartenklamotten, eine grüne Latzhose und schwere Arbeitsschuhe mit Stahlsohle. Die Hecke ist ab und ein großer Berg von Grünschnitt türmt sich auf.

»Gleich kann's losgehen«, sagt mein Vater, doch ich sehe meiner Mutter an, dass sie ihre Hoffnung schwinden sieht. Sie mustert ihn angesäuert.

»Wo hast du überhaupt diese Arbeitskleidung her? Hast du die auch mitgenommen, wie den Saugroboter?«

Mein Vater zeigt auf die Hütte im Garten. »Da drinnen gefunden. Wo auch die Heckenschere lagert. Und das Zweitakterbenzin dafür.«

Er grinst. Ist aufrichtig stolz auf seine Leistung.

»Ich zieh mich schnell um«, sagt er, geht schon auf die Haustür zu, bleibt dann aber auf halbem Weg wieder stehen und betrachtet den Grünschnitt. »Obwohl ... das kann eigentlich nicht so da liegenbleiben.«

»Tobias!«

»Ja, was sollen denn die Nachbarn denken?«

»Es sind nicht unsere Nachbarn! Es sind die Nachbarn des Mannes, der uns hier in den Ferien wohnen lässt. Und die müssten gar nichts über Grünschnitt auf der Straße denken, hättest du ihm nicht die Hecke gestutzt!«

Mein Vater schürzt die Lippen. Dann bleibt sein Blick an einem Mann hängen, der mit seinem Hund den Bürgersteig entlangspaziert.

»Verzeihung.« Mein Vater winkt und zeigt auf den Berg aus Ästen, Zweigen und Blättern. »Wissen Sie, wo ich hier auf der Insel den Wertstoffhof finde?«

»Papa!«, ruft Elias aus, klar und empört, jetzt ist er zwölf. Meine Mutter zeigt die Straße hinab und läuft los. »Wir gehen zur Flunder.«

Das maritime Museum gibt sich wirklich Mühe, gar keine Frage. In riesigen Aquarien schwimmt alles, was auch draußen im Meer beheimatet ist, sogar kleine Haie. Manche Räume sind eingerichtet wie das Innere von Piratenschiffen. Dunkles, massives Holz, Kerzenlicht und schwere Schleppnetze an den Decken, in denen Seesterne hängen. Am Becken der Flunder steht ein Mann mit kurzen Haaren und Kinnbart. Sein Blick klebt in dem beige-goldenen Sand, aus dem das Tier nur selten auftaucht, doch gleichzeitig ist er ganz woanders. Vorhin stand noch eine rothaarige Frau neben ihm. Jetzt fingert er ein kleines Kästchen aus seiner Hosentasche, öffnet es und schließt es wieder. Ich kann den Ring darin erkennen. Er hat es bemerkt und lächelt, die Flunder im Blick.

»Der ist für gleich.«

»Bitte?«

»Der Ring.« Er deutet in Richtung der Toiletten, wohin die Rothaarige kurz verschwunden ist. »Ich mache ihr einen Antrag. Gleich, unten am Strand. Sie weiß es noch nicht.«

»Cool.« Ich seufze innerlich.

Behutsam steckt er das Kästchen wieder in die Tasche und mustert mich.

»Irgendwann hat mein Vater meiner Mama auch so romantisch einen Antrag gemacht. Jetzt staubt er Schränke ab und bringt seit Stunden den Grünschnitt zum Wertstoffhof.«

Der Mann schaut mich nachdenklich an. »Man muss uns erinnern«, sagt er.

»Wie?«

»Uns Männer. Man muss uns immer wieder erinnern. Wir fahren manchmal noch auf der richtigen Bahn, aber auf der falschen Spur.«

Bis zum Abend geben wir Papa eine Chance. Das muss man sich mal vorstellen. Sechs Stunden in einem maritimen Museum. Wir lesen jedes Schild drei Mal, haben High Scores in allen interaktiven Quizspielen. Die Angestellten gucken schon misstrauisch und halten uns langsam für gefährliche Sonderlinge. Als es dämmert, stehe ich vor dem Eingang und schaue zum Strand hinunter. Der Mann von vorhin kniet vor der Rothaarigen. In dem Moment stürmt mein Vater in das Gebäude. Drei Minuten vor Ende der Öffnungszeiten.

»Na, wo ist die geile Flunder?«

»Hier, Papa!«, ruft Elias und zerrt ihn zum Becken, will ein Selfie hinbekommen mit dem Vater, doch die Flunder zeigt sich nicht mehr, bleibt tief im Sand vergraben.

»Ich hoffe, der Grünschnitt hat seine Bestimmung gefunden?«, fragt meine Mutter und wartet seine Antwort gar nicht erst ab.

Es ist fünf Uhr morgens, als es im Ferienhaus hämmert. Nicht hart, wie wenn ein Stahlkopf auf Nägel trifft. Eher weich, wie von einem Gummihammer. Eben stand ich noch mit Ryan auf einem Floß. So habe ich ihn im Traum genannt, den Muskelhamster mit den Augen in Meerestürkis. Das Floß schaukelte auf den Wellen des Amazonas, Krokodile um uns, und in den Bäumen am Ufer turnten kleine Kapuzineräffchen. Ich will gerade fluchend meine Mutter rufen, damit sie sich um ihren Mann kümmert, da höre ich meinen Vater im Flur.

»Was soll das denn?«

Hallo? Wieso fragt er denn das? Ist er denn nicht derjenige, der den Lärm macht? Die Neugier treibt mich aus dem Bett, der Boden ist noch kalt. Barfuß auf echten Dielen. Ich öffne die Zimmertür. Im Flur steht Elias mit dem Tennisschläger und einem Ball. Er hat ihn zigfach gegen die Wand gespielt. Das war der Gummihammer. Meine Mutter erscheint in der Tür zu ihrem Schlafzimmer, die Augen stecknadelklein.

»Wir gehen jetzt Tennis spielen«, sagt Elias, »an den Strand. Ich bin Alcaraz, du bist Rune.«

»Elias«, seufzt meine Mutter, »es ist noch mitten in der Nacht.«

»Es ist früher Morgen«, erwidert dieser entschlossen, »und wenn ich länger warte, findet Papa wieder was zu tun. Also müssen wir anfangen, bevor er anfangen kann.«

»Oh, mein Spatz!«

Meine Mutter ist sofort hellwach, hockt sich neben meinen Bruder, umarmt ihn und sieht dabei Papa an mit einem Blick, der Bände spricht. Papa versteht sofort, dreht sich um und verschwindet im Bad.

Um sechs Uhr haben wir gefrühstückt, und Papa ist immer noch im Bad, wir alle kennen den Grund. Vor dem Fenster geht langsam die Sonne auf, Möwen kreischen in der Ferne, die Luft duftet frisch. Es könnte alles so einfach sein. Meine Mutter steht auf, geht zur Badezimmertür und hämmert auf das Holz.

»Tobias?«

»Gleich kann's losgehen!«

Sie drückt auf die Klinke, öffnet die Tür.

»Ich sag doch …«

Meine Mutter gibt einen seltsamen Laut von sich, wie eine Möwe im Sturzflug. Ich schaue nach, was los ist. Mein Vater hockt in der Dusche und pult Haarballen aus dem Siphon. Manche sind süchtig nach Zigaretten oder Glücksspiel, mein Vater ist süchtig nach Ordnung.

»Ich will auf den Sandplatz!«, klagt Elias.

Meine Mutter will was sagen, aber ich schiebe sie in den Flur zurück, flüstere »ich mache das« und schließe die Badezimmertür hinter mir. Richtige Bahn, falsche Spur. Ich setze mich neben Papa, schaue mit ihm auf den glitschigen Klumpen, den er aus dem Abfluss gefischt hat.

»Stell dir einfach vor«, sage ich, »der Staub auf dem Boden und auf den Schränken, das ist der Staub, den dein Sohn ansetzt, wenn du nicht mit ihm spielst. Und die ungeschnittene Hecke, das sind all die Fotos mit ihm vor einer Flunder oder einem Haifischbecken, die du nicht gemacht hast. Und der Dreck im Siphon, das ist all die Wut von Mama, dass du da bist, aber nicht da bist.«

Er nickt stumm und starrt auf den Klumpen in seiner Hand.

»Betrachte uns doch einfach als dein Projekt. Wir sind total unaufgeräumt, weißt du?«

Er rutscht auf dem Boden herum, will aufstehen und doch wieder nicht.

»Vorschlag«, sagt er, »ich rufe einen Inselklempner an, der den Rest erledigt. Da steckt noch mehr im Abfluss.«

Ich schaue ihn nur an.

»Was guckst du denn so? Die sind schon wach um halb sieben, Leonie, glaub mir.«

Papa hatte recht. Um halb sieben machte er einen Termin für den Mittag, um sieben stand er bereits am Strand und konterte als Holger Rune den ersten Aufschlag des unnachgiebigen Spaniers. Als Elias den ersten Satz mit 6:2 abschloss, fluchte Papa sogar auf Dänisch. Keine Ahnung, woher er das konnte.

Jetzt ist es Mittag und wir sitzen in der weißen Friesenküche, frische Brötchen auf dem Tisch und Matjesheringe, als es klingelt. Papa springt auf wie ein Kind an Weihnachten.

»Der Inselklempner!«

Er öffnet im Flur die Tür und ein etwas älter klingendes »Moin!« tönt herein. »Röhrich, Inselklempner. Sie sagten, es geht nur um eine kleine Reinigung, da habe ich meinen Auszubildenden mitgebracht.«

Der Handwerker erscheint vor der Tür zur Küche. Kurz darauf schiebt sich sein Azubi ins Bild, einen Werkzeugkoffer in der Hand. Mir fällt die Gabel mit dem Heringsstückchen aus den Fingern. Es ist mein Muskelhamster, mein türkisblauer Strandroggentraum, mein Amazonas-Floßsurfer. Erst erkennt er meinen kleinen Bruder, dann mich.

»Ihr seid die Tennisspieler!«

Er strahlt.

Ich springe auf, renne zu ihm und rufe: »Coco. Mein Name ist Coco Gauff.«

Oh Gott, was plappere ich da? Gleich wird er sich wegdrehen und mich auslachen auf dem Weg zum Badezimmer. Seltsamerweise bleibt er stehen, kratzt sich am Kinn und lächelt.

»Dann bin ich Carlos Alcaraz.«

»Nein!«, quietscht Elias entsetzt, »der kann nur ich sein!«

Das Lachen, das daraufhin unter uns allen ausbricht, macht mir Hoffnung, dass aus diesen Ferien doch noch was werden kann.

Mein Carlos verschwindet im Bad und stellt den Werkzeugkoffer neben der Dusche ab. Papa steht in der Tür, schaut zu ihm, schaut zu uns und flüstert:

»Ich zeige ihm nur eben, was ich schon gemacht habe. Gleich kann's losgehen.«

Aus dem Schlafzimmer hört man das Surren von Marius.

MALOU WILKE

Strandmeditation

Das Sonnenlicht spiegelt sich auf der blaugrünen Oberfläche des Meeres. Weißer Schaum kriecht über den Schlick auf meine nackten Zehen zu. Wo er wieder zurückweicht, sieht es aus, als schlürfe der Boden ganz flink die Feuchtigkeit ein. Der Sand unter meinem Badetuch ist fest und gibt doch nach, wenn ich mich bewege. Aber das tue ich kaum. Am Horizont die kastige Form eines Schiffs, drei Schornsteine vor dem tiefblauen Himmel. Wer weiß, was der Frachter transportiert. Zwei Kinder kreischen. Harmlos, ein gutes Stück entfernt, verzerrt vom Wind. Ist ein Erwachsener dabei? Etwas weiter weg am Strand flattern die Rüschen eines roten Sonnenschirms in den warmen Böen. Keine einzige Wolke zieht vorüber, nur Blau, so weit das Auge reicht.

Man sollte niemanden als toxisch bezeichnen, das ist nicht in Ordnung. Aber Roland ist toxisch. Ein Narzisst. Jovial, fast anbiedernd zu den Kunden, aber Worte wie Pfeilspitzen zu Kolleginnen und Kollegen. Zurückgegelte Haare. Wie sieht er sich wohl selbst?

Geht weg, seid ruhig, ich kann das jetzt nicht gebrauchen.

Das Schiff am Horizont bewegt sich nicht von der Stelle. Man kann die Rauchfahnen sehen, die aus den Schornsteinen aufsteigen. Eine Frau ruft etwas, es klingt nach einem Mädchennamen. Unter den Palmen in einiger Entfernung stromert ein ausgemergelter brauner

Hund umher. Die Sonne lässt die Sandkörner auf meinen Armen glitzern, meine angewinkelten Knie sind steif von der Reglosigkeit. Schweiß läuft mir über den Rücken. Ich hatte noch nie einen Badeanzug mit grafischem Muster. Nur aus den Augenwinkeln nehme ich die Farben wahr.

Du dumme Kuh!, hat er mir völlig unkontrolliert über den Flur nachgeschrien. Macht man das? Und der Chef – steckt den Kopf zur Tür heraus und guckt, dreht sich um und verschwindet wieder. Mit Roland will er sich nicht anlegen. Ich fand schon immer, dass er Ähnlichkeit hat mit diesem Diktator, der sein eigenes Volk umbringt, wie heißt er noch gleich, ich kann mir den Namen immer nicht merken.

Geht weg, ich kann euch nicht gebrauchen. Mein Urlaub ist zu kostbar.

Mein neuer Badeanzug. Ich muss ihn immer wieder betrachten, die Schleifen links und rechts, die hübsche Raffung, sehr schmeichelhaft.

Wieder kreischen die Kinder im Wasser. Eine Seeschlange mit roten Punkten, ein aufgeblasenes Einhorn, funkelndes Sonnenlicht mit jeder Bewegung unter der glühenden Sonne. Warum musste es Asien sein? Ich mag doch Hitze und Strand gar nicht so sehr. Aber weit weg ist gut.

Weit weg ist immer gut. Aber im Nachbarland hatten sie einen Putsch. Da hatte ich aber hier schon gebucht. Wer hat geputscht? Sicher das Militär. Die können dort nun auch nicht mehr in Frieden leben. Aber wer kann das schon? Es gibt immer mehr Unfrieden auf der Welt. In Kiew war ich erst vor ein paar Jahren noch. Das prachtvolle Höhlenkloster, die goldenen Kuppeln, meterhoher Schnee, alle Menschen dick eingepackt, warme Teigtaschen an einem kleinen Stand auf dem Platz da-

vor. Die Verkäuferin trug ein Kopftuch und hatte einen Goldzahn. Ihr Lächeln war wunderschön. Ob sie wohl noch lebt? Man kann so leicht zur falschen Zeit am falschen Ort sein.

Wenn es hier Haie gibt, ist die Wasserschlange mit den roten Punkten oder das aufgeblasene Einhorn auch zur falschen Zeit am falschen Ort. Was dann? Aufspringen, über den heißen Strand rennen, viel zu langsam, weil der Sand einen bremst. Im flachen Wasser schließlich größere Schritte. Die fremden Kinder packen, wenigstens eins, vielleicht ist noch jemand anders da, der hilft.

Dabei wollte ich doch eigentlich nur Salz auf der Haut spüren.

Die ganze Welt ist verrückt geworden oder war es schon immer. Jetzt bekommt man nur mehr davon mit, alles in Echtzeit. Irgendwo fällt immer jemand in ein anderes Land ein. Irgendwo leidet immer jemand. Schon die Großmutter hat davon erzählt, wie mit dem Einmarsch das Grauen kam. Rücksichtslos, wie Tiere. Tiere sind nicht rücksichtslos. Doch, die Natur ist grausam, schau doch nur genauer hin.

Geht weg. Ich will das jetzt nicht.

Ich drehe den Kopf, und mein Nacken knarzt, meine Augen brennen, so lange habe ich auf die glitzernde, ruhige Meeresoberfläche gestarrt. Ganz hinten wird sie tiefer, dunkler.

Was, wenn jetzt ein Tsunami kommt? Wenn das Wasser plötzlich zurückgeht, Meter um Meter. Würde ich das bemerken? Noch ist der Schaum zwei Meter entfernt. Was, wenn er noch weiter zurückweicht? Würde mir das auffallen? Wann war dieser furchtbare Tsunami auf Phuket? Auf den Videos aus den Hotelzimmern kann man sehen, wie das Wasser verschwindet, da, wo jetzt überall Meer ist, Fische schwimmen, Muscheln auf den

Grund sinken, das Einhorn und die gepunktete Schlange tanzen. Und dann kommt es zurück. Hoch wie eine Wand.

Nein, nein, lasst das, euch will ich nicht. Ihr macht mir meinen Urlaub kaputt! Schluss jetzt.

Ich lasse den Blick wandern, und da steht er. Ebenso unerwartet wie ein Tsunami. Die Sonne scheint auf sein hellbraunes Fell und lässt es glitzern. Ist es der Hund, der vorhin noch unter den Palmen nach Essensresten gesucht hat? Habe ich schon einen Sonnenstich? Herrje, bin ich blöd, nicht mal einen Sonnenhut hab ich auf. Aber die Friseurin im Hotel hat gestern ein Wunder vollbracht, das wollte ich nicht ruinieren. Dabei haben es die salzige Luft, Schweiß und Wärme doch eh schon zerstört. Das ist immer so im Urlaub am Meer.

Er steht nur da und schaut mich an, einen, zwei Meter entfernt, die Pfoten im heißen Sand; es scheint ihm nichts auszumachen. Die längliche Schnauze leicht geöffnet, hechelt er irgendetwas, was ich nicht verstehe. Schaut mich an aus goldbraunen Augen. Ich kann sogar die Wimpern erkennen. Er sieht mich durchdringend an. Seine Ohren sind spitz, das eine umgeknickt. Weil er noch ziemlich jung ist? Rasse undefinierbar. Das gefällt mir. Wahrscheinlich hat er das Beste von mindestens fünfunddreißig Rassen in sich.

Ich muss grinsen.

Meinst du, die Menschen in den Kriegsgebieten überall haben noch was zu lachen? Ich weiß nicht mehr, ob es in Ordnung ist, zu lachen oder zu lächeln oder sich einen neuen Lippenstift zu kaufen, wenn man doch weiß, wo wieder Hilfstransporte behindert werden und ganze Familien auf der Flucht sind. Je mehr man weiß, umso weniger ist es in Ordnung, wenn man sich über einen neuen Lippenstift freut oder einen Actionfilm im Kino anschaut.

Geht weg. Ich kann euch nicht gebrauchen. Ruiniert mir nicht den Tag.

Er macht einen Schritt auf mich zu, zögernd, hält die Vorderpfote in der Luft, ehe er sie wieder absetzt. Dann steht er wieder da, sieht mich an. Die Kinder im Wasser kreischen.

Was macht er da? Er senkt leicht den Kopf. Noch immer sieht er mich an mit diesem leisen Vorwurf im Blick. Sein langer, buschiger Schwanz ist nicht mehr zwischen den Hinterläufen eingeklemmt. Wenn ich etwas nach ihm hätte werfen wollen, um ihn zu vertreiben, hätte ich das längst getan, denkt er sich wohl. Er muss ein kluger Kerl sein.

Langsam, wie nebenbei, schiebe ich meine Hand in meinen Rucksack, angele die kleine Papiertüte mit Gebäck hervor, die ich mir auf dem Weg zum Strand gekauft habe. Ganz schön fettig. Seelennahrung, saftig und süß. Passt.

Seine Augen folgen meiner Bewegung. Hat er mich da, wo er mich haben wollte? Habe ich endlich begriffen, was er von mir braucht? Ich ziehe das Backwerk hervor, beiße ab. Er soll nicht denken, dass ich ihn vergiften will. Wenn er schon so schlau ist, dann ist er bestimmt auch vorsichtig. Also esse ich zuerst. Dann breche ich ein Stück ab und halte es ihm hin. Er schaut, rührt sich nicht. Er ist skeptisch, obwohl doch er zu mir hergekommen ist, nicht umgekehrt. Irgendetwas an mir muss ihm doch schon versichert haben, dass ich keine Mörderin bin. Die Sonne glitzert auf seinem Fell. Sein Gesicht ist hübsch.

Das Wasser hat sich nicht zurückgezogen. Kein Tsunami in Sicht. Graue, stumme Seevögel gleiten lässig auf dem Wind dahin. Die wären sicher auch schon weg, hätte weit draußen auf dem Meer die Erde gebebt.

Ich werfe das Stück Backwerk dem Hund sachte vor die Pfoten. Mit einem Happs ist es weg. Er muss hungrig sein. Wir wiederholen das Spiel, das für ihn keines ist, noch zweimal. Dann ist meine Hand leer, und ich ziehe das zweite Gebäck aus der fleckigen Tüte. Beiße ein Stück ab, ein kleines nur, zum Beweis meiner harmlosen Absichten. Ich bin ja nicht der hungrige Teil unseres Duos. Dann breche ich ein Stück ab, aber diesmal werfe ich es ihm nicht hin. Ich halte es, mache den Arm lang.

Du kannst einen Hund nicht mit ins Büro bringen, das weißt du schon, oder? Roland würde garantiert irgendeinen Passus finden, obwohl es ihn gar nichts anginge. Soll der doch seine hässliche Nase in seine eigenen banalen Angelegenheiten stecken.

Klappe! Wer redet denn davon, dass ich einen Hund mit ins Büro nehmen will? Welchen Hund denn überhaupt? Wir sind Tausende Kilometer entfernt am Strand!

Aber sicher. Hast du schon überlegt, was du brauchst, um ihn mitzunehmen? Glaubst du, du kannst so lange bleiben, bis der ganze Papierkram erledigt ist?

Geht weg. Ich will euch nicht zuhören. Ihr seid so negativ! Ich füttere nur einen Straßenhund. Dann gehen wir wieder jeder unserer Wege, er und ich.

Er hat sich dich ausgesucht. Wenn du ihn fütterst, wirst du ihn nicht mehr los.

Der Hund, mein neuer Freund, macht zwei weitere Schritte, streckt den Hals so weit vor, wie's nur geht, ohne seine selbstgesetzte Grenze zu überschreiten, fasst das Stückchen mit dem Maul. Ich spüre seinen Atem auf meiner Hand. Happs, hinuntergeschluckt. Langsam breche ich einen weiteren Brocken ab. Er setzt sich auf sein Hinterteil. Ich könnte schwören, er hat geseufzt. Behutsam nimmt er das Essen aus meinen Fingern. Sieht mich an.

Ich strecke die Beine aus, lege mich auf meinen Rucksack zurück, in der Hand den Rest des Backwerks. Die Sonne brennt mir ins Gesicht. Ich werde einen Sonnenbrand kriegen. Sei's drum. Es riecht nach Auszeit und fühlt sich warm an. Ich muss nur kurz die Augen schließen vor der Helligkeit.

Es ist, als käme ein Karussell zum Stehen.

Als ich aufwache, geht ein leichter Wind. Meine Hand ist leer. Ich hebe den Kopf. Der Frachter mit den drei Schornsteinen ist an den linken Rand des Horizonts gewandert. Die Kinder kreischen noch immer im Wasser. Was für eine Ausdauer. Heute Abend fallen sie bestimmt todmüde ins Bett. Ob der Hund noch in der Nähe ist? Oder ist er weitergezogen, um anderswo Kontakt aufzunehmen?

Ich wende den Kopf. Er liegt neben mir. Sein Fell glänzt. Bestimmt ist es weich. Der Blick seiner goldbraunen Augen ist auf mich gerichtet, ganz ruhig, still wie das Meer, die flirrende Hitze in der Luft, der Tag.

Ich strecke meine Hand nach ihm aus.

FLORIAN SCHNEIDER

Die Raupe

Sie setzen sich auf die kleine Steinbank, die Julian schon am Morgen ausgemacht hatte. Er war ohne Lara losgegangen und hatte die Bank auf dem Weg von der Bäckerei am Ende des Dorfes entdeckt, sich aber nur kurz hingesetzt, weil er seine Freundin keine Minute länger als nötig warten lassen wollte. Jetzt, am Abend, ist sie seine kleine Überraschung, diese Bank. Vom Küstenweg aus nicht gleich sichtbar und in den Felsen geschlagen, bietet sie zwei Menschen – frischverliebten Paaren wie Julian und Lara – einen einzigartigen Ausblick auf das Meer und auf die untergehende Sonne.

Die See ist absolut ruhig. Einige Schiffe sind in dunstiger Ferne auszumachen. Das Wasser glitzert, stahlblau und in einem Funken sprühenden Rot. Lara ist hingerissen von Julians Entdeckung. Sie schmiegt sich an ihn, sie küsst ihn. Julians Lippen sind taub von den vielen Küssen, die sie sich heute schon gegeben haben. Er erwidert ihren Kuss, aber er fühlt kaum etwas. Die Sonne ist ein roter Kreis.

Nur einen Moment, den Julian nicht zu Lara blickt, nicht zum verzauberten Himmel, sieht er zwischen seinen Füßen auf den glatten Steinplatten eine Raupe. Oder ist es eine Made? Nein, eine Raupe, sie hat den für Raupen typischen Raupengang, den rollenden Hügel, der durch den ganzen Raupenleib fährt, vorne beginnt, hinten endet und dann wieder von vorne anfängt. Eigenartig, diese Art der Fortbewegung, denkt Julian, elegant und mühselig zugleich, und aus dem Reflex seiner Verliebtheit heraus will er seine Gefährtin auf die Entdeckung aufmerksam machen. Dann aber bemerkt er, dass die Raupe, anders als er selbst, keinen ruhigen Abend hat. Sie ist auf der Flucht. Vor Ameisen. Die Ameisen sind hinter ihr, neben ihr, und einige der ganz schnellen Tiere schießen immer wieder zu ihrem Kopfende vor. Ein weiterer Moment, dann registriert Julian: Sie sind nahe daran, die Raupe einzukreisen.

Julian reißt sich los, den Blick wieder zum Himmel.

»Das sieht so schön aus«, sagt er. »Als hätte es jemand gemalt.«

Ihm fällt ein, dass Lara kurz zuvor dasselbe gesagt hatte. Sie stimmt ihm zu.

Sie sagt: »Ich möchte jeden Abend mit dir hier sein.«

Sie drückt seine Hand, die in ihrem Schoß liegt, ein Händedruck, der sagt, wir lassen uns nie wieder los, und Julian möchte sagen, dass er das genauso empfindet: das pure Glück ihres ersten gemeinsamen Urlaubs, ihres ersten gemeinsamen Sonnenuntergangs am Meer. Dass von hier aus alles seinen Anfang nehmen wird. Dass er sich freut auf die Zukunft, und es ernst meint. Mit ihr zusammenzuziehen, zu heiraten, Kinder zu haben, eine Zukunft vor sich zu sehen, in der alles möglich sein wird. Aber dass das Land, das sie heute in ihren Gesprächen zum ersten Mal gemeinsam betreten haben, ihn auch ängstigt und fremd ist und hinter den leichten Schritten des Anfangs eine Bürde lauert und eine Last, deren Gewicht gerade erst sichtbar wird.

Das alles möchte er ihr sagen, glücklich und verwirrt, wie er ist.

Er erwidert den Druck von Laras Hand, und ohne eine Bewegung des Kopfes zu machen, senkt er den Blick. Er zählt fünf Ameisen hinter der Raupe und mindestens noch einmal so viele, die sie seitwärts attackieren. Es sieht sehr planmäßig aus, was die Ameisen da tun. Julian erwartet jeden Moment die Niederlage der kleinen Raupe. Sie werden sie zu fassen kriegen, und so ist es auch richtig, so wollen es die grausamen Gesetze der Natur. Julian beschließt, seinen Blick auf den Sonnenuntergang zu richten und die Raupe ihrem Schicksal zu überlassen, ein für alle Mal.

Aber schon im nächsten Moment ist er wieder bei der Raupe. Der Anblick ist unerträglich. Julian fühlt ihre Angst, ihr gehetztes Herz – obwohl er Zweifel daran hat, ob Insekten überhaupt ein Herz haben –, er malt sich aus, was passiert, wenn die Raupe keine Kraft mehr hat und sich ihre Gegner zu Dutzenden auf sie stürzen und sie bei lebendigem Leib in ihren Bau transportieren, wo nichts mehr von ihr übrig bleiben wird. Fühlt eine Raupe Schmerz? Julian atmet tief ein, er hofft, dass Lara nichts davon merkt, nichts von dem, was ihr Glück stören könnte. Es scheint nicht so. Ihr Kopf ist gegen seine Schulter gelehnt, ganz entspannt.

Die Raupe soll ihn in Ruhe lassen. Vorhin war er auf ihrer Seite, aber jetzt will er, dass es einfach vorbei ist. Doch die Raupe gibt nicht auf. Schon eine kleine Weile haben es die Ameisen nicht mehr geschafft, auf ihre Höhe vorzudringen, und auch hinter ihr – so meint Julian – sind die Angreifer weniger geworden. Unermüdlich arbeitet der Hügel durch den Raupenleib, vorne beginnend, hinten endend. Die Raupe, sie hat wieder Oberhand.

Die Sonne leuchtet nur noch für sich selbst, ihre Strahlen versiegen. Grau ist jetzt das Meer, alles Funkeln verschwunden. Julians Hand immer noch in Laras Hand, ihr Druck, der die ganze Zeit nicht nachließ. Er gibt ihr mit seinen tauben Lippen einen mechanischen Kuss, sie lächelt ihn an, wie sie ihn schon hunderte Male heute angelächelt hat. An ihrem Lächeln liest er ab, dass sie von der Raupe nichts mitbekommen hat. Oder doch? Er kann an nichts anderes denken als an die Raupe. Wie ein Süchtiger schaut er wieder zu Boden. Die Raupe hat die Klippe erreicht, ihr Vorderteil bäumt sich auf und dreht sich in der Luft. Mit der Klippe hat sie offenbar nicht gerechnet, die kleine Raupe, sie weicht zurück. Da sind wieder die Ameisen. Noch einmal an anderer Stelle, dasselbe Manöver, auch dort kein fester Boden.

Die Sonne versinkt als glühende Sichel im Meer. Dann ist der Himmel ein öder Ort. Julian blickt zu Boden. Die Raupe ist weg.

Ein Wind kommt auf, wie häufig nach Sonnenuntergängen, und Lara sagt: »Mir wird kalt, lass uns gehen.« Julian legt seinen Arm um ihre Schulter, und sie verlassen die steinerne Bank. Auf dem Weg wird es Julian etwas leichter ums Herz. Die Raupe wird nicht gestorben sein von dem Sturz, zumindest nicht so sicher, wie sie zu Tode gekommen wäre, wenn die Ameisen sie zu fassen gekriegt hätten. Er nimmt sich vor, mit Lara heute Abend noch von dem, was er auf dem Stein dort unten gesehen hat, der Raupe und ihrem Kampf, zu sprechen. Etwas tief in seinem Inneren sagt ihm, wenn er nicht heute noch mit ihr darüber redet, wird er es niemals mehr tun. Was mit Bezug auf die Raupe, das wird ihm, je weiter sie sich von der Bank entfernen, auch klar, natürlich ohne Belang wäre.

PETRA RESKI

Canale della Giudecca

Das Boot hat mein Leben verändert. Sobald ich die Leinen löse und Richtung Lagune fahre, bin ich glücklich. Ich fahre Boot wegen des Gefühls der Freiheit, wegen der Illusion, dass ich, wenn ich nur wollte, einfach weiterfahren könnte, immer weiter, bis nach Griechenland oder Afrika, jedenfalls, wenn ich in Küstennähe bliebe. Ich meine, rein theoretisch wäre das ja möglich, auch wenn es sich bei meiner *topetta* nur um einen Zehn-PS-Motor handelt.

Alberto hätte mich verstanden. Er las Atlanten wie andere Leute Romane. Er kannte jede Hafeneinfahrt auf der Welt. Und das, obwohl er, soweit ich das beurteilen kann, Italien niemals verlassen hat. Ob er seine Atlanten mitgenommen hat, nach Mestre? Ob er noch darin liest?

Ich weiche den Wellen des Alilaguna-Boots aus und höre, wie mein Motor mitten auf dem Canal Grande anfängt zu stottern und dann verstummt. Mein Boot steuert angriffslustig auf einen Gondelserenadenpulk zu, aus dem *Ciao Venezia ciao ciao ciao* dröhnt – ein Gefühl, als würden die Bremsen versagen, während man sich auf der Überholspur der Autobahn befindet. Die Insassen der fünf Gondeln blicken mich verwundert an, während mein Boot immer näher kommt und ich hektisch versuche, den Motor wieder anzuwerfen.

Panisch versuche ich, die Havarie zu vermeiden, wobei ich prompt die Grundregel des Bootfahrens (Steuer in die Richtung ziehen, in die man *nicht* will) vergesse und in den Autofahrermodus verfalle, also das Steuer in die falsche Richtung ziehe, was aussieht, als würde ich, getrieben von einem bösen, vielleicht aus dem Internet heruntergeladenen Attentatsplan, extra auf den Gondelpulk zufahren. Ich sehe mich schon als Schlagzeile der Bild-Zeitung: *Deutsche Terroristin versenkt Touristengondeln im Canal Grande,* als der Motor eine Handbreit vor den Gondeln stotternd wieder anspringt.

Die hämischen Kommentare der Gondolieri und der in den Gondeln sitzenden Männer ignorierend, setze ich zurück und fahre, einen eleganten Bogen schlagend, weiter Richtung Lagune Süd.

Seitdem ich Boot fahre, habe ich Zugang zu einer Welt, in der ich als Mädchen gelte: Bei meiner ersten Durchquerung des Giudecca-Kanals höre ich einen Pfiff von einem vorbeifahrenden Lastkahn, ein Mann grinst und schreit: *Una fia che guida a manetta!,* was so viel heißt wie: Ein Mädchen, das mit Steuerhebel fährt!

Okay, auf die Schnelle kann er nicht *eine weibliche Person* statt *ein Mädchen* sagen, in Venedig herrscht auf dem Wasser ein ziemlich rüdes Patriarchat, ich würde sagen: nach Saudi-Arabien die letzte Festung.

Bootfahren ist hier Männersache: Frauen sitzen meist daneben und sonnen sich oder drapieren sich auf dem Vorschiff und sonnen sich auch. Bislang habe ich hier nur zwei Frauen gesehen, die ein Boot gefahren sind. Und die hatten ein Steuerrad. Eine Frau am Steuerhebel fällt hier noch auf. Aber die Bastion bröckelt: Neulich habe ich sogar eine Frau am Steuer eines Vaporettos gesehen. Wer weiß, wohin das noch führt.

Kurz vor der Bocca di Porto di Lido sehe ich einen Mann in einem tabakbraunen Taucheranzug im Boot sitzen, mit Fransen an den Ärmeln wirkt er wie eine geheimnisvolle amphibische Kreatur. Als ich mich ihm neugierig nähere, bellt mich der Amphibienmann vorwurfsvoll an, vermutlich, weil er hier mit einer Harpune auf Jagd geht, was eigentlich verboten ist.

Ich fahre weiter und lege unweit der Insel Sant'Erasmo an einer Dalbe an, hier ist es ganz still, keine illegalen Fischer fühlen sich von mir gestört, ein paar Rennruderer in roten Gondeln gleiten lautlos über das Wasser, das so still daliegt wie ein Silbertablett. Die Sonne ist in diesem Spätsommer noch so warm wie im August. Ich mache ein kleines Video von den eleganten Bewegungen der Rennruderer. Kein Kreuzfahrtschiff weit und breit.

Erleichtert löse ich wieder das Tau und fahre zurück nach Venedig. Im Boot habe ich immer so ein Was-kostet-die-Welt-Gefühl, vielleicht bin ich auch deshalb so verzaubert, weil ich erst so spät gelernt habe, Boot zu fahren. Ich bin noch ganz berauscht von meinem neuen Wissen.

Denn eigentlich hatte ich die Hoffnung auf ein Leben mit Boot schon längst aufgegeben.

Die halbe Welt denkt ja immer, dass alle Venezianer ein Boot haben, was aber keineswegs zutrifft. Ein Boot zu *haben* ist in Venedig kein Problem, das Problem ist, das Boot *loszuwerden.* Anlegestellen sind in Venedig so selten wie die Blaue Mauritius. Damit die Venedigmaschine in Betrieb gehalten werden kann, dürfen an den zahlreichen öffentlichen Anlegestellen nur Lastkähne anlegen. Nicht aber private Boote. Klarer kann man nicht ausdrücken, dass die letzten Venezianer für die Stadtverwaltung ein lästiges Hindernis sind, das es zu beseitigen gilt.

Jedes Mal, wenn es eine Ausschreibung für neue Anlegestellen gibt, rennen die Venezianer dem Rathaus die Türen ein, um dann, falls sie ausnahmsweise erhört werden, der schwarzen Maria in der Salutekirche eine Kerze anzuzünden. Und das, obwohl Anlegestelle nicht gleich Anlegestelle ist.

Rein theoretisch hätten wir sogar eine gehabt, direkt vor unserer Haustür, die liegt aber in einem schmalen Kanal voll mit Wassertaxis, Gondeln, Lastkähnen und vor allem Müllbooten, den Potemkin'schen Panzerkreuzern in venezianischen Kanälen. Und denen schon die Marmortreppe des gotischen Palazzos des Conte zum Opfer gefallen ist – einmal zurückgesetzt, und schon war sie weg. Deshalb ahnten wir, dass von einem kleinen venezianischen Fischerboot in diesem Kanal nicht viel übrig geblieben wäre.

Anders als auf dem Festland, wo jeder Anwohner ein Anrecht auf einen Parkplatz hat, ist eine Bootsanlegestelle in Venedig ein kostbares Privileg, über dem das »städtische Amt für Belegung des Wasserraums« wacht.

Es ist kein Recht, sondern eine Gnade. Die nach Kriterien erwiesen wird, die rätselhafter sind als schwarze Löcher im Universum.

Weil eine Anlegestelle unersetzbarer ist als das dort angelegte Boot, kommt nie jemand auf die Idee, sie aufzugeben, nur weil das Boot morsch oder der Besitzer gestorben ist. Das städtische Amt für Belegung des Wasserraums wird von dem Tod des Bootsanlegestellenbesitzers nichts erfahren. Bootsanlegestellen werden vererbt oder untervermietet. Wer ein altes, halb verrottetes Ruderboot hat, verkauft es für zweitausend Euro an jemanden, der sich damit das Recht erkauft, diesen Bootsanlegeplatz im Namen des einstigen Besitzers zu benutzen. Und natürlich dafür zu bezahlen.

Als uns unerwartet das Glück einer Anlegestelle beschieden wird, zünden auch wir der schwarzen Madonna eine Kerze an. Wo sich die Anlegestelle befindet, kann ich nicht sagen, für den Fall, dass Sie irgendwelche anderen Venezianer kennen, die dann neidisch werden.

Aber es gibt auch positive Seiten beim venezianischen Bootsverkehr: Dazu gehört, dass ich keinen Führerschein brauche. Der Motor meiner *topetta* ist so klein (Damen nennen keine Zahlen), dass ich nur etwas Praxis brauchte, zu der mir diverse Fahrlehrer verhalfen: Lauter Venezianer DOC, die nicht nur Boot fahren, sondern auch auf venezianische Art rudern können, *vogare.* In ihren Adern fließt Lagunenwasser.

Dass für Leute wie mich, die nicht mit einem Steuerhebel in der Hand zur Welt gekommen sind, Bootfahren in Venedig praktisch so etwas wie ein Krieg der Sterne ist, begriff ich zum ersten Mal, als ich kurz davor war, mit einem Ausflugsboot zusammenzustoßen, weil der Venezianer an meiner Seite als pädagogisch wenig ambitionierter Fahrlehrer die Idee hatte, meine erste Fahrstunde in den Giudecca-Kanal zu verlegen.

Die Aufgabe lautete: von einem Ufer zum anderen zu fahren. Der Grundgedanke: Was kann dabei schon groß passieren? Der Kanal ist breit genug, es sind keine Gondeln unterwegs, die sie versenken könnte, okay, ein paar Motorboote, aber sonst?

Na ja. Auf dem Giudecca-Kanal Bootfahren zu lernen, ist so, als würde man jemanden, der noch nie Auto gefahren ist, in Neapel ans Steuer setzen, wenn ein Erdbeben tobt und der Vesuv ausbricht: Unter dir bäumt sich die Erde auf, und du musst dich durch ein Feld voller Explosionen kämpfen, rechts und links vorbeirasenden Flugkörpern ausweichen und gleichzeitig unzählige Sattelschlepper im Auge behalten, die sich dir in den Weg werfen.

Während ich mich durch einen Wellengang wie am Kap Hoorn kämpfte, rief mir der Venezianer die Grundregeln des Bootfahrens zu, also dass man mit links steuert, was für Rechtshänder etwas gewöhnungsbedürftig ist. Genau wie die Tatsache, dass man den Steuerhebel in die Richtung ziehen muss, in die man nicht will. Einfacher wäre ein Steuerrad, aber Boote mit Steuerrädern sind etwas für die von den Venezianern verachtete Kategorie der Landratten, der *campagnoli,* der Landeier, die am Wochenende in protzigen Motorbooten wie Dampfbügeleisen durch die Lagune pflügen: der Mann am Steuer stehend, heroisch den Elementen trotzend, die Frau sich lasziv auf dem Vorschiff rekelnd.

Gebremst wird, indem man den Rückwärtsgang einlegt. Was besonders heikel ist, wenn es schnell gehen muss. Man lenkt in die Richtung, in die man fahren will, bewegt das Steuer also in die falsche Richtung, merkt das, reißt das Ruder herum. Aber das Boot fährt ungerührt weiter, und bremsen geht auch nicht, weil es eben keine Bremse hat, nur diesen blöden Rückwärtsgang, der aber auch nicht wie eine echte Bremse funktioniert. Panik.

Der Verkehr ist in Venedig genau wie an Land geordnet, also Rechtsverkehr, dozierte der Venezianer, eine Regel, die man komplett vergessen kann, weil hier nicht nur das Recht des Stärkeren gilt, sondern auch das der heiligen Gondel: Eine Gondel hat immer Vorfahrt, egal, ob sie von rechts oder links kommt. Und wenn sie einem entgegenkommt, muss man an der Seite vorbeifahren, wo ihr Ruder ist, und das ist links. Eine Schwierigkeit, die ich glücklicherweise vernachlässigen kann, weil sich wegen des Kap-Hoorn-Wellengangs überhaupt keine Gondeln mehr auf den Giudecca-Kanal trauen.

Während ich damit beschäftigt war, wie vom Venezianer instruiert, eine Welle schräg seitlich anzuschneiden und zehn weitere Monsterwellen aus allen anderen

Richtungen zu bewältigen, ausgelöst von unzähligen Lastkähnen, Vaporetti und Ausflugsbooten, drehte ich mich kurz um, blickte auf und sah einen gigantischen Wohnblock samt Einkaufszentrum auf mich zuschwimmen: die *MSC Musica*, mit einer Schiffsschraube von der Größe des Markusdoms. An diesem Wochenende legten zwölf Kreuzfahrtschiffe in Venedig an und wieder ab. Ich versuchte, Gas zu geben, und schien doch auf der Stelle zu dümpeln. Es fühlte sich an, als würde ich versuchen, einem Eisberg auszuweichen.

Aber am Ende schaffte ich es. Als ich am Ufer ankam, fühlte ich mich wie Vasco da Gama nach der Umsegelung des Kaps der Guten Hoffnung. So stolz war ich zuletzt gewesen, als ich das Große Latinum bestanden hatte.

Enrico war der Lehrer meiner zweiten Fahrstunde. Er war pädagogisch etwas ambitionierter als der Venezianer an meiner Seite. Das Lernziel der zweiten Fahrstunde lautete: Fahren und Wenden im *rio*. Das ist Zentimeterarbeit, weil die Kanäle (*rii* auf Venezianisch) oft schmaler sind als das Boot lang. Bevor wir losfuhren, war ich geheißen, die Grundlagen zu üben: vorwärts und rückwärts fahren, also praktisch mit dem Boot in die Anlegestelle rückwärts einparken. Ohne Bremse. Im Grunde also einfach. Seiltanzen ohne Netz kann man ja auch lernen.

Als ich das einigermaßen beherrschte, sollte ich mich im Kanal bewähren. Wobei ich zu Beginn etwas unelegant in einen Seitenkanal einbog. Genauer gesagt: Ich steuerte direkt auf die Ufermauer zu und scheuchte die dort sitzenden und picknickenden Touristen wie einen Taubenschwarm auf. Mein Fahrlehrer riss in letzter Sekunde das Ruder herum, die Touristen ließen vor Schreck ihre Pizzastücke in den Kanal fallen.

Kurz darauf kamen mir in einem engen Kanal rechts *und* links Gondeln entgegen, was die mühsam eingeprägte Regel »An der Seite der Gondel vorbeifahren, wo das Ruder ist«, also links, ad absurdum führte.

Piano, piano, sagte Enrico in diesem Ton, in dem man mit Leuten spricht, die auf einem Fenstersims stehen und in den Abgrund blicken, während ich mich mit starrem Blick zwischen den beiden Gondeln durchschlängelte.

Die Gondolieri beobachteten mich argwöhnisch. Aber ich bekam es hin. An den beiden Gondeln vorbeizukommen, ohne sie zu versenken, beflügelte mich so, dass ich an der nächsten Kreuzung irgendwo im Stadtviertel Cannaregio beim Einbiegen etwas, aber wirklich nur ein paar Zentimeter, zu weit ausholte und einen zu großen Bogen schlug. In diesen Bogen rauschte ein riesiger Lastkahn rein, ein *bragosso,* der aussah wie ein Wikingerboot.

Der Wikinger am Steuer beschimpfte mich auf Venezianisch. Ach Gottchen, kommt ja vor, dass man nicht ganz elegant einbiegt. Auch Enrico fand, dass dieser *bragosso* zu schnell fuhr und die Vorfahrtsregeln nach dem Recht des Stärkeren interpretierte.

Wir hatten den Vorfall schon fast vergessen und übten weitere Manövriermanöver in einem stillen Seitenkanal, als der Wikinger wieder anrauschte. Obwohl ich am Steuer saß, beachtete er mich nicht, ich war für ihn so interessant wie ein herumliegendes Tau.

Wie heißen Sie?, brüllte der Wikinger meinen Fahrlehrer an.

Erst mal möchte ich Ihren Namen wissen, sagte Enrico.

Darauf der Wikinger: Warum wollen Sie mir Ihren Namen nicht sagen? Sind Sie ein Mafioso?

Da war ich kurz davor, dem Typen an den Hals zu gehen, versuchte aber, wie es nicht meine Art ist, mich zurückzunehmen und mich weiter auf meine Rolle als herumliegendes Tau zu konzentrieren.

Der Wikinger tobte: Wir hätten ihm die Vorfahrt genommen und sein Boot geschrammt – wobei er auf eine verrostete Schramme an seinem Kahn deutete.

Das konnte ich nicht auf mir sitzen lassen. Ich war zwar etwas unelegant eingebogen, aber mit seinem Scheißding überhaupt nicht in Berührung gekommen.

Die Schramme ist uralt, sagte ich, das wissen Sie doch selbst!

Der Wikinger blickte erstaunt auf: Ein Tau, das spricht!

Aber das kostet Sie ja nichts, Sie haben doch eine Versicherung, sagte er seelenruhig.

Ich schnappte nach Luft, doch als ich noch nach einer Übersetzung für das Wort Versicherungsschwindel suchte, machte sich der Wikinger schon beleidigt davon.

Als er weg war, mischten sich ein paar Venezianer ein, die das Ganze vom Ufer und von Booten aus beobachtet hatten.

El xe matto, sagten sie auf Venezianisch, der Typ sei nicht ganz dicht und als solcher im *rio* schon bekannt.

Außerdem sei er früher Direktor einer Bank in Venedig gewesen. Und von denen erwartete man ja jede Schlechtigkeit.

Gestählt durch diese Erfahrungen, war ich wenige Tage später bereit für eine Fahrt durch das venezianische Bermudadreieck: das Markusbecken, Venedigs Verkehrsknotenpunkt. Neben mir saß wieder der Venezianer, der mir predigte, dass man hier nicht schneller fahren dürfe als sieben Kilometer pro Stunde. Was natürlich niemand beachtete.

Denn zwischen der einstigen Zollstation Punta della Dogana und dem Dogenpalast war alles unterwegs, was schwamm: Gondeln und Vaporetti, Kreuzfahrtschiffe und Schlepperboote, Autofähren, Barkassen, Ausflugsschiffe voller Tagestouristen aus Jesolo, Taxiboote voller Chinesen, Lastkähne voller Müll. Und ich. Die gegen den *moto ondoso* kämpfte, wobei das Wort Wellenschlag ein Euphemismus ist für das, was sich im Markusbecken abspielte.

Als wir auf der Höhe des Canale dell'Orfano waren, befahl der Venezianer: Fahr da mal in der Mitte durch.

Als regelbewusste Anfängerin protestierte ich. Wenn man sich in der Lagune nicht an die Fahrrinnen hält, die von den *bricole* gekennzeichnet werden, den in den Boden getriebenen Holzpfählen, geht es einem wie der Flotte der Franken, die an dieser Stelle, angeführt von Pippin, dem Sohn von Karl dem Großen, im Jahr 810 auf Grund gelaufen ist.

Der Venezianer mit dem Lagunenwasser in den Adern beschied jedoch: Jetzt ist Flut, du kannst ruhig durch die Mitte fahren!

Nach wenigen Metern gurgelte der Motor ziemlich komisch, und wir liefen auf Grund. Weil wir kein Ruder an Bord hatten, konnten wir nur hoffen, mit der Flut wieder freizukommen. Was Stunden dauern konnte. Wir zogen den Motor hoch, saßen etwas ratlos herum – und hatten Glück. Als wir herumruckelten, sahen wir, dass wir nicht ganz festsaßen, sondern nur im Schlick steckten. Also konnten wir den Motor anwerfen und wieder ins tiefere Wasser zurück. Am Ende war nur etwas Farbe vom Propeller abgesprungen.

Danach gestand mir der Venezianer, dass man mindestens einmal *in secca* geendet sein müsse, um im Boot glaubwürdig zu sein. Das sei praktisch also meine Feuertaufe gewesen.

Triumphierend fuhr ich weiter bis zur Bocca di Porto di Malamocco, einem der drei Zugänge zum Meer. Der Kanal war sehr tief, mit riesigen, langsam heranrollenden Wogen, was sich anfühlte, als befände man sich auf dem Rücken eines Ungeheuers, das versucht, einen abzuschütteln, worauf man mit hoher Geschwindigkeit in die Lagune katapultiert wird.

Die Autofähre von Alberoni bemerkte ich erst, als sie zweimal hupte. Wo will die denn hin?, fragte ich mich, die Passagiere der Autofähre starrten auf mich, ruderten mit den Armen und machten Fotos von mir, der Geisterfahrerin, die im Bikini (okay, es war sehr heiß) Boot fuhr und nicht merkte, dass sie der Fähre im Weg war, die anlegen wollte. Ich schaffte es gerade noch, Vollgas zu geben und in dem schmalen Streifen zwischen Ufer und Autofähre dem Zusammenstoß zu entkommen.

Nach dieser dritten Fahrstunde dachte ich, dass mich nichts mehr erschüttern könnte, und beschloss, alleine zu fahren. Allerdings hatte ich ein paar Kleinigkeiten übersehen. Erstens: Wie bekomme ich den Motor ins Wasser? Zweitens: Wo muss ich drücken, um ihn zu starten?

Ein paar SMS später wusste ich theoretisch Bescheid: Ein roter Knopf, ein schwarzer Knopf, ein Hebel. Irgendwo musste man drücken und gleichzeitig ziehen, um den Motor ins Wasser zu lassen – der mit seinen sechzig Kilo so schwer ist wie ein Christenmensch, wie man hier sagt.

Ich rüttelte am Motor, der Schweiß tropfte mir auf die Brille, und die Gondolieri vom gegenüberliegenden Ufer gaben mir Zeichen: Da ist ein Hebel!

Keine Spur von Hebel. Ich zog und zerrte am Motor, es tat sich nichts. Am Ende erbarmte sich ein Mann vom Bootssteg nebenan und ließ den Motor für mich ins Wasser.

Von meinem ersten Alleingang war ich so berauscht, dass ich prompt in einen falschen Kanal einbog, in dem mir ein stählernes Müllboot, vulgo der Panzerkreuzer Potemkin des venezianischen Bootsverkehrs, unzählige schwer beladene Lastkähne und zig Wassertaxis entgegenkamen.

Beim panischen Versuch, an die Seite zu fahren, blockierte ich den Kanal, hinter dem Müllboot staute sich im Nu der Verkehr, alle Männer starrten auf mich, während ich schwitzend versuchte, in dem Kanal zu wenden, der schmaler war als mein Boot lang. Ein Mann schrie: Leerlauf einlegen! Ein anderer gab meinem Boot einen Stoß, und irgendwann schaffte ich es, wieder herauszukommen.

Danach bog ich in den Kanal des Arsenale ein, wo mir die Wasserpolizei entgegenkam und mich fragte: Haben Sie eine Genehmigung?

Ja, sagte ich trotzig. Bis mir einfiel, dass ich mich auf militärischem Sperrgebiet befand, das man als Normalsterblicher nicht befahren darf, und Lügen keine Option war.

Neues Wendemanöver. Immerhin war der Kanal breiter. Eine Woche später hatte ich mich wieder erholt und wollte eine neue Runde drehen. Irgendjemand würde mir schon helfen, den Motor ins Wasser zu lassen. Im Zweifel könnte ich ja auf Blondine machen. Schließlich sind wir in Italien.

Mein Boot liegt da drüben, falls ich es nicht schaffe, können Sie mir eventuell helfen, den Motor ins Wasser zu lassen?, flötete ich einem der Gondolieri vom Anleger gegenüber zu. Der schickte mich zu einem Kollegen vom Fährdienst.

Der Fährdienst ist dafür gedacht, den Canal Grande da zu überqueren, wo keine Brücke ist. Die Gondolieri hassen den Fährdienst der *traghetti* wie die Pest. Es ist ein Dienst, zu dem sie die Stadtverwaltung verdonnert, ein Rudiment aus jener Zeit, als Gondeln noch ein echtes Transportmittel waren und kein *Schaukelstuhl für Idioten*, wie sie der Futurist Marinetti nannte. Früher gab es überall am Canal Grande Fährdienste, heute nur noch am Campo Santa Maria del Giglio, an der Riva del Carbon neben dem Rathaus, in Santa Sofia, um zum Rialtomarkt zu kommen, in San Tomà und an der Punta della Dogana, um die Salutespitze mit San Marco zu verbinden.

Der Fährdienst kostet siebzig Cent für Venezianer und zwei Euro für Besucher, weshalb die Gondolieri praktisch nichts damit verdienen – jedenfalls gemessen an ihrem gewöhnlichen Verdienst, der in der Hochsaison, die hier praktisch das ganze Jahr andauert, leicht bei tausend Euro pro Tag liegt.

Folglich boykottieren die Gondolieri den Fährdienst, wo immer es geht, indem sie ihn früher einstellen oder einen ewig am Ufer warten lassen, bis sich nach einer Viertelstunde genügend Leute angesammelt haben, die es wert sind, übergesetzt zu werden.

Der Kollege vom Fährdienst lehnte bedauernd ab und berief sich dreist auf den öffentlichen Dienst: Er könnte seine Pflicht nicht einfach vernachlässigen, um hergelaufenen Blondinen (meine Interpretation) ihren Motor ins Wasser zu lassen.

Kein Problem, sagte ich. Und spürte, wie eine unheimliche Kraft in mir wuchs: Ich stieg in mein Boot, stemmte mich mit beiden Beinen gegen das Heck, drückte den Hebel und zog am Motor, der mir wie von Zauberhand gehorchte und widerstandslos ins Wasser glitt.

Dann ließ ich den Motor an, fuhr wie eine Königin an den Gondolieri vorbei und dachte: Ihr Scheißkerle.

CONNY FROM THE BLOCK

Montag – hilft ja nüscht

Nachdem ich den gesamten Sonntag damit verbracht habe, die Fressorgie vom Vorabend zu verdauen, geht es nun in eine neue Runde. Eine neue Runde voller Glück, Freude und Motivation. Montagmorgen.

Mein Wecker klingelt um fünf. Im Laufe der letzten Jahre habe ich mir abgewöhnt, die Schlummertaste zu benutzen. Kinder, ick sag's euch! Diese Schlummerfunktion hat so einigen von uns schon das Genick gebrochen. Lasst es sein und stellt den Wecker einfach ein bisschen weiter weg – meine Empfehlung!

Morgens geht bei mir die Welt unter. Jeden Morgen, wenn ich mich aus dem warmen Bett quäle, zerplatzt ein kleiner Kindheitstraum. Nein, ich bin nicht reich. Und ich bin auch keine Prinzessin. Ich habe immer noch nicht geerbt oder nen reichen Kerl geheiratet. Das Klingeln dieses Weckers reißt mich nicht nur aus meinem Schlaf, sondern holt mich immer wieder zurück auf den Boden der Tatsachen.

Stellen sich reiche Menschen eigentlich noch den Wecker? Würd ick ja im Traum nicht tun! Würde nur noch schlafen, essen und dann wieder schlafen.

»Na jut, hilft ja nüscht, Conny.« Dieser Satz ist mein Morgencredo. Mein Motivationsspruch, mein Mantra: »Hilft ja nüscht.« Kannste fast überall anwenden, wo du kein Bock verspürst.

Jeden Morgen dasselbe: Licht an. Radio an. Kaffeemaschine an. Blick in nen Spiegel: Um Jottes willen! Versuche also, die Kaffeetasse in der einen und das Puderschwämmchen in der anderen Hand, den Kissenabdruck auf meiner linken Wange zu retuschieren. Sieht aus wie ne kleine Landkarte. Könnt ich eigentlich auch so lassen. Dann zeige ich nachher aufm Amt einfach mit dem Finger auf mein Gesicht und helfe verirrten Bürgern, die die Besucherklos suchen. Hier entlang quasi. Kann ich ja im Montagsmeeting, das Ronja uns eingebrockt hat, anbringen, diese Idee. Ist doch innovativ.

Bekomme es also gerade noch so hin, mich anzuziehen, und dackle Richtung U-Bahn.

Oma Walli! Denk an Oma Walli, Conny! Haste ihr versprochen, dass du dich drum kümmerst.

Ankommen im Büro, es ist 6:30 Uhr. Kann ich jetzt schon in dem ollen Wohnungsamt anrufen? Ist Montagmorgen, da wird jemand da sein. Ist immerhin ne Behörde, da geht's früh los. Bin immer noch sauer, wie man ner alten Frau einfach so das Wohngeld kürzen kann. Die Frau lebt mit sechsundachtzig Jahren am Existenzminimum und ist auf dieses Geld angewiesen. Zumal ich ihre Unterlagen ja persönlich im Behördenbriefkasten eingeworfen hab.

Diesen Anruf und alle weiteren persönlichen Erledigungen, die mit Papierkram zu tun haben, erledige ich übrigens konsequent im Dienst. Na, wattn? Schlage mich so schon den ganzen Tag mit Bürokratiekram rum, da muss ich nicht noch nach Feierabend Kopfschmerzen davon kriegen.

Und, nein. Dieses Mal werde ich nicht vom Handy aus anrufen, sondern schön vom Dienstapparat. Da erkennen die nämlich sofort an der Nummer, dass da ne andere Behörde anruft. Da wird dann ganz schnell rangegangen.

Alle kennen die Vorurteile über uns. Niemand will sich aber, verständlicherweise, diesen Schuh anziehen. Wir tun also immer alles dafür, möglichst besser als das andere Amt dazustehen. Ist ne Amtskrankheit.

»Also, bei uns is dit ja nich so wie mit die Termine bei die Bürjerämter. Da kriegste janz schnell eenen.«

Ach, komm, Beate XY aus Behörde YZ. Erzähl ma doch nüscht! Is doch allet eene Suppe, denke ich mir regelmäßig in irgendwelchen bezirksübergreifenden Gesprächen. Schön für dich, dass ihr schneller Termine habt. Wir landen trotzdem beide in der Unfreundliche-Beamten-Schublade.

Kannste nüscht machen.

Sitzen doch im selben Boot, diese Konkurrenz zwischen den Ämtern versteh ick nicht. Na ja, auf jeden Fall werde ich diesem Sachbearbeiter, der Oma Walli zu Unrecht das Geld gekürzt hat, mal zeigen, wo der Hammer hängt.

Gisela läuft irritiert an mir vorbei, weil ich diesen Morgen nicht gegrüßt habe. Bin sauer. Weil sie aber selbst ne alte Grummelfee ist, hat sie am meisten Verständnis für schlechte Laune. Schüttelt den Kopf, zuckt mit den Schultern und läuft weiter.

Ich wähle die Nummer, die auf Wallis Bescheid steht, und bin bereit. Bereit für den Einzelkampf. Los, geh ran! Trau dich! Na komm, wat los, haste Schiss?

»Häusler, guten Morgen, wie darf ich denn weiterhelfennnnn?« Der melodische Singsang strömt in mein linkes Ohr. Igitt! Hat der gute Laune, oder wat?

»Hastn Clown jefrühstückt, Kolleje?«, platzt es aus mir heraus. Halt ich nicht aus, so was. Montagmorgen und der singt mir da in den Hörer. Der soll sich lieber konzentrieren und anständige Bescheide erstellen!

»Entschuldigung, bitte wie?«, antwortet er irritiert.

»Ja, Morgen erst mal. Ick ruf hier in privater Sache an. Jeht um meine Nachbarin Waltraud Mayer. Die ist sechsundachtzig Jahre und hat dit Wohnjeld jekürzt bekommen. Von IHNEN.«

Stille am anderen Ende der Leitung. Der Kollege will sich das anscheinend erst mal genauer anhören. Dann pfeffert er zurück, ich weiß es. So freundlich, wie der ans Telefon gegangen ist, kann's natürlich auch sein, dass er ganz neu ist. Dann kann ich die ganze Geschichte gleich noch mal erzählen, und zwar seinem Vorgesetzten.

»Na ja, eigentlich kann ich Ihnen da datenschutzrechtlich keine Auskunft zu geben. So leid es mir tut«, stammelt der Sachbearbeiter.

Nee, Mausi. Du bist da, um Sachen zu bearbeiten. Und die bitte richtig. Gloob, ick spinne. Ich sage: »Ick bin ne Kollegin und rufe vom Dienstapparat an, mein Juter. Hörn Se mir uff mit dem Datenschutz jetze. Die Frau is sechsundachtzig und schwerhörig. Sie wollen janz sicher nich mit der telefonieren! Dit können Se mir aber glooben! ... Ja, Mayer, jenau. Waltraud Mayer. Nee, nich mit ›ei‹. Mit ›ay‹. MAYER.«

Mann, ey, kann dit denn so schwer sein?

»Ick hab die Unterlagen von der Frau persönlich einjeworfen bei Ihnen. Und jetzt schreiben Se hier, dass nüscht da is. Wie kann dit sein? Verbrennen Se den Posteinjang bei Ihnen direkt oder wie soll ick dit verstehen? Wird dit gleich jeschreddert? Machen Se dit mit die Bürjer so, ja?« Ich ziehe den Typen gleich durchn Hörer, weiß doch, wie die arbeiten. Wallis Unterlagen liegen sicher in irgendner Umlaufmappe unter irgendnem Berg von anderen Akten, und obendrauf steht ne Kaffeetasse mit nem traurig guckenden Comicschaf drauf und dem Schriftzug »Ohne dich ist alles doof«.

»Wir haben tatsächlich keine Unterlagen von Frau

Mayer bekommen, liebe Frau Kollegin. Ich muss Sie enttäuschen«, sagt Sachbearbeiter Häusler am anderen Ende der Leitung.

Während ich mich mental auf meinen nächsten Ausraster vorbereite, um diesem Saftladen mal ordentlich zu zeigen, wo der Hammer hängt, ploppt eine neue E-Mail auf meinem Bildschirm auf: »Wahlhelfer:innen gesucht«. Ich zucke zusammen. Wahlhelfer? Wahlen. Briefwahl. Brief. Umschläge.

»Ick hör mir dit nich länger an, Herr Häusler. Ick will jetze ma Ihre Gruppenleitung sprechen. Reicht mir jetze«, sage ich und mache gleichzeitig mit meinem linken Fuß die unterste Schublade meines Rollcontainers unter dem Schreibtisch auf. Um Gottes willen, Conny! Biste jetzt völlig verhuscht, oder wat?

»Herr Häusler, ähm. Ick, ick hab jetze gleichn wichtijet Telefonat. Ick bin noch nich fertig mit Ihnen. Dit wirdn Nachspiel haben. Ick melde mich.« Ich lege auf.

Ich Vollhorst! Ich dumme Schnepfe! Da liegt er. Der Brief mit den angeforderten Unterlagen von Oma Walli. In meiner Schublade. Ich war mal wieder so überdurchschnittlich engagiert, dass ich Oma Waltrauds Umschlag zur Briefwahl mitgenommen habe.

»Schmeiß ick für uns beede in Briefkasten, die Umschläge, Walli. Is ja uffm Arbeitsweg!« Ich muss die Umschläge vertauscht haben. Das Wohnungsamt hat jetzt zwei Umschläge mit unseren Stimmen zur Berliner Wiederholungswahl. Und das Wahlamt janüscht.

Nee, super, Conny! Haste richtig klasse hinjekriegt! Aus dir könnte mal so ne richtig jute Beamtin werden. Ich schiebe die Schublade leise wieder zu. Janz leise. Das wird niemals jemand erfahren. Weder das Amt noch Walli. Ick lass dit jetze einfach ruhen. Ich kann doch da nicht noch mal bei dem anrufen und zugeben, dass das meine eigene Dummheit war. Vorher fress ich nen Besen! Ich lasse alles so, wie's ist.

Mein Telefon klingelt. Der Häusler. Komm, Conny, du ziehst das jetzt durch. Du hast alles fristgerecht abgegeben. Glaub dran!

»Liebe Frau Kollegin, Häusler noch mal am Apparaaaat.« Der ist immer noch gut drauf, der Sack.

»Ich hab mir die Akte jetzt in Ruhe angeschaut und die Unterlagen fehlen tatsächlich.«

Na, Meister. Die liegen ja auch bei mir in der Schublade!

»Wir Behördenmenschen müssen zusammenhalten. Ich finde das immer ganz schlimm, wenn man sich nicht gegenseitig hilft, wo man kann, wissen Sie? Und ich möchte Ihnen gern weiterhelfen. Einfach im Sinne einer guten Dienstleistung!«

Ja, genau! Dienstleister biste! Hab nämlich eigentlich gar nix falsch gemacht, Häusler!

»Die liebe Frau Mayer kann also gern die Unterlagen nachreichen, und ich zahle ihr das Wohngeld rückwirkend aus! Und Ihnen wünsche ich jetzt einen ganz tollen Start in die Woche und viele liebe Bürger!« Er legt auf.

Dieser Schleimbolzen! Dass der nicht ausrutscht auf seiner Schleimspur. War der jetzt nur zu mir so nett oder ist der das grundsätzlich? Ist ja ekelhaft. Sachberarbeiter Häuslers Verunsicherung über seine eigene Schusseligkeit bügelt meine also wieder aus.

Und rettet mir den Arsch.

Glück gehabt, Conny!

MARKUS ORTHS

Achtzehn Flaschen Wein

Der ehemalige Lehrer Martin Kranich hat ein Buch über seine Zeit in der Schule geschrieben. Er findet für seine Schulgeschichten *einen Verlag und einen Verleger, der sich »V« nennt. Im Roman* Hirngespinste *begibt sich Martin Kranich mit diesem Buch auf Lesereise.*

Ich bereitete mich minutiös auf die Lesungen vor. Ich übte stundenlang und filmte mich selbst, so, wie ich es im Referendariat gelernt hatte, sah mir das Video an und verbesserte meine Mimik und Gestik, trug Atemhol-, Laut/Leise- und Schnell/Langsam-Zeichen in mein Buch ein, malte kleine Augen und Wassergläser an den Rand, um beim Lesen nicht zu vergessen, ab und zu ins Publikum zu blicken oder einen Schluck Wasser zu trinken, ja, ich übte selbst das Wassertrinken vorm Spiegel, weil es, wie ich ahnte, nichts Peinlicheres geben würde, als beim einsamen Wassertrinken von den Zuhörern beobachtet zu werden und sich dabei zu verschlucken. Ich bereitete mich auf alle möglichen und unmöglichen Fragen der Zuhörer vor, schrieb detaillierte Antworten und lernte sie auswendig, inklusive einiger Ähs, um den Eindruck zu erwecken, meine Antworten entsprängen *ad hoc* dem Quell des Denkens.

Und dann ging es los. Dieses krampfhafte Die-Leute-Zählen! Dieser quälendste aller Autorenzustände! Vor der Lesung steht man herum, mit dem Buchhändler, draußen, beim Buchladen, schon ein Glas Wein in der Hand, und man wartet darauf, dass der Buchladen sich füllt, was aber nicht geschieht, oder wenn, dann nur tröpfelnd, man steht dort, innig verbunden mit dem Buchhändler, dem es genauso ergeht, man bedauert den Buchhändler, weil ihm so viele Bekannte kurzfristig abgesagt haben, wegen Länderspiel, Erkrankung, Korrekturen, und der Buchhändler zeigt zum Himmel und weist händeringend auf den Wetterumschwung, auf den Spätsommerabend oder den Wintereinbruch, man steht dort, am Eingang der Buchhandlung, meist in der Fußgängerzone, es ist halb acht, der Laden leer, es wird zwanzig vor acht, der Laden immer noch leer, nur die Mitarbeiter des Buchhändlers und der Buchhändler, es wird Viertel vor acht, und endlich, da kommt eine Frau, sie geht schnurstracks auf die Buchhandlung zu, ein Gast, denkt man, ein erster zahlender Gast, sie kommt rein, aber sie zahlt nicht, es ist die Frau des Buchhändlers oder seine Schwester oder seine Cousine, und während man da steht und dem Buchhändler zuhört, hört man eigentlich überhaupt nicht dem Buchhändler zu, die Ohren sind samt und sonders nach hinten gerichtet, um zu lauschen, ob sich nicht doch noch Schritte von Lesungsbesuchern nähern, und während man dasteht und den Buchhändler anschaut, schaut man eigentlich überhaupt nicht den Buchhändler an, sondern schaut durch den Buchhändler hindurch oder am Buchhändler vorbei, hin zu möglichen Zuhörern, die kommen könnten, aus den Augenwinkeln heraus beäugt man die Umgebung, am liebsten würde man die vorbeigehenden Leute mit vorgehaltener Pistole in den Laden zwingen, nur damit überhaupt jemand drinnen säße, aber jetzt, dahinten, da kommen sie endlich, zwanzig Mann, aber fast nur Frauen, strammen Schritts kommen sie, direkt auf die Buchhandlung zu, das wird der Literaturkreis sein, denn in jeder Stadt, in jedem Dorf gibt es einen Literaturkreis, doch die zwanzig Leute gehen an der Buchhandlung vorbei, und man hört eine Stimme aus dem Pulk, »Das ist vielleicht das letzte Mal, dass wir den Ranicki live erleben können«, und der Buchhändler sagt, ja, das hätte er leider nicht gewusst, aber heute lese parallel im großen Theater Marcel Reich-Ranicki aus *Mein Leben.*

Um genau zu sein, waren es zwei Lesereisen. Eine kürzere (drei Wochen am Stück) und eine längere (sechs Wochen am Stück). Knapp sechzig Lesungen! Das hatte mir mein Agent vertraglich zusichern lassen. Auf meiner ersten Lesereise graste ich den nord-, ost-, mittel- und westdeutschen Raum ab, auf meiner zweiten den bayerischen, samt Österreich. In Baden-Württemberg selbst gab es keine Lesung, weil, wie es hieß, ich das baden-württembergische Schulsystem mit meinem in Göppingen spielenden Buch auf irreparable Art und Weise denunziert hätte.

Wie sich herausstellte, hatte die Sache mit den Lesereisen einen Haken, und zwar einen schwerwiegenden: Denn nach jeder Lesung trat der Buchhändler nach vorn, bedankte sich und überreichte mir – hier der Haken – eine Flasche Wein. Am ersten Tag nahm ich die Flasche Wein strahlend entgegen, am zweiten Tag ebenso, und auch noch am dritten Tag. Mein Lächeln zeigte aber bereits Spuren von Verkrampfung, als ich am vierten Abend die vierte Flasche Wein überreicht bekam. Im Hotelzimmer stellte ich die vier Weinflaschen nebeneinander und rechnete hoch: drei Wochen, sonntags frei, also achtzehn Lesungen, macht achtzehn Flaschen Wein. Ich besah mir meinen viel zu kleinen Koffer und schluckte. Nach der sechsten Lesung begann ich,

Kleidungsstücke auszusortieren, um Platz zu schaffen, ich warf die eine oder andere Unterhose einfach fort, die waren ohnehin alt, auch ließ ich meinen verschwitzten Schlafanzug verschwinden und beschloss, nackt zu schlafen, es war noch angenehm warm für September. Nach der zehnten Lesung kaufte ich mir in Dortmund einen Trekking-Rucksack von Jack Wolfskin, in dem ich eine faltbare Flaschenlagerungsbox verstaute, die Platz bot für zwölf Weinflaschen, und als das nicht mehr reichte, besorgte ich mir eine zweite Flaschenlagerungsbox mit Rollen und Griff, die ich hinter mir herzog. Von Hotel zu Hotel schleppte ich die Weinflaschen, die immer schwerer wurden, mit Kreuzweh saß ich abends bei den Lesungen, weil ich mich beim Hineinhieven der Flaschen in den Zug verhoben hatte. Aber es gelang mir schließlich, sämtliche achtzehn Weinflaschen unversehrt nach Heidelberg zu bringen.

In den bitteren Nächten vor Beginn meiner zweiten, viel längeren, der sechswöchigen Lesereise durch Bayern und Österreich konnte ich nicht schlafen. Ich wälzte mich im Bett hin und her und überlegte fieberhaft, wie ich des Problems des Weinflaschentransports Herr werden könnte. Meine ganze Kraft wurde von dieser einen und entscheidenden Frage absorbiert, wie ich es würde anstellen können, aller Voraussicht nach sechsunddreißig Weinflaschen von Österreich über die Alpen nach Heidelberg zu transportieren. Hannibal, dachte ich, hat es mit Elefanten geschafft. Ich lag schweißgebadet da. Mir fiel nichts ein.

Schließlich, bei meiner ersten Lesung, in Salzburg, saß ich bleich auf dem Stuhl und schielte immer wieder zum Buchhändler, um zu erspähen, ob nicht irgendwo eine verpackte Weinflasche darauf wartete, mir übergeben zu werden. Nach der Lesung näherte sich der Buchhändler meinem Tisch. Ich schwitzte. Er reichte mir die Hand, nein, keine Weinflasche! Ich wäre ihm am liebsten um den Hals gefallen. Diese Österreicher!, dachte ich, *die blicken's total*! Die haben's drauf! Ich war aufgeräumt wie lange nicht mehr und blieb mit dem Buchhändlerehepaar noch bis Mitternacht im Weinstüble sitzen. Ich war kurz davor, ihnen zu eröffnen, dass ich sie ins Herz geschlossen hätte wie keine anderen Buchhändler bislang, dass nicht nur die Organisation perfekt gewesen sei, die Ankündigung, die Moderation, das Ambiente, einfach alles, vor allem die Tatsache, dass man auf dieses verdammte Ritual mit der Weinflasche verzichtet habe, als sich plötzlich die Frau des Buchhändlers an die Stirn schlug und sagte: »Ah geh, jetzt homma die Weinflosch'n vagess'n.« Ich erstarrte. Saß zwanzig Minuten später mit einer unausgepackten Flasche im Hotelzimmer. Diese Knisterfolie, in die man die Weinflaschen einwickelt! Diese durchsichtige Blumenverpackungsknisterfolie! Dieses Geräusch, das mir eine Gänsehaut bereitet, wenn ich nur daran denke! Ich riss die Folie ab. Ich zerknüllte sie. Aber sie ließ sich nicht zerknüllen, sondern kleisterte sich mit demselben ekelhaften Knistern wieder auf. Also gut, dachte ich, es bleibt mir keine Wahl. Der Wein muss weg. Ich muss ihn saufen. Ich entkorkte ihn und kippte ihn innerhalb von zwei Stunden.

Am Morgen hatte ich einen Schädel. Doch die Zugfahrt verlief angenehm lullig, und bei der nächsten Lesung, in der Steiermark, war ich wieder einigermaßen nüchtern. Ganz im Gegensatz zum Publikum in der Steiermark und zu den steiermärkischen Buchhändlern. Die waren schon vor der Lesung, na ja, nicht völlig besoffen, aber immerhin angeheitert, und ließen sich dann nach der Lesung so richtig gehen. In der Steiermark, hieß es, könne es überhaupt keine andere Existenz geben als die besoffene, die steiermärkische Existenz sei gerade dadurch definiert, dass sie eine besoffene sei, nur durch ihre Besoffenheit sei eine Existenz in der Steiermark überhaupt aushaltbar, und ich dachte, das gilt nicht nur für die Steiermark, das gilt auch für das Burgenland, für Tirol, das gilt erst recht für das Ruhrgebiet, für die Wetterau, für das Alemannische, das gilt im Grunde für alle Regionen nicht nur Österreichs, auch Deutschlands und der Schweiz, und ich war froh, dass man in der Steiermark so selbstbewusst war, die Sache wenigstens beim Namen zu nennen. Ich machte mir also die steiermärkische Grundhaltung zu eigen und sagte mir, auch die Lesereise-Existenz ist per se eine besoffene, kann nur eine besoffene sein, nur durch die Besoffenheit ist eine Lesereise-Zug-und-Hotel-Existenz überhaupt aushaltbar. Fortan trank ich nicht nur mit den Buchhändlern nach der Lesung das eine oder andere Viertele, sondern leerte auch anschließend, im Hotel, allein, für mich, die mir geschenkte Flasche Wein, über die ich mich jetzt doch endlich freuen konnte.

So brachte ich die zweite Lesereise versöhnt, eingeweiht und im Zustand der vollkommenen Lesereisenweisheit hinter mich, kam ohne jede Weinflasche, aber mit einer Gewichtszunahme von rund vier Kilo über die Alpen nach Heidelberg und freute mich auf die zu Hause wartenden unangebrochenen Weinflaschen der ersten Lesereise. Als diese achtzehn Flaschen nach fünf Tagen leer waren, meldete ich mich beim Verlag für die nächsten sechs Monate ab und in Bad Griesbach an, zu einer Entziehungskur.

FELICITY WHITMORE

Hundeglück im Exmoor

Chloe starrte ihre Vorgesetzte Rowen wütend an. »Gibt es denn niemanden sonst, der nach Devon fahren kann?«

»Nein, es tut mir leid«, sagte Rowen mit zuckersüßer Stimme und warf ihr hellblondes Haar schwungvoll über die Schulter. »Du bist für solche Jobs die beste Anwältin, die wir haben.«

Chloe schnaubte. Rowen war ganz bestimmt nicht Chloes größter Fan, und als die Blondine letztes Jahr Partnerin in der Kanzlei geworden war, hatte Chloe vom ersten Tag an gewusst, dass schwere Zeiten auf sie zukommen würden. Tatsächlich ließ Rowen, die heftig mit Chloe konkurrierte, keine Gelegenheit aus, sie zu schikanieren. Wäre Chloes Patenonkel nicht Seniorpartner gewesen, hätte sie ihre Stelle bestimmt schon längst verloren.

Sie wagte einen weiteren verzweifelten Versuch zu protestieren. »Aber ich habe morgen Urlaub, ich wollte mit Barnaby, meinem Hund, zum Wandern nach Wales fahren, um endlich den Snowdon zu besteigen.«

»Dann wandert ihr eben im Exmoor. Dort ist es auch sehr nett, wenn man nicht auf Fernreisen steht.« Rowen machte eine Pause und ließ ihren Blick kritisch an Chloe hinunterwandern. »Oder sie sich nicht leisten kann.«

Chloe überging die Spitze geflissentlich. Sie war aufgrund des frühen Todes ihres Vaters eher bescheiden aufgewachsen, glücklicherweise hatte ihr Patenonkel die

Kosten für ihre Ausbildung übernommen. Inzwischen verdiente sie zwar gut, gab das Geld aber lieber ihrer Mutter und ihren beiden Schwestern, statt sich teure Kleidung zu kaufen.

Rowen reichte ihr eine Mappe. »Hier sind die Unterlagen, ich fürchte, viele Infos sind es nicht. Es geht um ein riesiges Stück wertvolles Land im Exmoor, ein verfallenes Herrenhaus und zwei alte zerstrittene Brüder, die jeweils die Hälfte des Besitzes ihres Vaters geerbt haben. Der eine, ein gewisser Arthur Fenton, ist möglicherweise verwirrt und versucht, die Verwaltung an sich zu ziehen. Ich möchte, dass du dir einen Eindruck verschaffst. Wenn er dement und unzurechnungsfähig ist, hat unser Klient, Hugh Fenton, volle Verfügungsgewalt. Bitte, Chloe, es ist nur ein Gespräch. Und wenn es dir gelingen würde, dass Arthur die Verzichtserklärung unterschreibt und seinem Bruder die Vollmacht übergibt, bräuchten wir kein Gutachten.«

Chloe wusste, dass sie verloren hatte. Sie würde nach Devon fahren müssen, auch wenn sie eigentlich am nächsten Tag ihren Sommerurlaub hatte antreten wollen. Also Devon statt Wales und ein alter dementer Knacker statt der Besteigung des Snowdon. Vermutlich waren beide Brüder alt und verwirrt und vollkommen festgefahren in ihren Standpunkten. Dennoch blieb ihr nichts anderes übrig, als den Besuch schnell hinter sich zu bringen.

Als sie am nächsten Tag die Küstenstraße von Minehead nach Lynmouth erreichte, nahm ihr der Ausblick einen Moment lang den Atem. Sie war noch nie im Exmoor gewesen und die Aussicht war berauschend. Die schmale Straße führte an Ginstersträuchern und violettem Heidekraut entlang. Links breitete sich die scheinbar endlose Weite des Exmoors aus. Saftig grüne Wiesen standen im Kontrast zum tiefblauen Himmel. Wälder und braune Moorflächen erstreckten sich bis zum Horizont, hin und wieder war eine Farm zu sehen. Ansonsten ließ wenig darauf schließen, dass hier auch Menschen lebten. Rechts breitete sich der Bristol Channel aus. Chloe meinte, sogar die Küste von Wales sehen zu können.

Sie stieß ein begeistertes Lachen aus. »Wow! Barnaby! Das ist gigantisch. Vielleicht war die Idee, im Exmoor statt in Wales wandern zu gehen, gar nicht so schlecht.« Barnaby, ihr Golden Retriever, hechelte vor sich hin, er mochte Autofahren nicht besonders.

Doch dann machte sich wieder ein bedrückendes Gefühl in Chloe breit, als sie an die Aufgabe dachte, die vor ihr lag. Hoffentlich würde der alte Mann sich schnell dazu bringen lassen, die Dokumente zu unterschreiben.

Chloe fuhr langsam weiter und hielt auf einem Parkplatz an, der zu einem idyllischen Pub zu gehören schien. *The Blue Ball Inn*, stand auf einem großen Metallschild, das im Wind sanft hin und her schaukelte.

Barnaby sprang erleichtert aus dem Auto. Er schüttelte sich und machte sich gleich daran, Chloe unsanft in Richtung eines schmalen Pfades zu ziehen, der zwischen Heidekraut und Ginstersträuchern entlangführte. Chloe hätte sich gern eine kleine Lunchpause auf der Sonnenterrasse des Pubs mit herrlichem Blick übers Exmoor gegönnt. Schon immer aber konnte sie gegen die Impulsivität ihres Hundes nichts ausrichten. Es blieb ihr also auch dieses Mal nichts anderes übrig, als hinter ihm herzustolpern

Der Golden Retriever zog Chloe den steilen Pfad bis zu einer Kuppe hinauf. Überwältigt schlug sie die Hand vor den Mund. Barnaby hatte gewusst, wo es am schönsten war. Vor ihnen lag die steilabfallende Felsküste. Weit unter ihnen glitzerte das Meer in der Julisonne. Chloe sah sich um und atmete die frische Meeresluft tief ein.

Plötzlich fing Barnaby an, ausgiebig an einem Heidekrautbüschel zu schnüffeln. Er tänzelte hin und her, bevor er das rechte Hinterbein anhob.

Chloe machte ein paar Schritte auf die Felskante zu. Der sanfte Meereswind strich ihr durch die Haare, und sie schloss einen Moment lang die Augen, um die Sonne auf der Haut zu genießen.

»Igitt!«

Unsanft wurde Chloe aus ihren Träumereien gerissen und öffnete erschrocken die Augen. Vor ihr stand ein Mann, der unsicher balancierend seinen Schuh betrachtete. Dann wanderte sein wütender Blick zu Barnaby.

»Ist das Ihr Hund?«, fragte er und funkelte Chloe böse an.

»Barnaby?«, fragte Chloe, als könnte er einen anderen Hund meinen. Ihr Blick folgte seinem Zeigefinger, und sie entdeckte einen mächtigen Hundehaufen. »Oh, sorry!« Sie biss sich auf die Lippe. »War das mein Hund?«

»Natürlich war das Ihrer«, fauchte er.

Barnaby setzte sich hin und hob charmant sein Pfötchen.

Dem Mann verschlug es tatsächlich einen Moment lang die Sprache. Und Chloe nutzte die Gelegenheit, ihn unauffällig zu mustern. Er war etwa in ihrem Alter, um die vierzig, und trug eine viel zu feine Stoffhose, maßgeschneiderte Budapester mit Hundeschiss und ein kurzärmliges Hemd. Das rotblonde Haar war leicht gelockt und wich an den Schläfen etwas zurück. Er hatte Sommersprossen im gebräunten Gesicht und leuchtend grüne Augen. Hohe Wangenknochen, volle Lippen und ein leicht vorstehendes Kinn ließen ihn attraktiv und außergewöhnlich aussehen. Was ihn allerdings eher unsympathisch machte, waren das arrogante Lächeln, die leicht gekräuselte Oberlippe und der wütende Blick.

»Das sind teure Schuhe«, presste er hervor.

»Dann sollten Sie sie vielleicht nicht tragen, wenn Sie ins Moor gehen«, erwiderte Chloe, bevor sie darüber nachdenken konnte.

»Manchmal geht es eben nicht anders«, antwortete er. »Aber was wissen Sie schon. Sie trampeln hier durchs Moor, lassen Ihren Hund die Landschaft verschmutzen und sind wieder weg.«

»Ich habe nicht mitbekommen, dass Barnaby …«

»Barnaby?«

»Mein Hund. Natürlich mache ich den Haufen weg, aber …«

»Sammeln Sie die Hinterlassenschaften ein und belästigen Sie uns hier nicht länger.« Er drehte sich um und ging mit entschlossenem Schritt den Weg entlang, den Chloe und Barnaby gekommen waren.

»Ich komme für die Reinigung Ihrer Schuhe auf«, rief Chloe ihm nach, aber er machte nur eine Handbewegung, ohne sich umzudrehen.

Chloe schüttelte den Kopf. Dann bückte sie sich und hob Barnabys Haufen in ein kleines Plastiksäckchen.

Dann setzte sie ihren Weg auf dem Küstenpfad fort, genoss die Sonne und die Einsamkeit. Nach einer Weile setzte sie sich ins Gras und blickte über das glitzernde Wasser. Barnaby schnüffelte ein wenig herum, schien aber keine relevanten Informationen mehr abgreifen zu können. Entspannt legte er sich neben sie.

So saßen sie fast eine Stunde da. Chloe war beinahe froh, dass sie von Rowen gezwungen worden war, ins Exmoor zu fahren. Die Weite des Moors im Rücken, die

See vor sich – es war einfach wunderschön. Sie kam sich klein und unbedeutend vor. Und seltsamerweise erleichterte sie das.

Schweren Herzens machte sie sich auf den Weg zurück zum *Blue Ball Inn*. Sie hatte heute, bis auf ein Toastbrot zum starken Tee, noch nichts gegessen und befürchtete, dass die Küche irgendwann am frühen Nachmittag schloss.

Auf der Terrasse waren alle Tische besetzt. Sie blieb enttäuscht stehen. Aber im nächsten Moment stand ein junges Pärchen auf, und sie stürzte sich auf deren frei gewordenen Tisch, der, wie sich herausstellte, einer der besten auf der Terrasse war, bot er doch den schönsten Ausblick in die Landschaft.

Chloe ließ sich zufrieden auf die harte Bank fallen und wies Barnaby an, sich unter den Tisch zu legen. Doch bevor sie hineingehen und ein Sandwich bestellen konnte, war ihr Hund schon wieder aufgesprungen und begrüßte jemanden am Nebentisch. So stark wedelte er mit der Rute hin und her, dass er fast das Glas vom Tisch fegte. Dann stellte Barnaby auch noch die Pfoten auf die Bank und versuchte, ganz untypisch, dem Gast übers Gesicht zu schlecken. Erst in diesem Moment erkannte Chloe den Mann. Es war jener ebenso arrogante wie gutaussehende Typ, der das Pech gehabt hatte, in Barnabys Haufen zu treten. Offenbar hatte er damit die Freundschaft von Chloes Hund gewonnen.

»Hey«, der Mann versuchte die aufdringliche Hundeschnauze abzuwehren. »Was soll das?«

»Oh, sorry.« Chloe konnte nicht verhindern, dass sie grinsen musste, zog Barnaby aber schleunigst von der Bank und zurück unter ihren Tisch. Nicht dass das maßgeschneiderte Hemd noch Schaden nahm und sie hinterher die Reinigung bezahlen musste.

»Ach, Sie sind's«, brummte er. »Haben Sie Ihren Hund denn gar nicht im Griff?«

»Keine Ahnung, warum er Sie so ins Herz geschlossen hat.«

Etwas Unverständliches vor sich hin brummelnd, wandte sich der Mann wieder seiner Zeitung zu, die vor ihm auf dem Tisch lag.

Chloe befahl Barnaby streng, liegenzubleiben, während sie in den Pub ging, um sich ein Sandwich und eine Limonade zu bestellen, und tatsächlich lag der Golden Retriever friedlich unterm Tisch, als sie zurückkam.

Sie nahm die Mappe mit den spärlichen Informationen aus der Tasche und blätterte sie durch. Dabei fiel ihr auf, dass es über »Fenton Hall, Lynmouth« hinaus keine Adresse gab. Sie zog ihr Handy aus der Tasche und suchte das Haus im Internet. Es war seit dreihundert Jahren im Familienbesitz der Fentons, las sie, und lag malerisch an der Küste Lynmouths, aber es gab keine Adresse. Verdammt! Sie konnte doch nicht blind drauflossuchen.

Sie zögerte. Der Mann am Nachbartisch wirkte wie jemand, der unter der Woche in London arbeitete und am Wochenende in sein Landhaus im Exmoor fuhr. Vielleicht wusste er, wo Fenton Hall lag. Auch wenn sie keine große Lust hatte, sich an ihn zu wenden, er würde ihr schon nicht den Kopf abreißen.

»Entschuldigen Sie«, sprach Chloe ihn also noch einmal an.

Der Mann sah auf.

»Ich bin auf der Suche nach Fenton Hall. Wissen Sie zufälligerweise, wo das liegt?«

Er nickte ein wenig zögerlich. »Was wollen Sie denn da?«

Chloe unterdrückte ein Seufzen. Wieso meinten die

Leute immer, auf eine Frage mit einer Gegenfrage reagieren zu müssen. »Ich müsste den Hausbesitzer treffen«, erwiderte sie ein wenig unwillig.

»So? Sie wollen also zu Mr Fenton?«

»Können Sie mir also den Weg erklären?«

»Das sollte mir gelingen.« Er schenkte ihr die Andeutung eines Lächelns. »Ist recht einsam da draußen.«

Chloe sah ihn erstaunt an. Sie war davon ausgegangen, dass sich das Haus in einem Dorf befand. Wenn der alte Herr nicht mehr ganz obenauf war, brauchte er sicherlich aufmerksame Nachbarn. Ihr wurde unwohl bei der Überlegung, wie sie das Haus wohl vorfinden würde. »Lebt Mr Fenton denn da allein?«

»Soweit ich weiß ja«, sagte der Mann. »Wieso auch nicht?«

Chloe zog die Schultern hoch. Vielleicht konnte sie ja auf diesem Wege schon erste Informationen erhalten. Immerhin schien der Mann das Anwesen zu kennen, dann sollte er auch schon einmal dem Bewohner begegnet sein. »Mir ist zu Ohren gekommen, dass der Mann dement ist.«

»Oh ja, das ist er wohl.« Der Mann nickte. »Und er ist kaum noch zurechnungsfähig. Ganz schlimm.«

»Wirklich?« Auch wenn Chloe damit hatte rechnen müssen, sah sie den Mann überrascht an. Nicht zum ersten Mal fiel ihr auf, wie wenig Spaß ihr Job ihr eigentlich machte, bei dem sie sich am Streit und Unheil anderer Menschen bereicherte.

»Sie sollten sich vorsehen«, fuhr dieser jetzt fort. »Der Alte neigt dazu, handgreiflich zu werden. Aber Sie haben ja Ihren Hund dabei, der wird Sie schon beschützen.«

Chloe war sich nicht sicher, ob er sich gerade über sie lustig machte. Denn eins war klar, zur Verteidigung eignete sich Barnaby nicht im Mindesten. Er würde freudig auf den Mann zulaufen und riskieren, geschlagen zu werden oder Schlimmeres.

»Aber ich will Ihnen keine Angst machen; wenn Sie einen guten Tag erwischen, ist er ganz umgänglich.« Er griff nach einer Serviette, holte einen Kugelschreiber aus seiner Jacketttasche und zeichnete ihr den Weg auf. »So, das sollten Sie finden.« Er erhob sich, nickte ihr noch einmal zu und ging davon.

»Danke«, rief Chloe ihm nach.

Irgendwie war der Typ nicht zu durchschauen, aber wenigstens hatte er ihr weiterhelfen können. Chloe sah an dem zweistöckigen Gebäude des *Blue Ball Inn* hinauf. Sie hatte gelesen, dass Zimmer vermietet wurden. Vielleicht sollte sie sich einmieten, falls noch etwas frei war. Der Pub lag direkt an der Küstenstraße, von hier aus konnte man in jede Richtung loswandern. Wenn sie es heute schaffen würde, die Sache mit dem Hausbesitzer zu klären, würde sie ab morgen Urlaub machen können. Dafür war das *Blue Ball Inn* bestimmt eine gute Adresse.

In diesem Moment kam der Kellner mit ihrem Essen. Chloe nutzte die Gelegenheit und erkundigte sich nach einem Zimmer.

»Sie haben Glück, eins haben wir noch«, erklärte er.

»Das nehme ich!« Chloe hatte zugesagt, bevor sie weiter darüber nachdenken konnte. Nach dem Essen buchte sie das Zimmer und holte ihre Tasche und das Hundefutter aus dem Auto.

Dann machte sie sich, zufrieden, eine Bleibe gefunden zu haben, und wild entschlossen, die Angelegenheit für die Kanzlei heute zu erledigen, auf den Weg nach Lynmouth.

Die Wegbeschreibung war gut, der Mann hatte recht,

Fenton Hall lag tatsächlich ziemlich einsam. Sie musste der Straße Richtung Lynmouth folgen und dann auf einen Feldweg abbiegen, bis sie ein verrostetes Eisentor erreichte. »Fenton Hall« stand auf einem Schild, wie Chloe erleichtert las.

Chloe öffnete das Tor und fuhr langsam die Zufahrt entlang. Manche der Schlaglöcher waren so tief, dass Chloe ihnen vorsichtig ausweichen musste. Barnaby hechelte mehr als sonst, er mochte es überhaupt nicht, wenn es derart rumpelte.

Die Fahrt endete schließlich auf einem großen gekiesten Vorplatz – vor einem eindrucksvollen zweistöckigen Gebäude aus hellem Sandstein. Die mächtige Eingangstür, mit den beiden grauen Säulen zu jeder Seite, befand sich genau in der Mitte, flankiert von jeweils vier großen Fenstern. Etliche Schornsteine stießen in den blauen Himmel. Zu seiner besten Zeit musste das Haus atemberaubend gewesen sein, die Spuren des Verfalls jedoch waren nicht zu übersehen. Efeu wucherte an den Außenmauern hinauf, die Farbe der Fensterrahmen war abgeblättert und die Stufen vor dem Eingang waren mit Moos bedeckt. Die Beete rings um den gekiesten Vorplatz waren ziemlich verwildert. Rosen, Sonnenblumen und Malven behaupteten sich tapfer zwischen Disteln, Brennnesseln und Löwenzahn.

»Also dann«, sprach Chloe sich Mut zu und stieg aus. Sie öffnete die Heckklappe, und Barnaby sprang sofort erleichtert heraus. Er rannte wie verrückt über den großen Vorplatz und schlug Haken, dass der Kies nur so spritzte. Plötzlich schien er etwas in die Nase bekommen zu haben, er lief zu den verwilderten Beeten und schnüffelte intensiv darin herum.

Chloe sog den Duft der Rosen in sich auf, der sich mit der Meeresluft mischte. Die See musste gleich hinter dem Haus liegen, sie konnte sogar das sanfte Rauschen der Wellen hören.

In diesem Moment stieß Barnaby ein lautes Heulen aus und lief mit tiefer Nase jaulend auf das Haus zu.

»Barnaby, hierher.« Noch nie hatte Chloe einen so kläglichen Laut aus der Kehle ihres Hundes kommen hören. Sie war richtiggehend erschrocken.

Er schien sie aber gar nicht wahrzunehmen. Mit tiefer Nase lief er laut winselnd um das riesige Herrenhaus herum.

»Barnaby!« Was war denn heute mit ihrem Hund los? Er hörte normalerweise sehr gut, und doch schien er plötzlich wie ausgewechselt. Sie sah gerade noch die wedelnde Rute um die Hausecke verschwinden.

»Hierher!«, rief sie genervt und rannte, so schnell sie konnte, über den Kies. »Barnaby, komm sofort hierher!«

Als sie um das Haus bog, blieb sie überrascht stehen. Die riesige Rasenfläche fiel sanft zu den Klippen hin ab. Dahinter glitzerte das Meer. Was für ein wundervoller Ort! Und auf dem Rasen tänzelte Barnaby um einen Labrador herum.

»Barnaby!«, rief Chloe noch einmal. Ihr Hund mochte zwar andere Hunde sehr gern, selbst wenn die ihn nicht leiden konnten, aber dass er so wenig hörte, war noch nie vorgekommen. Bei diesem Labrador schien Barnabys Sympathie jedenfalls auf Gegenliebe zu stoßen. In diesem Moment begann Barnaby den anderen liebevoll abzuschlecken und plötzlich sprang er auf den Labrador auf. Alles war so schnell gegangen, dass Chloe erst viel zu spät begriff, dass es sich um eine Hündin handelte. Statt des Snowdon in Wales hatte Barnaby lieber eine Labradorhündin im Exmoor bestiegen.

»Was zum … Miss Marple!«

Chloe fuhr herum und erstarrte.

Der Mann, der in Barnabys Hundehaufen getreten war und der im Pub am Nachbartisch gesessen hatte, kam aus dem Haus gestürmt und lief auf die beiden Hunde zu.

»Oh nein«, rief er und raufte sich die Haare. »Hätten Sie das denn nicht verhindern können? Jetzt ist es bestimmt zu spät.«

»Entschuldigung«, rief Chloe versöhnlich zurück. »Das ging einfach zu schnell. Was machen Sie überhaupt hier? Sie verfolgen mich doch nicht etwa?«

»Ganz bestimmt nicht«, stieß der Mann hervor. Dann deutete er auf die beiden Hunde. »Was machen wir denn jetzt?«

»Sie könnten einen Tierarzt aufsuchen, ich glaube, es gibt so was wie die Pille danach«, überlegte Chloe laut. »Oder Sie warten dreiundsechzig Tage ab und haben dann einen Wurf Labrador-Golden-Retriever-Welpen.«

»Super«, sagte er in einer Mischung aus Verzweiflung und Vorfreude. »Sie haben leicht reden. Die Rüden haben ihren Spaß, die Hündin hat die Konsequenzen zu tragen.«

»Hören Sie, es tut mir wirklich leid, aber es war ganz offensichtlich Liebe auf den ersten Blick. Jetzt wird mir auch klar, warum Barnaby Sie im *Blue Ball Inn* so angesprungen hat. Sie haben nach Ihrer Hündin gerochen.« Chloe warf einen Blick auf das Liebespaar. »Das scheint noch etwas zu dauern. Könnten Sie mich wohl inzwischen zu Mr Fenton bringen?«

»Wenn's sein muss«, murmelte er etwas freundlicher.

Chloe folgte dem Mann zum Haus. Durch eine zweiflügelige Tür betraten sie einen Salon, der mit zwei Tischen und den dazugehörigen Stühlen, einem Flügel, Vitrinen und einem Sekretär sehr vollgestellt war. Die roten Seidentapeten waren verblasst und mit schweren goldumrandeten Porträts behangen. Überall standen alte Fotografien und kitschige Figürchen.

»Was tun Sie eigentlich hier?«, fragte Chloe den Mann, während sie ihm durch eine der goldumfassten Zimmertüren in einen großen Korridor folgte. Auch hier hingen schwere Porträts an den Wänden. Der Mann öffnete eine Tür und bedeutete ihr einzutreten.

Sie fand sich in einem Arbeitszimmer wieder. Dunkle Möbel, ein runder Kartentisch, eine Sammlung Pfeifen auf dem Kaminsims ließen erahnen, dass es sich um das Reich des Hausherrn handelte.

»Bitte.« Der Mann deutete auf den Sessel vor dem Schreibtisch.

Chloe ließ sich nieder.

Der Mann ging um den Tisch herum und nahm ebenfalls Platz. »Mein Name ist Arthur Fenton. Ich bin der alte Mann, den Sie suchen.«

»Sie? Nein!«

Er breitete entschuldigend die Arme aus. »Sie dürfen mir glauben, ich weiß, wer ich bin, trotz vermeintlicher Demenz«, erwiderte er mit einem Zwinkern.

»Aber das kann nicht sein.« Chloe griff instinktiv nach ihrer Mappe. »Mir wurde gesagt, dass es um einen Erbschaftsstreit geht. Dass hier ein alter dementer Herr wohnt, der sich nicht mehr um das Anwesen zu kümmern weiß.«

Mr Fenton zog die Augenbrauen zusammen. »Sie sollten nicht alles glauben, was mein Onkel Ihnen weiszumachen versucht.«

»Ihr Onkel? Ich dachte, Sie seien Brüder.« Die Sache wurde immer verworrener. Hatte Rowen ihr absichtlich falsche Informationen gegeben? Eigentlich wurde alles stets sorgfältig überprüft.

»*Er* ist ein wenig verwirrt.« Arthur Fenton machte eine Handbewegung. »Als mein Großvater gestorben ist, ging das Haus zu gleichen Teilen an meinen Vater und meinen Onkel. Aber Hugh, mein Onkel, hat sein ganzes Geld verspielt, und plötzlich hatten wir hier einen Investor stehen, der alles abreißen und neue moderne Apartmenthäuser bauen wollte. Mein Vater hat meinem Onkel seinen Anteil abgekauft, was leider sämtliche Reserven aufgebraucht hat, die wir noch hatten. Daher sieht das Haus ein wenig ... renovierungsbedürftig aus. Ich habe zwar keine Schulden geerbt, als mein Vater vor einem Jahr gestorben ist, aber ich muss eine Möglichkeit finden, Geld mit dem Haus zu verdienen, um es unterhalten zu können.«

»Aber das ... ich verstehe das nicht ...« Chloe blätterte durch die Papiere und zog das Testament hervor, in dem die beiden Brüder zu gleichen Teilen erbten. »Ich nehme an, Sie können belegen, was Sie behaupten? Denn mir liegen nur das Testament und die Besitzurkunde vor, aus denen hervorgeht, dass unser Klient, Hugh Fenton, Miteigentümer des Besitzes ist.«

Er bedachte sie mit einem mahnenden und zugleich belustigten Blick. Dann stand er auf und ging zur Wand hinter dem Schreibtisch. Wie in einem James-Bond-Film klappte er ein Bild zur Seite und dahinter kam ein Tresor zum Vorschein. Er öffnete ihn per Fingerabdruck und holte einen Stapel Dokumente hervor. »Ich mache Ihnen Kopien von den Papieren, die für Sie relevant sind.«

Chloe nickte unsicher.

Als Arthur Fenton ihr wenig später die Blätter reichte, waren sie noch warm. Chloe prüfte die Unterlagen und stellte schnell fest, dass – sollte es sich nicht um ausgezeichnete Fälschungen handeln – Arthur Fenton die Wahrheit sagte. Verdammt, Rowen! Ein Anruf beim

Grundbuchamt hätte Klarheit gebracht. Dann hätte Chloe ihren Urlaub nicht ins Exmoor verlegen und sie hätte sich vor allem die Peinlichkeit Arthur Fenton gegenüber ersparen können.

»Es ... ich kann mich nur aufrichtig entschuldigen, ich weiß auch nicht ...« Sie brach ab. »Ich hätte meiner Vorgesetzten nicht glauben dürfen, sie scheint das nicht ausreichend überprüft zu haben. Normalerweise arbeiten wir immer sehr gründlich.«

»Zweifellos«, sagte er und hob die rechte Braue. »Hätten Sie es nicht selbst gegenchecken müssen?«

Chloe entfuhr ein Stöhnen. »Ich habe eigentlich Urlaub und bin nur dieser Angelegenheit wegen hergekommen, anstatt in Wales zu wandern. Es kam mir gestern schon der Verdacht, dass es sich um reine Schikane handelt. Sie hätte am liebsten, dass ich kündige. Aber dass die Sache so wenig Substanz hat ...« Chloe schüttelte beschämt den Kopf.

Arthur Fenton lachte. »Wenn ich nicht ein so liebenswürdiger Mensch wäre, könnte Ihnen das ordentlich Ärger einbringen.«

Chloe lehnte sich in dem alten Lederstuhl zurück und massierte sich die Nase. Offenbar gab es hier jede Menge Staub, und sie hatte das Gefühl, niesen zu müssen.

»Stattdessen würde dieser alte demente Arthur Fenton Sie zum Dinner einladen, was halten Sie davon?«

»Wie bitte?« Chloe starrte ihn ungläubig an. Weder sie selbst noch Barnaby hatte sich heute von der besten Seite gezeigt. Warum war er plötzlich so nett?

»Wie ich Ihrem Bericht gerade entnommen habe, sind Sie mit Ihrer Stelle in der Kanzlei in London nicht unbedingt glücklich. Und ich habe gestern die Zusage von meiner Bank bekommen – Fenton Hall wird in ein Bed & Breakfast umgewandelt. Dafür brauche ich eine kompetente Mitarbeiterin, die mir mit allen Aufgaben hilft. Das B & B soll übrigens den Namen ›Hundeglück‹ tragen. Hunde sind nämlich ausdrücklich willkommen. Ich will auch ein paar Extras für die Vierbeiner anbieten. Beispielsweise eine Hundebetreuung, während sich Frauchen oder Herrchen Herrenhäuser und Museen anschauen. Dafür brauche ich vor allem eine fähige Anwältin, die mir anfangs mit den Formalitäten hilft und später andere Aufgaben übernimmt.«

Chloe sah ihn fassungslos an. »Sie … Sie bieten mir einen Job an? Sie kennen mich doch gar nicht.«

Arthur Fenton wiegte den Kopf hin und her. »Das ist richtig. Und doch weiß ich, dass Sie die Richtige für den Job sind. Sie waren mir, trotz der holprigen Umstände unseres ersten Treffens, gleich sympathisch. Und Miss Marple scheint Barnaby zu mögen.«

»Äh … ja. Das kann man wohl nicht abstreiten.«

»Also, was halten Sie davon. Ein Dinner heute Abend, bei dem wir alles in Ruhe besprechen?«

Bevor Chloe antworten konnte, hörten sie Hundepfoten über den Holzboden im Korridor tapsen. Wenig später wurde die Tür geöffnet und die Labradorhündin steckte ihre Nase ins Zimmer, dicht gefolgt von einem verliebten Golden Retriever.

»Moment! Wer hat denn die Tür … Miss Marple?«

»Ja, sie kann Türen öffnen.« Arthur Fenton stand auf und kam um seinen Schreibtisch herum. »Was sagen Sie zu meinem Vorschlag?«

Chloe versuchte das Kribbeln in ihrem Bauch zu ignorieren, das nicht nur von dem Gedanken herrührte, sie könnte tatsächlich bald einen Job antreten, der ihr Spaß machte, noch dazu in dieser traumhaften Umgebung. Nein, es war auch Arthurs Blick, der sie die Luft anhalten ließ. Dieser Mann war mehr als interessant.

Auf jeden Fall würde sie ihm die Chance geben, ihr mehr von seinen Plänen zu erzählen.

»Gern«, lächelte Chloe, während Barnaby sich im Duft seiner Angebeteten verlor. Er hatte sein Glück im Exmoor gefunden. Und wer weiß, vielleicht würde es auch für sie eine glückliche Wendung geben.

DIE AUTORINNEN UND AUTOREN

Ewald Arenz, geboren 1965, studierte englische und amerikanische Literatur sowie Geschichte. Er arbeitet als Lehrer an einem Gymnasium in Nürnberg. Seine Werke sind mit zahlreichen Preisen ausgezeichnet worden. Zuletzt stand er mit seinen Romanen ›Der große Sommer‹ (2022) und ›Die Liebe an miesen Tagen‹ (2023) wochenlang auf den Bestsellerlisten. Der Autor lebt mit seiner Familie in der Nähe von Fürth.

(Abdruck mit freundlicher Genehmigung der ars vivendi verlag GmbH & Co. KG, Cadolzburg. Aus: E. Arenz, Eine Urlaubsliebe, Cadolzburg 2020)

Dietmar Bittrich ist ein Hamburger Autor und Herausgeber. Er war viele Jahre als Reisereporter und Begleiter auf Studienfahrten unterwegs. Für dtv sammelte er dabei u. a. ›Böse Sprüche für jeden Tag‹ und kurze Geschichten vom Reisen: ›Müssen wir da auch noch hin?‹ Zuletzt erschien bei dtv sein Bestatter-Krimi ›Grab tiefer‹. Mehr über den Autor unter: www.dietmar-bittrich.de

(Erstveröffentlichung. Abdruck mit freundlicher Genehmigung des Autors. © 2024 Dietmar Bittrich)

Brigitte Bjarnason, geboren 1959, wuchs in Hamburg auf. Die gelernte Einzelhandelskauffrau lebt seit 1992 mit ihrem isländischen Mann in Island. Nachdem sie mehrere Jahre an der Ost- und Südwestküste gewohnt hatte, zog sie 2017 nach Selfoss an die Südküste der Insel. Sie hat verschiedene Bände mit isländischen Kurzgeschichten, Märchen und Legenden veröffentlicht.

(Abdruck mit freundlicher Genehmigung des acabus Verlags, Imprint der Bedey & Thoms Media GmbH. Aus: B. Bjarnason, Dorsche haben traurige Augen. Hamburg 2011).

T. Coraghessan Boyle, geboren 1948 in Peekskill, New York, im Hudson Valley, entdeckte seine Liebe zum Schreiben während des Geschichtsstudiums. Heute zählt er zu den bekanntesten und produktivsten amerikanischen Autoren. Für seinen Roman ›World's End‹ erhielt er 1987 den PEN/Faulkner-Preis. Er lebt mit seiner Familie in Kalifornien und unterrichtet an der University of Southern California in Los Angeles. Mehr über den Autor: www.tc-boyle.de

(Abdruck mit freundlicher Genehmigung. Aus: T. C. Boyle, Sind wir nicht Mensch. Deutsch von Dirk van Gunsteren. © 2020 Carl Hanser Verlag GmbH & Co. KG, München)

Alex Capus, 1961 in der Normandie geboren, studierte Geschichte, Ethnologie und Philosophie in Basel. Er war als Journalist bei verschiedenen Schweizer Tageszeitungen tätig. 1997 veröffentlichte er seinen ersten Roman ›Munzinger Pascha‹, dem viele weitere folgten. ›Léon und Louise‹ wurde zu einem internationalen

Bestseller. Zuletzt erschien sein Roman ›Susanna‹ (2022). Alex Capus lebt als freier Schriftsteller in Olten in der Schweiz.

(Abdruck mit freundlicher Genehmigung des Autors. Aus: A. Capus, Der König von Olten, dtv Verlagsgesellschaft mbH & Co. KG, München 2020)

Conny from the block ist eine Kunstfigur. Ihre Schöpferin war selbst Beamtin und arbeitete viele Jahre in einer Berliner Amtsstube. Die Neuköllnerin Conny kennt man als @conny.fromtheblock von Instagram und TikTok, dort folgen ihr inzwischen über 200k Menschen – alle jene, die den Behördenwahnsinn aus eigener Anschauung kennen, und Bürger*innen, die hier ihre Lieblingsbeamten wiederfinden.

(Aus: Conny from the block, Da bin ick nicht zuständig, Mausi. Nix Neues vom Amt. © 2023 Verlagsgesellschaft mbH & Co. KG, München)

Madeleine D'Arcy ist eine irische Autorin. Sie studierte Creative Writing in Cork und gewann mit ihrem Erzählungsdebüt-Band ›Waiting for the Bullet‹ 2015 den britischen Edge Hill Readers' Choice Prize.

(Aus: M. D'Arcy, Liberty terrace. Doire Press, Aille, Irland 2021. Deutsch von Gabriele Haefs. Abdruck mit freundlicher Genehmigung der Autorin. © 2024 Madeleine D'Arcy)

Horst Evers, 1967 in Diepholz geboren, lebt seit seinem Lehramtsstudium in Berlin und nennt sich selbst »Geschichtenerzähler aus Berlin«. In Büchern wie ›Für Eile

fehlt mir die Zeit‹ (2012) oder ›Wäre ich du, würde ich mich lieben‹ (2015) beschreibt er die kleinen und großen Sorgen seiner Mitmenschen. Evers ist ein klassischer Vorleser: Er tritt mit seinen Geschichten in Soloprogrammen oder zusammen mit kleinen Ensembles auf. 2008 erhielt er den Deutschen Kleinkunstpreis.
›Nach dem Fest‹ 124
(Abdruck mit freundlicher Genehmigung. Aus: H. Evers, Der kategorische Imperativ ist keine Stellung beim Sex. © 2017 Rowohlt Berlin Verlag GmbH, Berlin)

Marlies Ferber, geboren 1966, studierte Sinologie in Deutschland, China und den Niederlanden und arbeitete viele Jahre als Verlagslektorin, bevor sie sich ganz dem Schreiben und Übersetzen widmete. Für dtv schrieb sie die originelle vierbändige 0070-Krimi-Reihe um den britischen Ex-Agenten James Gerald im Ruhestand. Zuletzt erschien bei dtv ihr Roman ›Wohin die Reise geht‹.
›Das mit den Redewendungen‹ 94
(Erstveröffentlichung. Abdruck mit freundlicher Genehmigung der Autorin. © 2024 Marlies Ferber)

Arno Geiger stammt aus Vorarlberg und studierte Deutsche Philologie, Alte Geschichte und Vergleichende Literaturwissenschaft. Viele Jahre arbeitete er im Sommer als Videotechniker bei den Bregenzer Festspielen. Seinc Werke wurden vielfältig ausgezeichnet. Für den Roman ›Es geht uns gut‹ erhielt er 2005 den Deutschen Buchpreis. Zuletzt erschien ›Das glückliche Geheimnis‹. Geiger lebt als freier Schriftsteller mit seiner Familie in Wien und Wolfurt, Vorarlberg.
›Abschied von Berlin‹ 109

(Abdruck mit freundlicher Genehmigung.. Aus: A. Geiger, Anna nicht vergessen. © 2007 Carl Hanser Verlag GmbH & Co. KG, München)

Axel Hacke, 1956 in Braunschweig geboren, lebt als Schriftsteller und Journalist in München. Er arbeitete zwanzig Jahre für die ›Süddeutsche Zeitung‹, in deren Magazin bis heute seine Kolumne ›Das Beste aus aller Welt‹ erscheint. Seine journalistische Arbeit wurde mit vielen Preisen ausgezeichnet, und seine Bücher, zu denen Bestseller wie ›Der kleine Erziehungsberater‹ (1992), ›Der kleine König Dezember‹ (2000) und ›Der weiße Neger Wumbaba‹ (2004) gehören, wurden in zahlreiche Sprachen übersetzt.

(Abdruck mit freundlicher Genehmigung. Aus: A. Hacke, Oberst von Huhn bittet zu Tisch. © 2012 Verlag Antje Kunstmann GmbH, München)

Dora Heldt, 1961 auf Sylt geboren, ist gelernte Buchhändlerin und lebt heute in Hamburg. Mit ihren Romanen führt sie seit Jahren die Bestsellerlisten an, die Bücher werden regelmäßig verfilmt. Weitere Informationen unter www.dora-heldt.de

(Aus: D. Heldt, Jetzt mal unter uns ... © 2014 dtv Verlagsgesellschaft mbH & Co. KG, München)

Ulrike Herwig wurde 1968 geboren und wuchs in Jena auf. Sie studierte Englisch und Deutsch und lebte fast zehn Jahre lang in London. 2001 zog sie mit ihrer Familie nach Seattle, USA, wo sie heute noch wohnt. Seit vielen Jahren schreibt sie unter verschiedenen Pseudonymen für Kinder und Erwachsene. Bei dtv erschien zuletzt ihr Weihnachtsroman ›Drei Weihnachtswunder für Lena Engel‹ (2022).

›Wie lange bleiben die eigentlich?‹ 74

(Erstveröffentlichung. Abdruck mit freundlicher Genehmigung der Autorin. © 2024 Ulrike Herwig)

Diana Hillebrand ist Autorin und Dozentin und lebt mit ihrer Familie in ihrer Wahlheimat München. Seit 2006 gibt sie Kurse im Kreativen Schreiben in ihrer »WortWerkstatt SCHREIB&WEISE«. Sie hat mehrere Bücher und Kurzgeschichten veröffentlicht und eine Vielzahl von Fachartikeln. 2013 wurden zwei ihrer Kinderbücher für einen Jugendsachbuchpreis nominiert.

›Leberkäs‹ 166

(Abdruck mit freundlicher Genehmigung. Aus: D. Hillebrand, Isarrauschen. © 2022 Volk Verlag, München)

Wladimir Kaminer wurde 1967 in Moskau geboren. Er absolvierte eine Ausbildung als Toningenieur für Theater und Rundfunk und studierte danach Dramaturgie am Moskauer Theaterinstitut. Seit 1990 lebt er mit seiner Familie in Berlin. Bekannt wurde er als Veranstalter der legendären Russendisko. Er ist Radiomoderator, Kolumnist und Autor und gern gesehener Gast in Talkshows.

›Kreuzworträtseln‹ 129

(Abdruck mit freundlicher Genehmigung. Aus: W. Kaminer, Meine Mutter, ihre Katze und der Staubsauger. © 2016 Manhattan, München, in der Penguin Random House Verlagsgruppe GmbH)

Julia Karnick lebt und schreibt in Hamburg – unter anderem Kolumnen in der FÜR SIE und Bestseller übers Hausbauen (›Ich glaube, der Fliesenleger ist tot!‹, 2012). 2022 erschien bei dtv ihr erfolgreiches Romandebüt ›Am liebsten sitzen alle in der Küche‹.

(Abdruck mit freundlicher Genehmigung der Autorin. © 2024 Julia Karnick)

Mariana Leky studierte nach einer Buchhandelslehre Kulturjournalismus an der Universität Hildesheim und schreibt seit über zwanzig Jahren Erzählungen und Romane. 2017 veröffentlichte sie ihren Bestsellerroman ›Was man von hier aus sehen kann‹, der in über zwanzig Sprachen übersetzt und für das Kino verfilmt wurde. Sie lebt in Berlin und Köln.

(Abdruck mit freundlicher Genehmigung. Aus: M. Leky, Liebesperlen. © 2001 DuMont Buchverlag, Köln)

Markus Orths wurde 1969 in Viersen am Niederrhein geboren, studierte Philosophie, Romanistik und Anglistik in Freiburg und lebt als freier Autor mit seiner Familie in Karlsruhe. Seine zahlreichen Bücher wurden in 18 Sprachen übersetzt und vielfach ausgezeichnet. 2023 erschienen sein Roman ›Mary & Claire‹ über die Stiefschwestern und Schriftstellerinnen Mary Shelley und Claire Clairmont und bei dtv ›Der Pastor und das letzte Hemd‹, der zweite Band seiner humoristischen Romanreihe unter dem Kurt-Schwitters-Spruch: Ewig währt am längsten.

(Abdruck mit freundlicher Genehmigung. Aus:

M. Orths, Hirngespinste. © 2009 Schöffling & Co. KG Verlagsbuchhandlung GmbH, Frankfurt a. M.)

Jutta Profijt war Exportmanagerin und Unternehmerin, bevor sie zum Schreiben kam. Pascha, die rotzfreche Leiche aus den skurrilen Kühlfach-Krimis, brachte den internationalen Durchbruch. Ihr Kriminalroman ›Unter Fremden‹ wurde mit dem Friedrich-Glauser-Preis 2018 als Bester Kriminalroman des Jahres ausgezeichnet. Neben Krimis schreibt sie heitere Romane und Hörspiele. Mehr über die Autorin: www.juttaprofijt.de

(Erstveröffentlichung. Abdruck mit freundlicher Genehmigung der Autorin. © 2024 Jutta Profijt)

Petra Reski, geboren 1958, war nach dem Studium und der Ausbildung an der Henri-Nannen-Schule zunächst als Redakteurin für ›Stern‹ und ›Cosmopolitan‹ tätig, bevor sie 1991 nach Venedig zog und als freie Autorin für verschiedene Printmedien arbeitete.

(Abdruck mit freundlicher Genehmigung der Verlagsgruppe Droemer Knaur GmbH & Co. KG. Aus: P. Reski, Als ich einmal in den Canal Grande fiel, München 2021)

Astrid Ruppert arbeitete nach ihrem Literaturstudium als Dramaturgin und Producerin für das Fernsehen und begann während einer unfreiwilligen Auszeit mit dem Schreiben. Einige ihrer Romane wurden verfilmt. So zählt ›Obendrüber, da schneit es‹ zu den beliebtesten Weihnachtsfilmen im deutschen Fernsehen. Bei dtv ist ihre erfolgreiche Romantrilogie über die bewegenden Lebensgeschichten von vier Frauen einer Familie erschienen (›Leuchtende Tage‹, ›Wilde Jahre‹, ›Ein Ort, der sich Zuhause nennt‹).

(Abdruck mit freundlicher Genehmigung. Aus: A. Ruppert, Die Bestimmung der Eisscholle. © 2018 Axel Dielmann Verlag, Frankfurt)

Florian Schneider, Jahrgang 1972, Studium der Katholischen Theologie und Germanistik in Regensburg und Wien. Seit 2016 Mitglied des Berliner Autorenforum e.V. und Verfasser von Kurzgeschichten. Sein Erzählband ›Polarstation‹ erschien 2022 bei periplaneta Berlin.

(Erstveröffentlichung. Abdruck mit freundlicher Genehmigung des Autors. © 2024 Florian Schneider)

Alena Schröder, geboren 1979, arbeitet als freie Journalistin und Autorin in Berlin. Sie hat Geschichte und Politikwissenschaft in Berlin und San Diego studiert und die Henri-Nannen-Schule besucht. Nach einigen Jahren als Redakteurin in der BRIGITTE-Redaktion arbeitet sie heute frei u.a. für BRIGITTE und das SZ-Magazin. Sie ist Autorin mehrerer Sachbücher. Bei dtv erschienen ihre Bestseller-Romane ›Junge Frau, am Fenster stehend, Abendlicht, blaues Kleid‹ und ›Bei euch ist es immer so unheimlich still‹.

(Abdruck mit freundlicher Genehmigung der Autorin. © 2024 Alena Schröder)

Katrin Seddig, geboren 1969 in Strausberg, studierte Landwirtschaft, Wirtschaftswissenschaft, Jura und Philosophie in Hamburg, wo sie bis heute mit ihrer Familie lebt und arbeitet. Für ihre Werke wurde sie vielfach ausgezeichnet. Zuletzt erschien ihr Roman ›Nadine‹.

(Abdruck mit freundlicher Genehmigung. Aus: Und sie bewegt sich doch. Bahngeschichten. © 2023 Rowohlt Berlin Verlag GmbH)

Oliver Uschmann und Sylvia Witt schreiben Romane, Jugendliteratur, erzählende Sachbücher und Filmstoffe. Ihr Roadtrip-Abenteuer ›Meer geht nicht‹ machte seinen Weg bis nach Belgrad, Kalifornien und Abu Dhabi. Die Welt der Romanreihe ›Hartmut und ich‹ lebte als bewohnbare Ausstellung auf dem Kulturgut Haus Nottbeck auf.

(Erstveröffentlichung. Abdruck mit freundlicher Genehmigung des Autors und der Autorin. © 2024 Oliver Uschmann, Sylvia Witt)

Jan Weiler, 1967 in Düsseldorf geboren, ist Journalist und Schriftsteller. Er war viele Jahre Chefredakteur des ›SZ Magazin‹. Gleich sein erstes Buch ›Maria, ihm schmeckt's nicht!‹ war ein Bestseller und wurde verfilmt. Es folgten weitere Erfolgsromane, u. a. die Kriminalromane um den überforderten Kommissar Martin Kühn und ›Der Markisenmann‹. Jan Weiler schreibt zudem Kolumnen, Drehbücher und Hörspiele. Er lebt in München und Umbrien.

(Abdruck mit freundlicher Genehmigung des Autors. Aus: J. Weiler, Älternzeit, München 2023)

Felicity Whitmore, Jahrgang 1977, ist das Pseudonym einer Autorin, die erfolgreiche Unterhaltungsromane

schreibt. Sie lebt mit ihrem Mann in Hagen, wo sie u. a. auch als Dramaturgin, Regisseurin und Schauspielerin arbeitet. Sie hat eine große Leidenschaft für England, was sich in ihren Büchern niederschlägt, alte Häuser und vor allem für ihre zahlreichen vierbeinigen Begleiter.
›Hundeglück im Exmoor‹. 225
(Erstveröffentlichung. Abdruck mit freundlicher Genehmigung der Autorin. © 2024 Felicity Whitmore)

Malou Wilke, Jahrgang 1968, hat eine Leidenschaft für Sprachen und fremde Länder. Sie hat mehrere Jahre in Osteuropa und Südostasien gelebt. Wenn sie nicht gerade spannende Geschichten sammelt, ist sie mit ihren drei Hunden viel in der Natur unterwegs. Sie lebt mit Ehemann und zwei Söhnen in den Südstaaten der USA.
›Strandmeditation‹. 188
(Erstveröffentlichung. Abdruck mit freundlicher Genehmigung der Autorin. © 2024 Malou Wilke)